中公文庫

成城だより

付・作家の日記

大岡昇平

中央公論新社

目次

成城だより　一九七九（昭和五十四）年十一月～八〇年十月　9

巻末付録

成城だより　全巻内容

成城だより　付・作家の日記

成城だより　一九七九（昭和五十四）年十一月〜八〇年十月
作家の日記　一九五七（昭和三十二）年十一月〜五八年四月
　大岡昇平『成城だより』書評　小林信彦
　大岡昇平『作家の日記』書評　三島由紀夫
　作家の日記　索引

成城だよりⅡ

成城だよりⅡ　一九八二（昭和五十七）年一月〜十二月
　『成城だより』と『神聖喜劇』　保坂和志

成城だよりⅢ

成城だよりⅢ　一九八五（昭和六十）年一月〜十二月
　「小説家」であること——あるいは「ひたすらな現在」　金井美恵子
　成城だより　索引

成城だより　付・作家の日記

成城だより

十一月の新年

一九七九年十一月八日　木曜日　晴

「群像」新年号に「草枕」についての論文五十枚渡す。一九七五年成城大学教養課程での講義に加筆したもの。テープはずっと前に起してあったが、その後、病気続きで発表する形にできなかったもの。

新年号原稿かなりあり。一度にはむりなので、九月から下書きが書溜めてあったが、最後の仕上げに結局手間取る。オーバーワークなり。寒波到れば、昼間のあたたかい間しか坐れなくなる不安あり。このところ暖かい日が続くのでたすかる。一時半、昼食を食べかたがた、駅前まで散歩する。

成城へ越して来て、もはや十一年である。一九七六年来、白内障手術、二度の心不全発作で、老衰ひどく、運動は散歩だけとなる。それも駅まで十五分の距離で疲れる。往復できず、帰りはタクシーとなる。

駅までの通りの家、建て替り多し。教会のようにガラス窓を二階まで通した家あり、料亭のような和風家屋、車を軒下に引き込んだ能率的な現代的建築もあり、面目一新して、眼を楽しませる。

富士屋よろず屋付近は、昭和二年私が成城の学生たりし頃の食堂のあったところ。アイスクリーム専門店、婦人服店でき、その向いに陶器店兼食料品店開店、サンドウィッチを食わせる。そこまで歩いて来たら、腹減ってぐうと鳴る。

スモークドビーフサンドなるものメニュにあり、ローストビーフより塩気少いとのこと、それは心不全にはよいので、注文する。ついでに百グラム買い、駅へ行くのをやめて、引き返す。歩行距離は駅まで片道と同じぐらいなり。駅付近へ行って、本屋の新刊棚をのぞいても、このところ原稿製造のために、読むべき本たまりあり、買っても読めない。

各雑誌十二月号到着しつつあり。新人賞号なり。年間回顧少し。十一月に出る十二月号でやる回顧は、十月までなること、各誌一斉に気が付いたらしい。新年号で回顧と来年の展望をいっしょにやる方が賢明。この二つは元来一つものなのだ。

十一月十二日　月曜日　晴

午前中、朝日出版社レクチュア・ブックスで、大野正男氏に受けた講義『フィクションとしての裁判』のゲラ直し終り、あとがき「講義を受けて」二枚半。二六〇余頁。これはさる七、八月、河口湖畔のレストランで、三回対談したもの。大野氏は『事件』の相談役として、すでになん度か対話の経験あり、聞き役を果せばいいのだから、と気軽に引き受けたれど、七月より体調悪くなり、しくじった。三度の対談はなんでもなかったが、その後の整理、加筆に手間取る。新年号原稿の中へ割り込んで来て、閉口す。

本文中は元号を使用する。裁判関係は、判例その他すべて元号一本槍、現職弁護士の大野氏の頭もそうなっている。それに合せる必要あるのなり。

暖かい日続く。暖かいうちに、散歩しておかないといけない。十二月からは外出禁止となる。心不全には風邪が敵、発熱がよくない。午後三時、朝日出版社のK氏来り、ゲラと寄贈者リスト渡す。

散歩の必要。大腿筋の如き大きな筋肉を働かすと、脳内の血行が活潑になるとの説あり。実際、古今東西に歩行の詩文多く、筆者も以前は行き詰ると書斎内をぐるぐる歩き廻ったものだった。この頃はその元気はないけれど、とにかく歩いて膝を屈伸するのに快感あり。こんなことにも快感を意識しなければならぬとは、情ないことになった。

ただしゲラ直しの疲れあれば、駅まではむり、家のまわり一巡、五分の散歩コースあり。家の前より、北に行く狭い道は、昔、まだ小田急開通前、京王線烏山《からすやま》が成城学園の駅だった頃の通学路の一つだった。少し行くと、ケヤキの樹群あり、道路┘┌形になっているところの記憶があった。わが家付近にて、昔の形を残したところ。そこを通り抜け、右に折れれば、最初に交るのは、学園前の古い通りの延長なり。右折すればわが家の方角へ戻ることになる。

家並切れ、陽を浴びたる畠、空地の向うに夕日輝く。その方角の遠くに見える、這《は》いつくばったる如き平屋が、わが家なり。窓小さく、屋根黒く、倉庫の如き外観。十一年前、この空地に接して建てた時け、空地はすぐ新築の家で埋ってしまうだろう、マンションが建っても驚かぬように、窓小さく、防音ガラスとして、防衛態勢とととのえたのだったが、その後高度成長とまり、家建たず、わが家の前の道は、いつまでも行きどまりにて、車入って来ず、静かな十一年を過ごした。

土埃《つちぼこり》は室内に侵入し、窓枠にたまったが、とにかく静かだった。屋内座業にはこの上なくよき環境だった。十一年使えれば満足だ。その家の外貌を遠望しつつ、空地中の道を戻る。

十一月十三日　火曜日　晴

午後二時、大江健三郎君来り、武満徹氏寄贈の新作レコード持って来てくれる。「イデーンⅡ」、裏は「ウォータ、ウェイ」「ウェイヴズ」など、水についての音楽。五十四年度芸術祭参加作品。一九七五年に武満氏と「水」について対談した。それが最近の対談集に入ったので、思い出して贈ってくれたらしい。

大江君としばらく雑談。十二月に出る新作、彼の生地の伊予大洲《おおず》盆地付近を舞台とし、至福千年のモチフを取り入れたるものとしか知らず。彼は私と違って新作について、べらべらしゃべらず。作品発売を待つほかなし。

ボルヘス来日中。大江君、二度会った由、英語会話達者ならずという。ブレイクの「煙突掃除」その他について語ったという。韓国政変、暗殺の現場はほかにありとの説ある由。

武満氏のレコードを聴く。楽想深まり、構成的要素強くなる。人間はいずれも堅固に向って円熟するものだろうか。

白内障手術してより空間感覚かわり、その上、椎骨血管不全、つまり立ちくらみあり、よろよろ歩きにて、コンサートに行けず、音楽のよろこぶべき来訪なり。

十一月十四日　水曜日　晴

夕刊にKDD汚職、その他官庁公団のカラ出張、カラ接待、カラ超勤手当の記事多し。小生は新聞社、工業会社、造船所など合せて七年、サラリーマン生活あれば、経験あり。これは明治の官僚商法以来の悪習にて、一朝一夕にて改むるものにあらず。目立つことをして見付かるのが愚。新聞種にされた連中はスケープゴートだ、と思っているだろう。

ほかの仕事にかかっていたが、昨日、大江君との話にブレイクが出たのがきっかけで、富永太郎が大正九年に読んだ『ブレイク詩集』のアンダーラインについて、メモしてあったものを定稿にする気になる。

W・G・ロセッティ編とほぼ同じ内容の、一九一四年の廉価本なれど、「無垢の歌」「経験の歌」をよく読んでいる。当時まだ翻訳なし。特に「経験の歌」について然り。双方にある「乳母の歌」「煙突掃除」などに傍線あり、それぞれの対立点に注意している。英詩は、ポー、テニスン（漱石関係にて）のほか読んだことなし、songs を読むに楽しみあり。

夜、ベッドで河合雅雄『森林がサルを生んだ――原罪の自然誌』（平凡社）を読む。河合氏はイギリスの魅力あるサル学者ジェーン・グドールの『森の隣人』（一九七一年）の訳者にして、一度「中央公論」にて日本ザルについて、お話を伺ったことあり。ジェーンはチンパンジーの生態を観察して、樹幹のアリの子をとり出すのに、小枝を「道具」とするのを発見した。チンパンジー同類食せずと観察したが、こんどの河合氏の新著によれば、リーダー交替にともなって既存の子供をみな殺すという。すると親の雌発情す。そこで交尾と親密によって支配を確保するという。ファシストといわれるローレンツでも、霊長類にてはヒト以外は同類食せず、と書いた。人性悪なりとせば、それはサルの段階からはじまっていたのなり。

太平洋戦線、アンデス山中不時着機の如く、状況によっては人肉食やむを得ず、しかしそれだけでは問題は解決しませんね、と呟《つぶや》きし人の顔を忘れず――故石原吉郎《よしろう》氏なり。

十一月十五日　木曜日　晴

やや寒し。「文芸」のK君に「富永太郎ブレイクを読む」十二枚渡す。漱石作の英詩クレイグ先生にブレイクに似てる、といわれたとの記事あったこと思い出す（彼が明治三十六年になぐり書きした英詩は、ちっともブレイクに似ていないのに）。漱石のブレイクへの書き込みを見る。岩波版全集三十二巻別冊上、「眼かくし鬼」「煙突掃除」（「無垢」の）に「平民的」、「バッツ氏へ」「愛の終り」「水晶の部屋」「ウイリアム・ボンド」にmystic、「無垢のきざし」に「蓄生《(ママ)》に対する同情」、有名な冒頭四行に「奇句」とあり。「心の旅人」にsymbolic。

神秘的、象徴的の評語多く、正しく読んでいるけれど、「煙突掃除」などについて「平民的」の評語は、ホイットマンに凝っていた学生時代の読みを示唆す。漱石がいつ頃この本を買ったのか、いつ読んだのか、書込みの筆蹟などにて推定できないものか。それらについて注解なきは不備、怠慢なり。やり直してほしいものなり。

講義か研究書を手引に、読んだのだろうが、「経験の歌」と諸予言書に、まったく書込みないのは奇妙。しかしこれは彼がそれらを読まなかった証拠とはならない。人は読んで書込みする時あり、しない時もある。

年末断想

十二月五日　水曜日　晴

順天堂病院北村教授の定期診察日（月一回）。年末と五の日重なり、道路混み、お茶の水まで一時間半かかる。心臓少し大きくなっている。利尿剤を増やさねばならないが、これを増やすと体だるく、仕事にならないのだ。

新年号約束原稿、九月から書きためてあったけれど、定稿にするのに、結局手間かかり、過労となった。来月は「新潮」九百号記念にて、付合わねばならないが、以後、この日記を除いて、一切ことわることにきめる。さもないと「富永太郎全集」（角川書店）いつで き上るかわからない。これは生きているうちにどうしても完成しなければならないのだ。

旅行中のほか、日記をつける習慣を持たなかったが、五、六年前、もの忘れひどくなったのを自覚してより、日々の出来事を出版社のくれる当用日記にメモする習慣ができた。それを発表用にふくらませるだけだから、あまり手間かからないはず。

十二月六日　木曜日　晴

暖かい日、続く。「新潮」のための小説「オフィーリアの埋葬」を少し。これは一九五五年の中断作『ハムレット日記』の一部にて、当時突然この場面を書く気を失って、断片のみ残る。『ハムレット日記』はドーヴァ・ウイルソン『ハムレットの中で何が起っているか』（"What happens in Hamlet" 1935）の処方箋により、政治的人間、つまりデンマークの王子としてのハムレットを書いたつもりだが、この場面を欠くのでうるおいなし。単行本とせず、こっそり全集にすべり込ませた欠陥作品。しかしこのままにして死ぬのは口惜しいので、この際書いてしまうことにする。万事、片付け仕事ばかりなり。

一五時三〇分、家人に駅で読売新聞夕刊を買って来て貰う。加賀乙彦「中原中也の診断」掲載。去る十一月二十三日朝刊は、「千葉発」として、中村病院にて中原のカルテ発見を報ず。内容の一部紹介され、一九三七年一月九日入院の期日確定は貴重であったが、病床日記の表紙写真が十三版まで出て、Schizophrenie（精神分裂病）の文字が判読できたため、恐慌に陥った。しかしカルテ全文を見た加賀氏の論文によると、それは入院時の仮の診断らしく、「初ヨリ落着イテ居ラレ食事ヲ致シ別ニ変リナシ」とあり。三日目には空笑、独語消え、一週間後に「全ク落着キ元気」、二月一日に軽病棟に移っている。こんなに急速に恢復するのは分裂病ではなく、「ノイローゼ圏の場合に多い」という。

加賀氏は周知のように現役の精神病医だから、病跡学的判断は、カルテだけでなく、生活歴と作品の全体を見なくてはならない、と慎重だが、この時の入院の経過が「精神分裂病」を示していなかったと一応確定したことは大きい。

中原は退院の八ヵ月後に結核性脳膜炎で死亡している。当時、小林秀雄が不用意に「狂死」と書いたため、入院と連続した精神病の結果と考えられがちだった。しかし死因が中村病院（当時、千葉寺療養所）入院時の症状と関係ないことは、広島のこれもお医者さんの深草獅子雄氏（松坂義孝）の調査でほぼ確定していた。

それでも千葉寺療養所入院中につけた「日記」があって、問題が残った。私は一九五二年に京大の精神科教授村上仁《まさし》氏の鑑定を乞うたところ、「ヒステリー」ということであった。この意見は加賀氏も引用していて、「軽いヒステリー程度」となっている。実は「軽い」と「程度」は筆者のレトリックである。諸書に引用されているので、この際、村上仁氏のために明らかにしておく。彼は精神病の疑いに対して「たゞのヒステリー」といったのだった。

しかし中原は一九三二年にもノイローゼをやっている。福島章《あきら》氏の「分裂病圏」説あり（「正気と狂気の間」至文堂一九七二年）、私もその後多くの人の証言を聞いて、その疑いを持つに到った。「千葉寺日記」は多分彼が軽病棟へ移ってからの療養日誌であり、入院時には「子供以下であった」との、院長の言葉が記されている。

村上氏の鑑定は、私が中原の「狂死」を否定したがっているのを知っての「慰撫的」なものであろう、と書いた（「中原中也必携」学燈社一九七八年八月、その他）のは、村上氏に迷惑がかかってはいけないとの考慮からであった。それだけにこの度のカルテの表紙に書かれた病名はショックだったのだが、加賀氏の書面鑑定で、その点は明瞭になり、却ってよかったといえる。

狂気であってもかまわないではないか、という人がいる。それはたしかに中原の書き遺した作品の評価には、関しないにしても、彼の論文や日記の中の判断の妥当性をうたがう根拠とするのには、承服できなかった。また山口県にいる遺族の迷惑を考えて、むきになって否定したのだった。この程度の心因反応であれば、すぐ常人と同じになってしまう。遺伝歴のない通常人でも、〇・八五パーセントの発病率なる由。

十二月七日　金曜日　晴

連日暖かい日続き助かる。各誌新年号到着しはじめるが、匿名欄のほか、読むひまなし。「群像」の柄谷行人「児童の発見」が、目下書きつつある小説と関連あれば通読。「童心」の観念の出現を明治四十三年の小川未明「赤い船」あたりにおき、大人の退行的空想とする児童文学史家の通説を否定し、西欧ではルソー以来、あるいはキリスト教以来の歴史的産物にして、わが国では「文学」の成立と同時という。フロイトやフーコーによって否定されて行く経過を説明している。

いささか鶏を割くに牛刀をもってする気味なきにしもあらざるも、正論なり。柄谷氏の所説は、現代文学の幼少期遡行《そこう》傾向を戒めるところに真意があるかも知れない。明治の富国強兵制度、即ち義務教育＝軍隊教育の制度との一致の指摘も一理あり。西欧にては、兵隊を国家の「子供たち」enfants, children と呼ぶけれど、わが国にては、少年航空兵、「少国民」の出現まで、その例なし。

私の経験では大正期にもうひとつの山あり。一九一八年の「赤い鳥」創刊と同じ頃、軍隊教育の本家、牛込原町の成城小学校を、沢柳政《まさ》太郎《たろう》がルソー、ペスタロッチの自由教育に転換する。即ち当時は軍隊予備教育は商売にならなくなったのである。この成城小学校が、今日私が住んでいる成城の町名由来の「成城学園」（大学）の前身である。

私は「赤い鳥」の少年投書家であり、成城高校（旧制）の第一回卒業生である。つまり骨の髄まで、自由と童心に毒された人間であった。「赤い鳥」の童心から、キリスト教の「幼児の如くならざれば天国へ入ることを得じ」に惹かれた。無垢は漱石によって否定されたが、芥川龍之介、佐藤春夫など、再び無垢を擬態として持つ大正文学やジードに魅せられた経過が、納得できる。ただし富永、小林、中原においては、無垢と経験は拮抗状態にあり。

現代文学の退行の指摘はもっともであるにしても、教育制度そのものについては如何。

日本のしつけがゆるすぎる、とのルース・ベネディクト『菊と刀』の観察との関連はどうか。筆者は明治の義務教育だけ受けた両親に育てられたが、ベネディクトのいうように、三、四歳までは、寝小便の禁圧のほかは、しつけはなかった。これは儒教とも教育制度とも関係のない、東南アジャ的慣習ではないだろうか。しつけと教育制度とは、多分関係はない。

キリスト教には、童心のほかに、男女の性的純潔の観念あり（仏教にもあり）。マリヤは処女受胎し、ヨハネ夫婦は交らずとす。ユマニスト、エラスムスの『愚神礼讃』は司祭、修道尼のありがたがる純潔に抗して、人性は助平にして悪なりとした。ヒューマニスムは始源においては性善説に非ず、性悪説たりしなり。

ホメイニの国際外交ルール違反によって、戦争の危機深まる。朝刊に十万人の反ホメイニデモの発生を報ず。仙台地裁松山事件の再審を決定したけれど、検察側の特別抗告は必至、KDD疑獄拡大、騒がしい世の中になった。

十二月八日　土曜日　晴

暖かい日続く。昼食のため駅まで散歩。ザル一枚。駅前には古きソバ屋があったが、そこは昨年よりホットドッグ・セルフサービス店となり、地下に少しうまい別のソバ屋できる。一四時でも一杯。女の子一人のサービスで、おそくなる。客には私のような老人、中年者多く、「シルが足りないっていってるんだよ、早く持って来い」など大きな声を出す者あり。中老年は醜きかな。

新刊の『訴える女たち』（ジョワジール編、中山真彦訳、講談社）ピーター・カヴニー『子どものイメージ』（江河徹監訳、紀伊國屋書店）を買って帰る。前者は一九七四年に南仏で起った強姦裁判。つい読まされてしまう。陪審制の地域性のため、有罪判決が出るまで四年余かかった。性悪説（男性に攻撃本能あり、女性はマゾヒストで強姦されたがっているから合意なりという）の犠牲者は女性なり。

後者は明治学院大学英文修士課程で児童文学をやった娘鞆繪《ともえ》の種本にして、待望の訳著なる由。ブレイク「無垢の歌」「経験の歌」の参考として、原著を借りていたが、柄谷論文との関連にて、序章のみのぞく。イギリス文学における童心の発生を、エリザベス朝の抒情詩におく。よくわからないが、ジェイムス・ジョイスの童心となると一層わからず。ゆっくり読むべし。

キリスト教はよく考えてみると、幼児性のほかに「原罪」あり、両義的宗教だった。わが学びたる青山学院はメソジストで、原罪をいわなかったものか。無垢は、意識されると個我の自己主張となり、制度と抗争状態に入る。敗けると退行す。集団的自我、ユングのアルケティプスが救済と映る所以《ゆえん》。

オフィーリアをハムレットの幼児性の投影とする説あり。

十二月九日　日曜日　晴

各誌、八〇年代展望を見る。政経の領域には、石油危機、経済危機、原子力発電、公害など、テーマソングがあるが、文壇にてはあいまいなり。「新潮」の大江健三郎、中上健次対談「一九八〇年へ向って」、「昴《すばる》」の梅原猛、谷川健一、川村二郎「文学の裾野を拓く」の共通項は、民俗学なり。本誌の対談時評ホスト黒井千次の年間回顧「小説の生理にそって」によれば、「面白さは筋の展開によって生れるのではなく、部分の輝きの内にひそんでいる」が「戦争の体験が依然として、小説の素材となり、生き続けている」と証言している。そして敗戦を少年＝無垢として体験とした高橋揆一郎《きいちろう》、重兼芳子を例示している。戦無世代の都会的感傷性の、土地との関連を指摘する。

谷川健一氏の『青銅の神の足跡』はたしかに画期的な労作にて、「文芸」の年間収穫アンケートに高橋英夫が、その文学界における反応、川村二郎の「新潮」十月号の「神話象徴の転位」をあげたるは一見識。

ただしこの種のアンケートは新年号でも早すぎる。十二月十五日締切の二月号に廻して、やっと年末の各新聞の文化欄のベスト5と調子が合うことになる。例えば十一月二十五日発売の『同時代ゲーム』をあげたものは、新潮社のPR誌「波」での作者との対談のため、ゲラを読んだ加賀乙彦ただ一人なり。そしてここにも民俗学がある。

詩の方では、「十二月号」は十一月二十五日発売にて、やや体裁整いあり。「現代詩手帖」天沢退二郎《あまざわたいじろう》、菅谷規矩雄《すがやきくお》、佐々木幹郎《みきろう》の鼎談、北川透の三年間の連載評論「詩的火線」「詩的弾道」をめぐって、談論風発。去年は吉本隆明「戦後詩史論」の「修辞的な現在」をめぐっての談論風発だった（私がこれを比べることができるのは、巻末に詩人住所録あり、一年毎に取りかえるためなり）。諸家のいうところは、吉本、北川の諦念的攻撃に対して、都市的モダニズムの主張にある如し。小説家は詩人の新作を読むが、詩人は小説を読まない由。新聞の文芸時評に取上げられるのは、間違いようのない作品だけで、詩人の「現場」と関係ないという。しかし入沢康夫『牛の首のある三十の情景』が本年度の収穫の一つであることは動かないだろう。

「昨日の昼屠殺された牛どもの金色の首が、北東の空に陣取つて、小刻みに震へながら、（今何時だらう）わたしたちの、わたしの、中途半端な情熱の見張り役をつとめてゐる」。「わたしたちの、わたしの」の繰り返しに、個我と集合体自我の併存の主張あるか。『同時代ゲーム』にも「牛鬼」あり（ちょうどそこまで読んだところ）。「もともと牛鬼の祭は、われわれの祖先が定住する以前に、あのあたりにいた者らが守っていた祭の習俗だった」

大江君の小説の舞台、愛媛県大洲盆地は、わが『天誅組』の主人公吉村虎太郎の脱藩経路にて、地形はよく知っている。小説に脱藩士の兇徒化せる者ら登場し、興味津々なれど、いま読んでいると、仕事にならない。

入沢氏の「牛の首」はエジプト風の牛頭人間となって、都会の舗道を歩いたりするが、入沢氏の詩句にある「北東」は十二支の丑寅の方角なり。大江君の「牛鬼」は、宇和島の牛鬼祭と関連あるか。土俗的にして、恐怖の象徴たるところに共通点あり。危機によって日常生活に入った裂け目が、詩人、小説家の創造をうながしたるなり。

十二月十一日　火曜日　晴

やや寒。午後、「新潮」S君に「オフィーリアの埋葬」二十五枚渡す。うまく行かず。結局、対しゃりこうベモノローグを料理し切れず、避けて通る。文章混濁、貧寒なり。止むを得ざれども、全篇書き直す志は捨て切れず。

中沢直人氏より喪中欠礼のハガキ貰い、しばし茫然。わが渋谷小学校の旧友徳弥君の令息なり。半年前の、六月二日、自動車事故により死亡、遺言により、誰にも通知しなかった、との未亡人完子さんの添書あり。潔い態度なり、熱海滞在、七十歳になっても山登りをし、自分で運転して往診していたから、事故に会ったものか。

直人君宅に電話すれど、応答なし。たしか父君と同業にて、どこかの病院にお勤めだったはず。夜、再び電話してやっと事情判明、直人君は順天堂病院内科勤務にて、一昨年北村教授に紹介されていたのだった。ぼけひどし。徳弥君は一週間後の六月十日、東京に移住の予定にて、馴染みの患者に挨拶廻りをしていて、過労のため運転を誤ったのだった。中沢徳弥君はもと熱海国立病院の副院長、退職後、清水町にて開業していた。文学にかかわることを記せば、熱海居住中の谷崎潤一郎、志賀直哉、広津和郎の主治医なり。もうみんな故人だから書いてもいいだろうが、患者として広津さんが一番扱い易かったと聞いたことあり。諸文豪の病気については、答えないにきまっているので質問せず。

十二月十三日　木曜日　晴

寒。『同時代ゲーム』読了。面白かった。『万延元年のフットボール』より始まった、谷間の村落共同体の一揆的反乱ものの集大成というべし。幕藩体制、天皇制への反乱譚の、ファルス的構成、話法に特徴あり。谷間空間の創造神への信仰保持家族の、死と近親相姦的再生、奇想なりうべし。

陸軍参謀本部作成の鳥瞰的地図を否定する、谷間中心の地図の観念に興味あり。大江君の描くのは隠喩としての地形なり。

「至福千年」または「千年王国」が、大江君の構想のうちにあったと聞いていた。加賀氏との対談によると、二千三百枚の初稿あり。縮めて、現在の形になったという。その間にこのモチフがあったものか。

「千年王国」についてはノーマン・コーン『千年王国の追求』（紀伊國屋書店、江河徹訳

——これは『子どものイメージ』の監訳者だ）、アンリ・フォション『至福千年』（みすず書房、神沢栄三訳）あり。十一〜十五世紀まで、ヨーロッパに現われたユートピア願望なり。キリスト再臨による終末に先立って、千年間の至福続くとす。それは紀元一千年より始まるが、アンチキリストの出現ありとす。最後の審判がこわい連中、それに先立ってうまいことをしようとの説なり。十字軍活動と関連あり、ヨーロッパ世界の成立をうながす政経的危機の結果とす。

作者の創造を刺戟《しげき》したものが、至福にあるか、反キリストであるか、後者の方が小説的だが、ユートピア譚は現代では嘲笑の的となりがちなり。「どこにもない所」は地図にしか書けないだろうが、作者の空想は異常増殖して、二重戸籍住民、近親相姦、同性愛、巫《み》女《こ》的な性的無差別の習慣を持つリーダー一家の歴史などの劇的構成となり、小説的世界を形成したのなり。

「犬曳き屋」「木から降りん人」「無名大尉」など、宮沢賢治的名称をもつ人物、自分で作った迷路の中で迷子になる子供たちなどが出て来るが、賢治童話のような日常的行動はせず。人物の風貌も行動もすべて暗喩として機能する。語りとして輪廓不明だが、作者の言葉によれば、解体し再生する村＝国家＝小宇宙の全体は完成している。ジョルジュ・プーレの『円環の変貌』（国文社、岡三郎訳）に倣っていえば、「中心がいたるところにあるが、円周はどこにもない球体」の移動による語りということになる（これは十二世紀の偽ヘルメス文書にある神の定義である）。

「無かった事もあったにして聴かねばならぬ、よいか」これは埴谷雄高の千億光年の彼方に実現すべき革命幻想とも通じていて、現代社会の裂目《さけめ》より噴出せる夢魔である。ただユートピア志向が底流しているゆえに希望の文学なのである。

冬眠日記

一九八〇年一月九日　水曜日　曇

漸《ようや》く寒気到り、外出できず。暮の三十一日の午後、駅まで散歩して以来、蟄居《ちっきょ》。正月三日より寒い日はじまる。午後一時〜三時、暖かい間に客に会い、娘、息子夫婦、孫たちと遊ぶだけ、あとは寝て本ばかり読んでいる。天気よく暖かい日の、同じ時間帯にたまに机に向う。書くか読むかのほかに、することなきなり。かつて正宗白鳥先生が、最後まで読書欲旺盛、執筆絶えざりし心理のいくぶんかがわかる。ただし筆者は先生よりよほど早く病弱になり、ぼけてしまった。

風邪がこわい。わが心不全は弁膜症から来る心房細動というやつにて、同病者に澤地久枝女史あり、女史の方が重症だが、驚異的に動き回り、書きまくっている。若さの力なり。うらやましきことなり。こっちは齢だからだめなのなり。

暮の十八日以来、ずっと休息、遊んでいるから、体調少しいいような気がする。「現代詩手帖」年末座談会にて天沢退二郎氏の発言の中にシンガー・ソングライター中島みゆきの名あり。「シンガーなんとかってなんだ」と娘にきいたところ「ずれてるわね」といって、ごっそりレコードを持って来てくれた。中島みゆき、アリス、松山千春などなど。ニュー・ミュージックといわれて、テレビには出ず演奏会レコード主義にて、アリス三人組の如きは演奏会年間百五十回、つまり三日に一度、全国をぶって廻っている由。自ら作詞、作曲し、歌うのだから中間搾取なし。「アリス」の名前は知らなかったが、「君の瞳は一〇〇〇〇ボルト」は知っていた。

中島みゆき悪くなし。「時代」「店の名はライフ」など、唱いぶり多彩、ひと味違った面白さあり。詞の誇張したところは抑えて唱い、平凡なところは声をはる。歌謡曲とは逆になっているところがみそか。もっともニュー・ミュージックは七八年がピークにて、いまは歌謡曲とあまりかわらなくなりつつありとの説あり。しかしアリスの年間収入五十五億円、来年は地方に演奏会場を持つとのうわさありとは驚いた。

知らない客にドーナツ盤をきかせて、暮から得意になっていたが、新しがり屋の埴谷雄高だけは、中島みゆきのヒット曲「わかれうた」の題名まで知っていた。しかし高石友也、岡林信康など、フォーク以来の系譜を扱った富沢一誠『ニューミュージックの衝撃』（共同通信社）は知らず、抑えてやった。

「アバ」がレコード売上第一位になったと聞き、ＬＰを買った。女声二男声二の四人組なれば、音に変化あり。残念ながら、音楽は外国種の方がいいようなり。

一月十一日　金曜日　曇

終日、ベッドで本を読んでいると、すぐ眠ってしまう。すぐ夜になる。糖尿病ノルマ的夕食は、ビール小瓶一本に、魚類と野菜なり。七時前に茶の間に入り、NHKニュースのあとの天気予報と温度予想が、明日のことにて、知りたきことのすべてなり。七時半よりのクイズ番組を頭の体操に見て、八時からは「西遊記」がひいき番組なり。夏目雅子の三蔵法師が可愛いが、好評を意識してか、女の表情を出しかけているのはいかがなものなりや。美人が坊主に扮しているから魅力あるなり。女の方は「風の隼人《はやと》」の仙波綱手の方で出すべし。これは直木三十五『南国太平記』にて、仙波小太郎がひいき。『西遊記』と共にわが年少期に愛読せる伝奇物語、年とって子供に返りつつあるなり。

九時すぎ、眼つかれ、ベッドへ入ると十一時すぎまで眠る。それから朝の四時頃までまた本を読み、それより睡眠剤一錠のんで八〜九時まで眠る。朝食後、十一〜十二時までまた眠る。睡眠時間合計十時間以上、冬眠的生活というべし。

ピーター・カヴニー『子どものイメージ』読了。「文学における無垢の変遷」なる戦略的副題あり。原著の副題は「個人と社会」、英文学のロマン主義以来、D・H・ロレンスまでの幼児期の歴史、深くはないが、広く展望しあり。戦略的副題は、アダルト・ファンタジー『指輪物語』の世界的成功に伴い、無垢とファンタジーが問題化したためらしい。

ポール・アザール『本・子ども・大人』の楽しき読後感の思い出を持つ者にとっては『子どものイメージ』は少し堅苦しいが、アザールがひたすら児童による大人の文学的財産の奪取（『ロビンソン・クルーソー』、『ドン・キホーテ』）の礼賛に終始せるに対し、カヴニーが『ピーター・パン』を世紀末的退行と見、この時期の無垢を大人の悔恨の象徴とするのは一理あり。『エミール』以来の無垢礼賛はフロイディズムにて終焉せるに非ず、幼児性の欲動の客観的把握が、ロレンス、ウルフなどの文学の原動力となったとす。やや楽観的なる結論と見ゆ。

今世紀はエレン・ケイの「二十世紀は子供の時代だ」の絶叫と共に始まったが、『現代という時代の気質』（柄谷夫妻訳、晶文社）の著者エリック・ホッファーの「歴史は非行少年によって作られるのか」の呟きに終らんとす。ただしその間に都市への人口集中、産業社会の構造的変化あり。戦争あり、アウシュヴィッツあり、現にソ連の大人の操縦する戦車はアフガニスタンに侵入し、アメリカの大人大統領はあまり効果なさそうな穀物輸出制限を絶叫す。

かかる時代にあって、筆者のような老人は、二十世紀を大人と子供のケンカの世紀と規定し、一九二〇年代に富永太郎なる一詩人の内部にて行われたる無垢憧憬と個我形成の経過の如き時代錯誤的問題に沈潜しようと思うのである。

カヴニー先生はイギリス文学に最初に現われた無垢をエリザベス朝のリリックスにおく。わが書庫にある英米文学史で、最も新しきものは、学生社一九七五年出版のシンポジウム「英米文学」全八巻なり。出席者にはかなりのフランス文学者あり。顔見知りの教授連多し。座談会はその声や身振りを知っている人が出ている方が読んでいて面白い。最新の研究成果を踏まえて才気煥発なれど、論旨しばしば飛躍して、あまり教育的な本とは思えぬが、筆者の如き文学的すれからしには甚だ面白し。第四巻『ロマン主義から象徴主義へ』、富永関係にて必要あり、ついでに全巻買っておいたのが役に立った。第一巻『ルネッサンスと反ルネッサンス』は例文としてシドニーの牧歌体、スペンサーの『仙女王』の原文と訳文あり、よくわかった。

ただし、チョーサーよりモアへ飛び、マロリーを抜かしたること不満なり。成城の隣組の『トリスタンとイズー物語』専門の山田 嵓《じゃっく》にきくと、イズーには姦通の罪の意識なし、無垢の観念は、キリスト教を別にすれば、恐らく聖杯伝説まで遡《さかのぼ》るだろうとのこと。

聖杯はマロリーにてはキリストの血を受けたる杯にて、姦通者ランスロットは見ることはできないが、伝説はもともと大陸系にて、ドイツ人ヴォルフラム・フォン・エッシェンバッハにては宝石となる。ケルト起源と考えられるという。最近翻出のゲルハルト・ヘルム『ケルト人』(関楠生《くすお》訳、河出書房新社)は聖杯伝説についての記述にて終る。

筆者は二十年ばかり前、自分がなぜ姦通小説を読み、書くのかとの疑問を自らに発してより『トリスタンとイズー物語』に興味あり。最近パイヨ社より出版のセルトロジーを買わされている。ジャン・マルカール『ケルトの女』（一九七七年）によると、聖杯はもとはケルトの家庭的銅杯にて、煮えた食物の無限溢出あり、女性的豊饒のシンボルらしいという。そういえば聖杯騎士ローエングリンには女性的要素あり。聖杯は多く美女に保持さる。その保持者と聖杯自身と同視される傾向ありという。マルカールによれば、聖杯探求とは女性探求に外ならず、地母神らしいものの発見に終るという。

もっともこのマルカールなる人物は近頃流行の神話ジャーナリストらしく、大向うを意識したる趣きあり。『ケルトの女』は、流行のウーマン・リブに色目を使っていて、信用し難きふしあるも、ケルト伝説の研究は目下アイルランド、ウエールズにてフィールド探索進行中にして、確定しがたく、情報のフランス到着おそく、この頃英語の本ばかり読まされている、と山田𣝣はこぼしている。不分明の点あるも、子供の無垢と純愛物語には通底の見当がある。

わが国における子供の無垢の歴史は、幕末の国学より始まったとの見当があるが、明治の教育勅語教育にては、大正年末にても小学生が袴を穿かせられ、大人のミニアチュアにされたものだ。されどここに小説家、詩人なる無頼の徒ありて、明治二十年代より、恋愛は人生の秘鑰《ひやく》なりと称す。ヴィクトリア朝の処女性があがめられたれど、一方虐げられし女の解放、平等主義と結合す。無垢を貧乏――つまり富の不在と同視する傾向あり。ルソーは人間不平等の起源に遡って人間の自然の平等に到達せり。しかるに現代管理社会にては、子供の自然、無垢を延長して、モラトリアム人間を作る方が統御に便利なるを発見せり。管理能力なき次男、三男坊は、文弱の徒として、無垢芸術に熱中させる方が安全なり。即ち白樺のドラ息子連にして、女中や貧乏人に同情す。日本の児童文学はロマン主義との関係にては明治二十年代の若松賤子《しずこ》訳『小公子』、社会主義運動と関係して明治四十年代より起ったはずなれど、日本児童文学史にはなお欠落部分多し、なお考うべし。フランス十七世紀のペロー童話の問題あり。

一月十二日　土曜日　晴

なお寒けれど、富永太郎第一巻「詩、翻訳」篇原稿をとにかく机の上に出す。詩作品は一応整理ずみなるも、こんどは未完成の詩稿断片もすべて収録、詩作品の部は生前発表の作品、未刊作品、詩稿断片の三本立にするつもりである。著者が最終的に×印にて抹消し、しかしテクストの明瞭に読みとれるもの、例えば、「画家の午後」「大脳は厨房である」なども、詩稿の部へ入れることにすべきか。一九四九年東京創元社版『富永太郎詩集』以来これら作品を定稿未刊作品として、年代順に配列して来たのは、この夭折詩人の作品があまりにも少ないこと、それにも拘らず、その詩想の急速な推移を展望させるためであった。しかし、富永の声価が定った今日、そんな配慮はもはや不要である。作家の最終的意向を尊重して、詩稿断片の中に入れるのが適当と認められるのである。

富永作品の評解で、最も新しいのは、京大仏文講師イヴ＝マリ・アリュー氏の『日本詩を読む』（白水社、七九年三月）である。テクストを仏訳しつつ評解する日本近代詩人四人の中に入れられたのは光栄だが、その注釈には、氏もしくはその助言者の世代のずれによる誤りがまじっているのは、残念である。

例えば「秋の悲歎」の中の「オールドローズのおかっぱさん」についてだが、荒木亨氏の解釈、フランスの娘向きの香水 eau de rose との混淆があるのではないか、を採用して eau de rose, vieille rose を併記して訳していることである。old rose はランダムハウス『英和大辞典』に「紫（灰）がかったばら色」とあり、名詞、形容詞に両用としている。アリュー氏にはこの意味が、年増の娘らしい「おかっぱさん」と対立すると思えたので、荒木氏の解釈を採ったらしいのだが、オールドローズは荒川惣兵衛『外来語辞典』（一九四一年冨山房版）に採用されるくらい、現実に大正末期の流行色であった。『洋裁洋装辞典』よりの転載として「桃色のやや濃き色」とされ、谷崎潤一郎「アヹェ・マリア」（大正一二年）の「オールドローズの毛糸」を例示している（同辞典の増補改訂版、角川書店、六七年ではこの項消滅）。今日の流行色ワイン・レッドに近いが、よりグレイがかり。ワイン・レッドは二〇歳代の色で、時代が衰退に向うとはやるといわれる。大正十二、三年も衰退に向っているといえるが、とにかくオールドローズは十四、五歳の少女も用いた流行色であった(以上一九二七年の家蔵版『富永太郎詩集』の編者村井康男夫妻の教示による)。「おかっぱさん」はもと童女髪形の「おかっぱ」を成人女子の採用したるもの、当時の「モダンガール」又は「モガ」の間で流行した断髪へアスタイルであって、たしか第一次ヨーロッパ大戦中の後方勤務の女性が便宜上採用したものが、戦後の流行となり、その頃日本に渡来す。前髪をそう深くなくたらし、周縁を頬のあたりで揃える。その形を河童にたとえるのは失礼だったが、因習的島田髷《しまだまげ》や束髪に抗して、断髪した女優、職業婦人、女子学生へのからかい半分の尊称として「さん」をつけたのであった。

この作品の季節は秋だから「おかっぱさん」はオールドローズのスウェーターではないか、と思われるのだが、そこまで特定するには及ぶまい。十六、七より二十五歳までにいたる。その後姿にアリュー氏の如く年増と特定する必要はないと思う。十八歳—二十二歳ぐらい、富永と同年配の感じである。「おかっぱさん」は和服を着ることもあり、やがてドイツ女優ルイズ・ブルックスに代表される両頰の切口を鋭角的に前方に突出す形がはやり出し、男性をマゾヒスチックな気分に導いた。

一月十六日　水曜日　晴

順天堂病院。十一時着。レントゲン、心電図。先月あった心臓肥大去る。暮の十八日から、まるひと月、何もしなかったのだから、よくなるわけだ。利尿剤は週に二日一日一錠、あとは半錠に減る。つまりあまり疲れない日が五日あることになる。

となりの東京医科歯科大病院に「海」編集長塙嘉彦《はなわよしひこ》君入院しあり。面会謝絶だが、奥さんに挨拶して帰るつもり。病院裏のスナックへ入って、スパゲッティを食べたが、自動ドア絶えず開閉して、寒気を感じる。お茶の水附近は風強く、寒いのなり。歯科大の正門まで百メートルの道歩くのがこわくて、失礼させてもらう。

すでにいま感じた寒気にて風邪を引いたのではないか、との恐怖あるなり。店を出ればタクシーすぐ来て、助かる。車の中はあったかい。

成城に帰り、すぐ寝てしまう。別に寒気なく、大丈夫のようなり。

一月二十一日　月曜日　晴

午前二時、トゥルニエ『赤い小人』（榊原晃三、村上香住子《かすみこ》訳、早川書房）中、まず面白そうな「親指小僧の家出」を読み、はてペローのもとの話ではどうだったっけな、もっといたずら小僧だったはずだが、パロディというものは、もとの話を知らないと面白味が出ないのが不便だ。たしかにトゥルニエの作品には、中島みゆきの唄同様、一味違う面白さがあるのだが。寒い書庫へ、民族学辞典を取りに行こうか、どうしようかと、迷ってるうちに、不意に寒気がしてきて、寝床の中でがたがた慄《ふる》え出したのに驚いた。

家人を起こして、毛布をもう一枚出して貰い、電気ごたつを入れたが、慄えがとまらない。熱をはかったら三九度七分あり。びっくり仰天。

やはり十六日、病院裏のスナックで風邪を引いていたのだ。取り敢えず、一年前に引いた時もらった薬の残りを飲んだが、夜が明けても、三八度六分。

かかりつけの諫山《いさやま》先生往診して下さる。尿検査、先生は腎盂炎を懸念されたらしいが、それはないとのこと。どこかで風邪を拾ったのだろうという。もはや日記も書けない。

リズムの変化

二月六日 水曜日 晴

厳寒。午後一時より青山斎場にて、「海」編集長塙嘉彦君の葬儀あれど、風邪こわく欠礼。先月十六日、順天堂大病院へ行った日、お隣りの東京医科歯科大病院に見舞わなかったのが、心残りとなったが、どうせ会えなかったのだった。十二月二十八日蜘蛛膜下出血《くもまくか》してからは絶望だった。いびきをかいて眠る姿を見ることも、多分だめで、奥さんに挨拶するだけだったはずであった。一月二十五日午後八時三十一分永眠。お通夜に家人を代参させた。

惜しい人に死なれたものである。一九七五年秋、彼が編集長になった年、私はほかのところで鷗外の「堺事件」を論難した。国文学界の反論が予想されたが、私にはこれ以上鷗外を難ずる気はなかった。私は鷗外のお嬢さん森茉莉《まり》氏が健在で、盛んに文筆活動を続けていることを失念していたのである。そして成城の隣組で、フランス中世文学その他について、始終質問している山田爵《じゃっく》は、彼女が故山田珠樹《たまき》先生の許に残した子である。史料編纂所に入っているフランス側史料と突き合わせて、私なりに事件を再構成するに止めたいというと、塙君は史料のコピーとその公表許可をフランス政府から取ってくれた。しかしその後、私は体調をこわし、作品は実現せずに今日に到っている。

すべて先に延び延びになっている仕事ばかりなのだが、「富永太郎全集」の方が先口だから、これを六月までに片づける。七、八月は山小屋へ行くから、文献を使う仕事はだめ、九〜十二月に必ず仕上げるつもりである。

今年の一月には不思議と「堺事件」についての論文が多く出た。「日本文学」一月号は「歴史小説」を特集し、山崎一穎《かずひで》氏「〝堺事件〟論争の位相」あり、「文学」一月号には蒲生芳郎《がもうよしろう》氏「〝堺事件〟私見——〝堺事件〟は〝反〟権力的な小説か」が載った。これらは尾形仂《つとむ》、小泉浩一郎氏などの反対意見の行き過ぎを咎《とが》めたもので、国文学界でも意見が分れたのである。蒲生芳郎氏は仙台の宮城学院大教授で、富永太郎について協力をいただいている。論争に介入することにより、学界内での立場が悪くなるのではないか、と心配であるが、前述のように私は事件を再建することをもって答えに替えるつもりである。それだけに塙君の助力をあてにしていた。フランス人で事件に興味を持つ人を紹介してくれることになっていた。それらのことが氏の急逝によって不可能になったのは打撃だが、資料集めは大体終っている。あとはひとりで仕上げるのが塙君の霊に対して私の負い目になった。

二月八日　金曜日　曇

そろそろ暖かくなってもいいのだが、先月が暖冬だった反動か、寒い日続き、寝床から出られない。本ばかり読んでいる。ロラン・バルト『物語の構造分析』『旧修辞学　便覧』など文学にばかり凝り固っていては、頭がおかしくなる。美術、音楽、推理小説、週刊誌など、気の向くままに、読み散らかしている。

音楽はこのところ白水社から出る本を読まされている。ピーター・コンラッド、富士川義之訳『オペラを読む』、ヒルデスハイマー、渡辺健訳『モーツァルト』、両方とも原書は一九七七年出版。

前者はオペラは、ワグナーの使った「楽劇」という呼称から、音楽と劇との総合と錯覚されているが、「リング」も「トリスタンとイゾルデ」も、叙事詩やロマンスを素材としている、オペラはむしろ音楽的小説ではないか、ということを「魔笛」から「サロメ」「ルル」まで例をあげて論証している異色ある本である。成程、そういわれればそうで、こんなことに気が付かなかったのはへんで、齢を取ってから既成概念が引っくり返されるのは快い。ただしカルメン、ドン・ホセ、リゴレット、パリアッチなど、一時代前、つまり富永太郎の世代に影響を与えたキャラクターが扱われていないのは、少し不審。現代的に問題性のある音楽だけ選んだからか。

ヒルデスハイマーはモーツァルトの有名な従妹宛その他の書簡中のワイセツとスカトロジー（実にモーツァルトの母親のレオポルド宛書簡中のスカトロジーまで引用）から、「可愛らしく」無垢で「自然さ」そのものとしてのモーツァルト像否定の総合決定版。ダルヒョウなど共著、海老沢敏《びん》、飯盛智子共訳『モーツァルトの毒殺Ⅰ』（音楽之友社）と合せれば、伝記的研究はもはや終了。

ところでこれらの研究が、モーツァルトの人間について教えてくれるが、彼の音楽を聞く楽しみについてはあまり助けてくれないのは当然である。音楽の手触りを感じさせてくれるのは、武満徹と川田順造対談『音・ことば・人間』（岩波書店）だが、先月から持ち越している重い本はクルト・ザックス、岸辺成雄監訳『リズムとテンポ』（音楽之友社）である。一九五三年出版の古典的な本らしいが、横書きで四五〇頁あり、寝床で読むのは、きつい。少しずつ読んで、やっと読了。しかし有益な本であった。

リズムにはアリストテレス以来、定義が五十ぐらいある由。絵画でも眼が一つの線をたどるのには時間がかかる。空間にリズムあり、との指摘あって、教育的な本だが、私にとって最も重要だったのは、各民族にある三拍子についての情報であった。菅谷規矩雄『詩的リズム――音数律に関するノート』（大和書房、一九七五年）中の中原中也のスケルツァンド三拍子についての指摘以来、三拍子は私の気にかかっていたことであった。周知の如く、わが国には、西欧の音楽が入って来るまで、三拍子なし。「わらべうた」にもなく、私の世代では小学唱歌と曲馬団のジンタ「天然の美」で知った。

モーツァルトのメニュエット、ヨハン・シュトラウスのワルツによって、われらに親しきものとなった。菅谷氏は中原の「汚れっちまった悲しみに」の詩句中「れっち」「まった」の促音に、非ワルツ的で、スケルツァンドな三拍子を認めたのであるが、私には「れっち」に三拍子を感じるのはむずかしかった。そもそも促音の連続が東京人には無理。

三拍子起源如何、と吉田秀和にきいても判然せず、コラールに三拍子あり、日本の唯一の三拍子は「なんまいだあ」なり（颯田《さった》琴次《ことじ》説）、宗教起源か、舞踊起源か、西欧に適当な研究があるはずだと思っていたが、やはりあったのである。

中国と日本は二拍子、インドとギリシャに三拍子あり。人間は歩行と心臓の鼓動も身体的に二拍子動物なれど、舞いと「流れ」に三拍子あり、という。西欧中世にては、キリスト教が三という数を大事にしたから（三位一体）三拍子優勢、ルネサンスは踊りが早くなってむしろ二拍子、バロックに到って、二、三、四、六調子その他入り乱れて多様化した。ロマンチック以後は、各作曲家独自のリズムを求めて、五、七調子に到る。第三世界の音楽はポリ・リズミックなりという。

支配者の音楽が軍楽行進曲の二拍子とは菅谷氏の著書に指摘あり。専制的古代中国＝律令制日本は二拍子なれど、インド起源の仏教に三拍子あり、捜しようによって、わらべうた、民謡に三拍子あるのではないか。

颯田琴次によれば、日本家屋は襖障子構造なれば、どなり合いの二拍子よりなし。三拍子も二拍子となるという。『リズムとテンポ』は三拍子を二拍子に数えることができる例を示す。現代の作曲家は二小節ぐらいでリズムを変えること始終なり。

諸井三郎は中原の「朝の歌」を五拍子で作曲し、途中に三拍子を挿んだ。詩句の意味に引ずられて、一行の中にてもリズム変ることあるべし。ここに音符では示せないが、「まった」にだけ三拍子を付けることもできるだろう。

二月九日　土曜日　晴

「海」編集部よりバックナンバー五四年六月号ミシェル・トゥルニエ特集号を送ってもらう。「親指小僧の冒険」など短篇四に、阿部良雄氏の解説あり。『魔王』『気象』、自伝的評論集『聖霊の風』など、珍らしくフランス語の本を買わされている。

『魔王』は一九七二年二見書房刊の近田武、植田祐次訳を買ってあった。ただ人食い鬼ogreを「鬼」と訳したのはいかがなものか。「人食い鬼」はトゥルニエの重大なキャラクターにて、「親指小僧の冒険」、ペローの原作にては、親指小僧の兄弟と間違えて自分の娘を食べてしまい、七里ひと飛び長靴を取られるくらい間抜けな鬼として語られている。ペローには最初に貧困に由来する子棄てのモチーフあり。長靴の威力による出世譚なれど、王朝的教訓付きになってる。トゥルニエのパロディにては然らず。長靴はロマンチックな樹木的仙境たる森との往来の道具となる。この辺では大したことはないが、長篇『魔王』となると、ナチの人食い的性格への、現実的関連あって、容易ならず。

トゥルニエはヌボー・ロマン以後の俊秀にして、ゲルマニスト、哲学科出身にして、ドュトールと共に、ソルボンヌ教授試験落第、小説に転ず。形而上学を小説にて現わす、との主張少し気障なれども理由あり、文章は平明にして、筆者には手頃なり。

『魔王』はゲーテのエルケーニヒにて、人食い鬼なること、ゲーテの詩句の仏訳にて示す（第七連第一行のGestaltをcorpsと訳す。取って食いたいの意）。俘虜となりヒトラー・ユーゲント（食われるべき少年団）世話係となり、最後はソ連軍に追われて少年の一人を背負って、底なし沼に没す。新奇なる筋立、たしかに新文学なり。

『新ロビンソン物語』（岩波書店）を読む。出世作『ロビンソン又は冥府』を子供用に書き直したもの。フライデイの過失にて、ロビンソンが難破船より運んだ火薬爆発して、銃その他文明の利器なくなってより、主客顚倒して、フライデイの生活の知慧優越す。イギリス船来ても、ロビンソンは文明世界に帰る気なく、島に残る。フライデイ夢を見て船に行き、アメリカへ売られる奴隷として船底につながれる。

ロビンソンを未開よりやり直しの自然経済人とする説は、つとにマルクスに嘲笑さる。彼の孤絶の英雄的生活が難破船より運び出した小麦と火薬にあることは常識に属す（大塚久雄氏にロビンソンがブルジョア的平安に甘んじる父に反《そむ》いて、海に乗り出しながら、孤島の城では「囲い込み」をやったとの指摘あり）。『新ロビンソン物語』のひっくり返しは当然出るべくして出た曲芸なれども、今日まで誰もやらなかったのを、やったのはトゥルニエの鬼才なり。大人用「ロビンソン」は解説者が口を濁しているから、恐らくは同性愛なり。

自然と無垢についての観念は変更を強いられる。もともと無垢については、たまたま富永太郎がブレイク「無垢の歌」「経験の歌」にアンダーラインを引いていたことを、発見してから考え直したことだけれど、これまでに同じ主題について本をあさっていたこと判明す（読んだ本を忘れるくらい、ぼけたるなり）。

イーハブ・ハッサン『根源的な無垢——現代アメリカ小説論』（一九六一年）岩元巌《いわお》訳が新潮社から一九七二年に出た時、読んでいた。思うにアメリカ文学は、フェニィモア・クーパー『モヒカン族の最後』（一八二六年）以来、ルソーの「高貴なる野蛮人」の継承者にて、ソロー、ホーソン、ホイトマン、トウェインにその伝統あり。つまりヨーロッパから見れば辺境にして、マダガスカルの純愛物語『ポールとヴィルジニー』、スイスの『村のロメオとユリア』、ゴーギャンの『ノア・ノア』まで入れれば、アンチ文明即ち無垢とする伝統あるなり。

もっともハッサン教授の論説は少し複雑にて、ドストエフスキー『地下生活者の手記』

のごとき、反ヒローの出現より発せる複雑なる無垢にて、カフカ、トマス・マン、ジェムス・ジョイスもその中に入る。アメリカにては、マッカラーズ、カポーティ、サリンジャーまではまだいいとして、ベローまで入っているので、こうなってはあらゆる現代的葛藤も、小説世界に取り込まれると「無垢」と名付けられ得る。弁証法的無垢とでも称すべしと考えられるのである。

『魔王』の主人公は「人食い鬼」なれども、最後はキリストの如き美少年を背負いて、底なし沼中に没す。これは「無垢」ではなく、聖者伝的意志的行為なれども、文学的な免罪作用といえなくもない。ルソー、ブレイクにても無垢なる概念は「経験」或いは「文明」の対蹠物なり。常にアンチにして、否定概念なれば相手を包み込むことができる。無垢は文字通り「汚れなし」の否定語、仏語。イノセンス innocence も、ラテン語 in nocens。即ち in ＝否定、nocere「害する」にして、否定語なり。つまりいくらでも内容を増殖し得るなり。しばらくこの問題は考えないことにする。時間潰しなり。

二月十日　日曜日　晴

やや暖。書斎にて、富永太郎詩稿整理。ノートにフランス語詩の筆写あり。ボードレール「コレスポンダンス」の筆写原稿多種あり。暗記せるままに書き下し、原文と照合して訂正した形跡あり（三行目最初 on と書き l'homme と訂正しある如き）。ポー「アナーベル・リー」のマラルメの散文訳を、原詩通り行分けしてみたり、ヴェルレーヌの「巷に雨の降る如く」をフォネティック・サインに書き直して、韻脚を数えたり、大正十一年、外語に通い初めには、張り切って勉強しあり。

日本語詩にても、音符を使って、脚を勘定す。八・七調を♪♪♪♪と記して、八八調と同じと称す。「これわが発見なり」と記しあり。全集には筆写ノートは収録しない方針だが、彼自身の感想を記すこと稀《ま》れなれば、これを採用したき誘惑にかられる。音符を使用せること岩野泡鳴『新体詩の作法』になし。福士幸次郎の音数律研究は知らず。この年出版の土居光知《こうち》『文学序説』にあり。

ノートには自作のフランス語詩篇断片あり、東大助教授奥本大三郎氏をわずらわして、三篇拾い出して貰った（奥本氏は「現代文学」第十六号（七六年十二月）に「富永太郎のフランス語草稿」として発表）。これらは「詩断片」の中へ収めることにする。

二月十二日　火曜日　晴

再び寒し。画家田付鈴児（清子）さんから母君たつ子女史の旧著『パリの甃《いしだたみ》』再刊本届く。たつ子女史は有名なる外務省婦人にして、著者は自由ケ丘にお住いにて、下山姓なりし頃、フランス語ならったことあり。その後は一九五四年パリの日本大使館のロビーにて、一度お目にかかった。女史は当時、たしか松方コレクション取戻し交渉中だった。

『パリの甃』はマルローの塗り替え、ポンピドウ・センターなどにて俗化する前の、古きよきパリの印象記にて、稀少価値あるべし。

女史は富永文献には、「村田美都子」の名で出て来る。本郷竜岡《たつおか》町十番地の家の離れに清子さんと住む。敷地の横の道路沿いにて母屋と別に入口があったという。西条八十《やそ》、高橋邦太郎ら出入す。富永に清子さんとの母子像あり。ただしたつ子さんは昭和三年には富永が自分に惚れていたのに気が付かなかった、と筆者にいった。この証言どこまで信ずべきか。

二月十五日　金曜日　曇

依然として寒し。寝床にもぐってるのが、少しいやになって来た。午後三時、「海」の高橋善郎君より電話。水上勉の母君、亡くなられた由。八十二歳。水上は軽井沢より若狭へ直行という。成城の留守宅に電話。奥さんに弔意を伝う。水上はこの頃、よく郷里へ帰って、孝行しましたので、と奥さんいう。その通りだ。近時若狭名物となりつつある原発について、「おっそろしこと起っとるで」との村の老人の言葉をどこかの新聞で報告していた。

四時、埴谷雄高電話して来て、新田次郎氏の急死を伝う。彼は吉祥寺隣組にて、夕刊より少し早耳なり。風邪を引いていて、突然、心筋梗塞を起したとのこと。風邪に気を付けろ、との忠告つきなり。

私は先月高熱を出したが、案外早く癒《なお》った。その後、とにかく風邪を引かないこと専一に、籠《こも》っているから、その後は無事。

新田氏の富士山頂の測候所員の生活を書いた作品に感服したことあり（毎夏、山小屋で、測候所の建物を仰ぎ見て暮している）。文芸家協会理事会にて一度お目にかかったことあるだけなれど、文士には珍らしく誠実なる実行家の風格あり、ひそかに敬意を払っていた。惜しい人の死亡相継ぐ。

埴谷は十三日、武田百合子さんの『犬が星見た』の読売文学賞受賞会に出席。銀座、六本木と三次会まで付合った由。彼は心臓そのものでないけれど冠状動脈狭窄にて、そんなことをしてはいけないとこっちは忠告する。

八時、テレビにて「三年B組金八先生」を見る。テーマソング「贈る言葉」を武田鉄矢扮するところの先生自ら歌う。シンガー・ソングライターの新手なり。受験日、妊娠女子生徒出産重なり、長面短軀の日本的先生、活躍す。中学生の両親殺傷、教師暴行横行の世の中に少し綺麗事すぎるようなれど（センコーと呼ばせないのではほんとらしくない）、人気上昇、同時間の退屈な刑事番組「太陽にほえろ」を食いつつあるのは目出たし。金八先生とは金曜日八時より名付けたるという。

二月十六日　土曜日　曇

終日、ベッド。三時半、ニッポン放送のドーナッツ盤売上げベスト・テンを聞く。うち歌謡曲は沢田研二「TOKIO」の九位、小林幸子「とまり木」八位、五木ひろし「おまえとふたり」五位のみ、あとの七つはニュー・ミュージックとはなんとなくいい気持なり。一位、クリスタル・キング「大都会」がダントツ（断然トップか段違いトップか）にて、折柄受験シーズンにて、景気のいい歌いぶりがもてててるとの説あり。二位、オフコース「さよなら」。三位、財津和夫「ウエイクアップ」、久保田早紀の「異邦人」は先週までの二位から四位に落ちた。いずれもリズムに変化あるのが特徴（いい加減で暖かくなってほしい。生活のリズム変えたい）。ただし「別れ」の歌ばかりなること、面白くなし。

このうちクリスタル・キングと久保田早紀がテレビへ出るから、歌謡曲と見なせる。南沙織が引退してから、歌謡曲番組見たことなけれども、ニュー・ミュージックで、少し聞く気になった。ドーナッツ盤買わされている。

七十一年目の春

三月六日　木曜日　曇

わが七十一度目の誕生日。ケーキ、花など下さる方あり、感謝感激の至りなるも、当人はあまりめでたくも感ぜず、戸まどい気味なり。七十一歳まで生きられると思っていなかった。戦争に行ったのが三十五歳の時なれば、戦後三十五年、もはやそれと同じ歳月を生きたことになるのなり。

戦争に行った人間は、なんとなく畳の上で死ねないような気がしているものなれど、すでに手足の力なく、眼くらみ、心臓鼓動とどこおり、よろよろ歩きの老残の身となっては、畳の上ならぬ病院の、酸素テントの中なる死、確実となった。ところが、「現代詩手帖」三月号芹沢俊介氏の「〝戦中派〟の戦後」を見ると、鮎川信夫の文章よりとして「親族の軍人が口にした」という「畳の上で死ぬ方がよほど恐しい」との言葉引用しあり。これもわかる。されば畳の上で死ぬのがこわいので、あらぬ幻影にかられるに非ずやと疑う。

されど、とにかく三十五年生きたるため、思いもかけなかったことに多くめぐり合いたり。核エネルギー開発、人工衛星打上げ、人類が月面を歩いたことなどいろいろあり。二度の世界大戦の経験にて、戦争に勝っても得るところなしとわかったはずなのに、三度目の戦争をしよう、徴兵制にしよう、といい出す者が出て来たりたるとは驚きなり。

老人は一九三〇年代の不景気と、終戦後の耐乏生活の経験あれば、どんな事態が来ても堪うる自信あれども、資本家共が軍備を拡張し、兵器輸出によって、利潤を確保しようと狂奔するさまに、拍手を送る手合いの発生には驚くほかなし。

されど齢七十年代に突入しながら、なお常に不吉なる見通しに悩まされ、いらいらしているわが身のさがの不幸を感じることあり。なぜわが生を享けたる日本の環境と調和せる人間となれないのか。

「朝日ジャーナル」三月七日号に先頃来日したるボルヘス翁のインタヴュ記事あり。この綺談制作者がその創作について実に簡明な感動理論を持ち、自らを倫理的人間と思っていることもまた驚きの一つなれど、次の句には感心した。

「私は忘れるということは復讐の唯一の形式であり、また同時に相手を許す唯一の形式だと思います。もし私が、侮辱されたことにこだわり続けていれば、それは私が、私を侮辱した人間に縛りつけられていることを意味します。また、もし私が、これ見よがしに相手を許したとすれば、それは単なる虚栄の行為にしかすぎません。ところが、忘れれば、ある意味で過去を無効にすることになるのです。私は常に悪いことは忘れ、よいことのみ記憶するように努めています」

最後の一行はやや偽善めいて聞ゆれども、政治的なるラテン世界にて長年生きたる人間の苦渋の果てに到達せる諦念として、重みあり、よい言葉なり。わが国にも「忘却とは忘れ去ることなり」の名句あり。われ少年時はおとなしい子供だったそうだが、思春期よりなぜか口論を好み、ケンカした人間、ざっとの見つもりにて三十人を越ゆ。そのうち仲なおりせるは、七、八人なり。幸い近頃ぼけにて、近きことより忘れつつあり、そのうちケンカはみな忘れ、おとなしい子供に戻って成仏できるか。もって七十一度目の誕生日の希望とすべし。

寒気ややゆるみ、庭前の梅、咲きはじむ。しかし起きるのはやめておく。娘と孫来る。誕生日のケーキを切ったが、なるべく小さいのをもらう。糖尿病に悪ければなり。娘のみ「おめでとう」と唱うる声、うつろにひびく。

三月九日　日曜日　曇

依然として寒し。終日ベッドで、本ばかり読んでるのに、つくづく飽きてしまったが、四月号各誌到着しはじめ、弥次馬興味なきにしも非ず。実は寒くなくても、毎月七日の文芸雑誌発売日前後の二、三日は、昼間から雑誌ばかり読んで、仕事に手はつかぬのなり。

まず各誌匿名欄を読むに、大江健三郎の声帯模写二つあるのに驚いたが、なお八〇年代予想にこだわりたる内容多し。先月より朝日新聞に「文学の現況」なる編集部共同執筆らしき連載あり、十数回にわたって、文壇の現況を報告し予想す。各種の文学賞に企業論理色濃く漂う、といい、出版企業の肥大化が、いわゆる「純文学」「大衆文学」のカキネの崩壊をもたらしたという。後者の影響力は純文学をしのぐとす。女流のみ純文学を深化し（彼女たちはもはや、男に愛される女はもちろん、キャリヤ・ウーマン、妻、母の位置も放棄し出した）、朝鮮人作家は題材、現実の異質性によって日本社会展望の活性化せりという。

これらの現象の記述は元来文芸時評の役目のはずと思われるも、朝日新聞は十年ほど前より、石川淳、大岡信、丸谷才一、加藤周一、大江健三郎など、学識ある評者を採用して、月々文芸雑誌に掲載さるる作品を相手にせず、単行本単位に一回分を費す方式を採用す。文学の流れは、文芸雑誌になく、月々出版さるる優れた単行本にありとの主張、一理あり。今年の担当者井上ひさし氏は、シンガー・ソングライター中島みゆき、マンガ「土佐の本釣り」にまで及びて、「文化時評」の様相を呈し来りあり。すると文学現象面において余剰素材生じ、学芸部記者担当の特集記事となりたると見ゆ。

また文芸雑誌ならぬ雑誌「流動」三月号は「批評は甦るか」として百頁特集し、二つの対談会と、その相互批評を同時掲載の新手を出す。「批評研究会」なる半匿名（討論の結果を文末署名者が代表執筆せるや、分担単独執筆なるや、判然せざれど多分後者なるべし）の「現代批評家地図」なるリポートを付す。問題輻輳《ふくそう》して、読むのに二日かかった（ぶっつづけに読んで二日かかったのではなく、途中でくたびれて一服、ほかのものを読んだので、二日かかりたるなり）。

　ポスト柄谷岡庭世代の新鋭の思考形態わかり、批評がここまで論理化せるのに感歎した。論理のうちに戦略あり、戦略の中に論理ありて、流動せる思考の流れに浮びて、老人の脳細胞活性化さるる快感あれども、新鋭の逆説的表現の錯綜に戸まどいの気味なきにしも非ず。

「制度」なる語の頻出にやや閉口す。「制度」とはたしかフーコーの『知の考古学』あたりが初出にて、元来は政治的規範言語と記憶す。現代社会の管理劃一化進みては、少し便利すぎる類推言語となる。「歴史という制度」「言語という制度」という場合実態と適えども、「文学という制度」という場合、やや逆説の気味あり。文学は各作者の自由の創造にゆだねられたる通念存在す。老人向け、アングラ前衛の諸文学あり。されば各々のいうところの制度間の関係、歴史、動態明確に記述されなければ、何もいったことにならない。「自由という制度」「文化という制度」あり、「人間」という観念もまた制度化し得るなり。およそ二字漢字抽象語にて制度化し得ざるもの皆無にあらざるか。

　されば「文学という〝制度〟に引導を渡す」ごときたわ言も「批評という制度」の中に

ては通用す。「あらゆる出口は入口なり」の如き逆説横行して、似而非《えせ》問題の無限増殖を来せるに注意すべし。

「制度」の元兇の観ある蓮實重彦氏は磯田光一氏との対談（「現代詩手帖」三月号）の中にて制度と歴史の問題についていう。「まず制度は、本来見えないはずのものを見せてしまって、歴史の連続性という抽象概念を作りあげるということですね。その意味で事件を物語で置きかえる装置だといえます」の如く、自ら使う言語について自覚あることが望ましい。ここで注意すべきなのは「装置」という概念にて、制度 institution 装置は apparatus の訳語にて、ここには人間対機械の問題あり。人間＝事件と機械＝物語との相関関係を考える必要あり。あまり景気よく片付いてしまうことは、この世になきと知るべし。

「朝日新聞」のリポート「文学の現況」に純文学と大衆文学の問題あり。これは実に大正の講談社文化の擡頭以来、ほぼ十年定期にむし返される問題にて、筆者は一九六〇年代に、故平野謙と争ったことあり。その時は多数読者の獲得の問題ならば、現代の大衆社会現象を離れて、文学内にて論じても解決せずといった。即ち問題に内在する現象論と価値論の矛盾を指摘せるなり。

ところがその後問題の中心たりし中間小説はエロ小説化し、新潮社書下し作品『砂の女』以来、「純文学」はベストセリングのキャッチフレーズとなりて、問題は自然解消す。しかるに今回のカキネ撤回論は文学の生産面にかかわる。作品生産のみならず、文芸雑誌生産まで波及したのなり。

生産ならば、それは現代の社会の生産全体に関連せざるべからず。文学生産は元来中小企業なれども、それが現不況下の生産関係の一部ならば、それは文芸生産のイデオロギー(月六百枚以上の大量生産作家の工業的イデオロギーと純文学の座業職人的イデオロギー)のみならず、国民総生産のイデオロギー(それは理論形態のみならず、消費社会の隅々にまで浸透せるデザイン、フィーリングの類いを含む)に関すべき理なり。

折柄、岩波現代選書『文芸批評とイデオロギー』なる翻訳出《い》ず。マルクス主義による文学理論の出版を見ざること久しく、リュシャン・ゴルドマン、ピエール・マシュレーなどの名を見てなつかしかった。これがT・イーグルトンなるイギリス人の書いた本なることに稀少価値あり(高田康成氏訳)。バルト、フーコー、レヴィ＝ストロースなど、フランスの新批評の成果をことごとく要領よく取り入れたること、イギリス人もやわらかくなった。もっとも、あまり要領よすぎて、ぼやけたる印象あり、読み終って何を得たるかわからぬ感なきにしも非ず。

マルクス主義文学理論を構成せる要素として挙ぐるものは不変なり。

㈠　全般的生産様式(全生様)

㈡　文学的生産様式（文生様）
㈢　全般的イデオロギー（全イ）
㈣　作家のイデオロギー（作イ）
㈤　美的イデオロギー（美イ）
㈥　テクスト

新批評の影響は㈥テクストを加えたるところにあるか。依然として公式的なるも、「生産」にかかわる限り、次の関係あり。

「印刷技術の発達に伴って、書籍の大規模な投機的生産と市場取引きが行われるようになると、ついに支配的『文生様』は、商品生産一般の一形態として『全生様』に組み込まれることになった（このように組み込まれることにより、文学は純然たる商品生産の一部と化してしまうと同時に、イデオロギーの美的領域は大きな変容をこうむり、支配的イデオロギー体制に従属することになる）。従って、発達した資本主義社会体制においては、『全生様』を維持、拡大する『文生様』の機能が重要な役割を演ずることになる」

筆者は上部構造説を信ずる者ではなく、この本もまたそのような類型的記述を行っていないが、問題に「生産」の概念を導入する限り、この古い枠組に組み込まれる。この関係を無視しては、問題は現象面を撫で廻すことになる。古臭いテクストを引用した所以だ。

三月十日　月曜日　晴

やっと暖かくなった。先月二十九日以来十二日ぶりにて、駅まで散歩。沿道の家の梅満開。ややはしゃいだ気分となる。ただし風あり。駅へ向って歩けば、南風を正面より受く、すると少し寒気がするのだから、血のめぐりの悪い老人はばかばかしい存在だ。

栄華飯店にて鶏ソバ、十一年来、こればかり食っている。ベストセラー『悪魔の選択』『新・悪の論理』買わず。共にソ連のアフガン進出を予想しありということなれど、どうせその可能性を一頁か二頁言及してあるだけだろう。スパイ小説として、面白いからベストセラーになったに違いないが、上下二冊読むひまなし、後者は前大戦中、聞き飽きた地政学なる古念仏にて、興味なし。地図に勝手に矢印をつけたるだけなり。前大戦に軍人はやたらに地図に筋を引き、作戦を立てて敗れたるなり。読むと書くほかに、することなき人間なれど、断乎読まざる本もあるなり。

三月十二日　水曜日　晴

またもや寒き日。順天堂大の北村和夫教授の定期診察日（先月はさぼった）。レントゲン、心電図、快調とのこと。関西まで長距離旅行の許可出る。昨年六月の状態に、やっと戻った。「堺事件」について調査旅行可能ということ。

帰途、新宿住友ビル内、カシオ計算機営業所へ寄って、電子楽器カシオトーン二〇一を見る。二年前ピアノを孫に巻き上げられてより、家に楽器なし。例えば『リズムとテンポ』中の第三世界音楽の効果を確かめることができず。鍵盤四オクターヴあり、ピアノ、クラリネット、ハープその他、二九の音を出すとの広告を見て、現物に当ってみたくなった。

二〇階の明るい事務所、軽金属製の単純デザインの台あり、足にて音量調整する装置あれども、こっちは音だけ出して見ればいいのだから、テーブルの上へおくつもり、上部だけ買うことにする。ただし、ここでは売れない由。成城の近くの販売店より届けて貰うよう依頼。

音は電子的擬似音なれど、フルート、ハープ、バンジョーなど、生れてから手をふれてみたことなき楽器の擬似音を出してみて愉快だった。わが灰色の毎日に挿入されしかすかな色どりとなる希望。

家人と共に五〇階のパーラーまで上って一服。筆者は二度ばかり、このあたりのホテルに泊って、四〇階より俯瞰景の経験あるも、なんだか二〇階ぐらいの感じしかない。白内障手術して空間せばまりたるなり。もはや常人にあらざる悲哀。秩父より丹沢、大山への連山霞む。富士は見えず。

三月十三日　木曜日　晴

やや暖。『ハムレット日記』のコピーを机の上に出す。「新潮」一月号に欠陥部分「オフィーリアの埋葬」を書いたら、全体を手直しすれば出してくれるという。青山学院教授岡三郎氏に、逍遥、志賀直哉「クローディアスの日記」以来の日本におけるハムレットの比較文学的研究の企劃あり。「全集」所収のテクストの欠陥、疑問点について質問、教示受く。筆者として、未完作品の一つにて、今月は「富永太郎全集」休み、月末までに辻つまを合わせんとす。

目標は政治的人間としてハムレットを書くことにて、当然デンマークの国家形態、風俗習慣と関係す。ハムレットまたはアムレードは十世紀以前のデンマークの伝説的人物なれど、申すまでもなくシェイクスピアはそんなこととは関係なく、十七世紀初頭のロンドンの観衆の通念たるデンマークの王子を、当代のイギリスの政治通念に従って書く。従って時代は十六世紀後半のデンマークにしなければならないが、すると王位継承、亡霊についてカトリック系英国国教と新教ルター派デンマークとの異同をどうすべきか、歴史小説としての矛盾、困惑、すでにありしなり。

初稿は一九五五年、ハムレットを父王思慕のファシストとせしこと、当代の日本とかかわると思った。

三月十四日　金曜日　曇　小雨

またもや寒く、起きられず。仕事できず、少しいらいらして来た。頭を冷すために、かねて人にすすめられていた、ジョセフ・ワイゼンバウム『コンピュータ・パワー』（サイマル出版会）を読む。秋葉忠利訳、原題は「――と人間の理性」にて一九七六年の出版。人間の知能とコンピュータ処置の区別、明快に書かれあり。「絶えず非専門家に語りかけ、コンピュータの持つ限界について、単に説明し教育するだけに止らず、この基礎的理解をさらに積極的な関心、憂慮といったものまで高めることに意を払っている」との書評（訳者序文にて紹介）は、ぴったりの感じ。訳文よくこなれていて平明、ただし寝床で読む本ではなく、机の上にてメモを取りながら読むべし。

コンピュータもまた長生きしたお蔭にて、わが興味の範囲に入りたるものの一つ、わからぬながら気にかけていた。幸い近所にコンピュータ産業に勤める友人あり。拙作「木下氏の場合」のモデルにて、「日本チァリティ・プレート協会」にて身体障害者にプログラミング教育（机上作業なれば就職可能）を担当している冨永祐一氏にすすめられた本。専門家でないとわからぬ章あれど、飛ばしてもいい由。

七十一歳になりては、戦後の産物に対する判断を、いつまでも先に延ばすべからず。確固たる知識をかためるべし。

三月十九日　水曜日　曇

まだ寒し、いらいら爆発寸前なり。柴谷篤弘、藤岡喜愛《よしなる》対談『分子から精神へ』（朝日出版社）をのぞいたら、分子生物学は六三年にて終ったとあり。びっくり仰天。筆者が二重らせんモデルを知って、新理論に魅了されたのは、やっと七二年のことだった。「分子生物学が遺伝現象について発展したのは、一九五三年から六三年までの十年間で」「ゾウの生命を理解することは大腸菌の生命を理解することを通じて行われる」「しかしそれから六六年ぐらいになると、どうやらバクテリアと動物とでは違うことがある。（中略）くらべて見ると、動物の方が首尾一貫して、いつでも粒子が大きいんですわ。倍近く大きいんです。RNAの組成も、バクテリアのほうは二個の分子でできているけれど、動物の場合は三個でできてる」

精確を重んずべき科学者が、これだけの違いを無視して理論構成するものなりや。しかし、今西学もそうだが、こういう話は関西弁でやられると変に説得力あり。このあいだ、アメリカでらせんの左巻きが発見されたとの新聞報道あり、びっくりしたばかりなれど、これは根本的なびっくりなり。

七十一にもなって、こうびっくりし続けていては、いくら命があっても足りぬ。もはや無知蒙昧のまま、忘却の世界に入らんとす。この本もゆっくり読ましてもらいます。

花便り

四月三日　木曜日　晴

平野謙の三回忌。ただし先月末、埴谷雄高より電話あり、「近代文学」同人だけにて行うとのこと。生前は退院祝などに成城より水上勉、大江健三郎と私が参加し、成城南口のマダム・チャン飯店にて飯を食う慣しだったが、こん後、成城組は一括排除する由。喜多見《きたみ》の平野邸にて仏事を営みて後、やはりマダム・チャンに行くが、夜に入るから、病身のお前は風邪を引いてはいけないからよせ、成城組は全部呼ばないことにするからひがむなとの断りなり。

「わかったよ、わかったよ。こっちはみんなの昔話の中に、いつも大声で割り込んですまない、と思っていたんだ。遠慮さしていただきますよ」

彼等の「党派性」はかつて埴谷自身宣言せし如く、牢固として抜くべからざるものあり。創刊当時、誰とどこで会ったらどうした、どういった、の如きこと、話し出したら延々として尽きず。これはわれら元兵士が顔をぱっと合わした途端、戦争の話となり、まず三時間やらないと気がすまないのに似ている。

わが家にもこのところ妙にレイテ島のもと同志よく来る。二十六師団の山田忠彦氏と第一師団の松本実氏が来て、現地撮影の遺骨収集慰霊祭の八ミリ映画見せてくれ、涙を誘われた。土居正己元第一師団参謀来訪し、その後仕入れたる裏話、十年前『レイテ戦記』を書きし時は、教えてくれなかったことなど、延々と語って尽きず。以来十年の間に、ミンダナオ島より来れる三十師団四十一連隊の記録出ず。「京都新聞」は目下、十六師団戦記連載中なり。『レイテ戦記』本文の訂正はいまさらできないが、そのうち「補遺」を百枚ぐらい書かねばならぬ。

「日本近代文学館」にて「近代文学」第一期五十冊ぐらい、「世代」「マチネ・ポエティック」などと共に復刻の話、本ぎまりを席上報告するとのことなれば、あれは理事としておれが提案したこと、併せて報告されたしと強要す（もっとも筆者が電話した時には、理事長小田切進氏は同じ案をもっていた）。

一九六一～二年、平野の「純文学変質説」にけちをつけたが、成城に越して来てからは、むしろ喋々喃々《ちょうちょうなんなん》の仲となり、戦後文学の仲間入りさしてもらった感じだったが、「近代文学」から見ればやはり異分子にて、三回忌からはお呼びでなくなったのなり。

寒気ややゆるむ。ひとり故人を偲びつつ駅まで散歩。平野とは七五年五月、あっちは食道癌、こっちは白内障手術にて同時入院して以来、病友となり、入院少し前に訪ねたら、珍らしく駅まで送ってくれた。さては別れのつもりだな、と思ったことがあった。彼としてはあの時覚悟したはずなり。埴谷と筆者は「前癌症状」といってごまかしたが、平野当人は家人への電話ではっきり「癌」といっていた。

筑摩書房版昭和国民文学全集本『直木三十五集』を買って帰る。昨二日夜、『南国太平記』の現代版ＮＨＫ「風の隼人」が終ったが、仙波綱手はたしか兄の小太郎と、恋人にて宿敵牧仲太郎の息子月丸との斬合いの間に、身を投じて死ぬと思っていたのに、テレビではさにあらず、益満《ますみつ》休《きゅう》之《の》助《すけ》と小太郎の間にて死ぬ。斉彬《なりあきら》の死を毒殺と断定し、小太郎が隠居斉興《なりおき》を暗殺してしまったのには、びっくり仰天した。

思い違いだったかな、と不安になり、本を買って来て五十年ぶりに再読したが、間違いでなかったのに安心した。叡山四明ヶ岳の牧の調伏現場への仙波父子の切り込み場面は、いま読んでも血わき肉躍る。駒田信二氏の解説によれば、映画的手法を取入れたのが新味だったという。もっとも、当時修験道調伏の実効だれも本気にする者なく、正宗白鳥がからかったら、直木が直ちに反論して、当時の兵道三派の争いなど学のあるところを見せて、「事実」と強弁したという。しかしいくらオカルトばやりの現代にても、形代《かたしろ》呪咀《じゅそ》は通用しそうにないとＮＨＫは思ったのか、仙波一家に牧討伐を命ぜしは、調伏の事実を藩内にて暴露するための斉彬の謀略とす。事後益満に小太郎抹殺を命ずるに到って、領主のエゴイズム明らかとなる、との現代的筋書きとなりたるなり。しかし最後に益満が仙波小太郎と名乗って、品川の遊廓でお由羅の差向けた刺客に討たれる、という結末はあまりにも現実離れがしているだろう。益満が上野戦争で戦死したのは明らかなのだから。

斉彬は、お由羅の生んだ久光の子、忠義を世子に選んで、藩内のいさかいの根を断つくらい聡明であった。しかしそのため島津家にはずっと江戸の八百屋の娘の血が流れることになった。藩閥の勢力の強い間は、公けにできなかったが、やっと大正三年になって三田村鳶魚《えんぎょ》が、「日本及日本人」九月号に、薩摩の古老加治木常樹の名で発表した。大正十年早稲田大学出版部『大名生活の内秘』ではじめて本名を使うくらい慎重であった。

なお三田村は昭和八年『大衆文芸評判記』で『南国太平記』をけちょんけちょんにくさしたが、そこには彼が掘り起した材料を勝手に使って、おかしな話を作り出されたことに対する憤懣《ふんまん》も含まれていたろう。

三田村の「お由羅騒動」では嘉永三年正月二十三日、馬頭仙波小太郎の下男宇八が出奔したが、これが幕府の密偵であったことがわかり、お由羅一派の弾圧が加わる。小太郎は二十八日自裁している（中央公論社版、「三田村鳶魚全集」第四巻）。

四月六日　曇　日曜日

新聞に上野の早咲きの桜の便りを伝う。成城も駅へ行く道の染井吉野、七分咲。庭前に北富士から移植した小木性の富士桜のみ満開（寒気に強し）。沈丁花《じんちょうげ》、木蓮《もくれん》など、漸く花開いて、眼を楽しませる。連日近くの桜並木に咲き加減を見に行く。大体、どの辺の桜がよく、いつごろ咲くかを知っている。

好天ならば人出多く、車を停めてぶらぶら歩きす。みなカメラ持っているのが例年のことだが、曇天、強風十メートル以上にて、人影まばらなり。すぐ家に帰る。

「歴史小説」論議依然盛んなり。「図書新聞」四月一二日号は特集し、『歴史小説とは何か』（七九年、筑摩書房）の著者菊地昌典氏と、「斬」その他一字漢字題名の歴史小説作家綱淵謙錠《つなぶちけんじょう》氏と対談している。よき歴史小説は「最低限既存の資料を踏まえてイマヂネーションをふくらませていくべきだ」という菊地氏の発言に私は賛成であり、「史観」や「理屈」よりも「何が自分に物を書く衝動を与えるか、というほうが重要です」といい、自己の文学を「敗者の文学」と規定する綱淵氏にも共感を覚える。

菊地氏は一方一九七五年以来「季刊歴史と文学」で、大衆文学研究家尾崎秀樹《ほつき》氏と対談していて、本年三月『歴史文学読本』（平凡社）をまとめている。この方には、私がもう「忘れよう」と思っている、『蒼き狼』をめぐっての井上靖氏との論争、鷗外「堺事件」論難が、話題にされていて、なかなか忘れさせてくれない。私が空想による歴史小説を全然認めていないようにいわれているのは、少し迷惑である。私は井上氏が「歴史は改変していない」といいながら、資料を改竄し、鷗外が「歴史の自然の縛の下に喘《あえ》ぎ苦しんだ」

「人を馬鹿にした捏造はしなかった」といいながら、その使った資料を勝手に切盛していることを論難しただけで、歴史小説家が気儘《きまま》に想像力を働かせるのがいけないといったことは一度もない。井上氏の『洪水』は漢の武将が「洪水」を起す川に、矢を射込む空想的な小説だが、それは私たちのやっていた季刊誌「声」にいただいたもので、「傑作」といっているのである（なお、菊地氏は『洪水』を、『蒼き狼』のあとに書かれたといっているが、それは単行本出版の年次、『洪水』の初出は三十四年七月で、こっちが先である）。

なお、鷗外が「森林太郎墓」としか書くな、と後世向けに遺言したことを荘厳化し、一切が免罪される傾向があるが、大谷晃一氏の「鷗外、屈辱に死す」（「文芸」七八年七月号）についてみな口をつぐんでいるのはなぜか、為念。

ところで歴史小説は児童文学に含まれていることに、諸家の注意を促したい。

私は娘が児童文学をやっているので、門前小僧的知識を蓄積している。日本の児童文学研究は、主に小波《さざなみ》お伽噺《とぎばなし》と「赤い鳥」以後の童心とファンタジーを中心にやるので、その項目はないが（戦後の一時期左翼の歴史の書き直しに随伴した作品があった由）、外国の古典的児童文学史L・H・スミス『児童文学論』（一九五三年、石井桃子ら訳、一九六四年、岩波書店）、イーゴフ／スタブス／アシュレイ編『オンリー・コネクト』（一九六九年、猪熊葉子ら訳、一九七八年、岩波書店）には「歴史小説」の項目を立てている。

ヴィクトリア朝の少年は、スコット『アイヴァンホー』やスチブンソン『誘拐されて』

を読んだらしい。従って現在でもその程度の内容で書かれているわけだが、スミスの歴史小説の定義は、なかなかすぐれている。

「その子が、この世に生れるずっと前にも、世界にはさまざまな心をおどらせるような、すばらしい、奇怪な出来事があったのだ、ということ」またその世界へ本を通して入って行くのは楽しみである。「作者はまず、語るべきストーリーをもっていなければならない。それは歴史の布地に、織物のたて糸のように、織り込まれていなければならない。想像力と史料と筆力の結力したものが、その作品のできばえである」

最後の三つのものの釣合いについて、歴史小説の問題は、紛糾するのだが、児童文学の領域で、これだけ立派な定義ができているのなら、いっそ作者の側からでなく、読者の側から、歴史小説の分類、方法、史料の変更の許容度を考えたらいいのではないか。

私は大分前に、司馬遼太郎の歴史小説の歯切れのよさ、史料引用などの知的操作が大量の読者を得たのは、高度成長下に増加した中流階級、つまりカーを持ち、歴史遺蹟を観光して廻る階層の増加と関係するのではないか、といったことがあるが、いっそサラリーマン向け歴史小説、ミイハア向け、OL向け、主婦向け、管理職向け、大学教授向け、またはアングラ向け歴史小説に分けてしまえばいいのではないか。鷗外のものは有閑インテリ向けの型を作ったから、「歴史の自然の縛の下に喘ぎ苦しんだ」がセールスポイントとなっただけではないか。中里介山以来の新聞に載った時代小説はサラリーマン、失業者、主婦などなど、つまり新聞購読者向け、とかそれぞれの読者の水準において特徴を探せばいいのではないか、と思う。

三田村鳶魚は最初から史料発掘と考証に終始し、「日本及日本人」読者の右よりの官僚知識層を目標としたので、ストーリィとはならなかった。そのふんまんを『大衆文芸評判記』『時代小説評判記』（昭和十四年）にぶちまけたので、『夜明け前』、菊池寛『有馬の猫騒動』、藤森成吉『渡辺崋山』も、その批判を脱《のが》れることができなかったのである。

これらの本は今では文庫本になっているが、犠牲者の文豪の生存中は、青蛙房《せいあぼう》版著作集全二十巻にも入らなかったのである。

ついでにいえば、尾崎秀樹氏は長谷川伸『荒木又右衛門』の先行作品として、直木三十五の荒書きだけあげて、鳶魚の「伊賀の水月」（大正七年九月「日本及日本人」中公全集第一巻）をあげないのは、不公平であろう。鳶魚は鳥取、岡山、伊賀上野に旅行して、文献をたずね古老の話を聞き、尾崎氏の絶讃する長谷川荒木の骨格、つまり鍵屋の辻で、河合又五郎に旗本側の付人は一人もいなかったこと、荒木の鳥取藩の取扱、その他の細目を掘り起した。

平野謙も「長谷川荒木」の解説をしたことがあるが、「伊賀の水月」を知らず、持って行って無理矢理に読ませた。彼は「長谷川門下が教えてくれないのでなあ」と歎息した。長谷川伸の『日本捕虜志』『相楽総三とその同志』などは尊敬すべき仕事であり、彼の

「荒木」はよい作品だが、それを称揚するために、二十年前の先行者を至当に評価しないのはいかがなものか。

四月七日　月曜日　曇

午後、新潮社、梅沢英樹君に『ハムレット日記』訂正稿を渡す。ぱらっと組んで、二百頁ぐらいの本となるか。

一九五五年、ドーヴァ・ウイルソン『ハムレットの中で何が起っているか』（一九三三年）、ジャン・パリス『ハムレット』（一九五三年）、それにローレンス・オリヴィエ主演の映画（一九四八年、日本封切四九年）に基いて書いたものなれど、その後、パリスは七三年に新版を出す。白水社の本田喜恵女史に電話すると、生憎《あいにく》在庫して、すぐ送って貰ったが、五頁の「再版序」があり、「息子たち」の副題が消えているだけの違いだった。

その後、シェイクスピア像は変遷す。最新の研究としては高橋康也、樺山紘一《かばやまこういち》の対談『シェイクスピア時代』（中公新書、七九年一月）より知らず。高橋氏はキャロル、リアのナンセンス文学の大家なれど、これらのナンセンス文学の根源は、要するにデカルト的論理なり、ハムレットとデカルトの間でなにかが起った、シェイクスピアに惚れかけたという。興味ある意見なり。ただし、英国国教を新教的と解す。ところが歴史家樺山紘一氏はカソリック的なりとす。ウイルソンに従って『ハムレット』中の亡霊は煉獄の魂と見るのならカトリックなり。「オフィーリアの埋葬」は新教にして、ハムレット、ホレーショの学びしウィテンベルク大学はルターの拠点なり。しかし、アングリカンについて情報あまりにも少し。ここは深入りしないことにした。

その他問題点多く、校正の段階にて散々いじるのがわが悲しきさがにして、梅沢君もそれは覚悟の上だとのことなり。

四月八日　火曜日　晴

散歩、桜木満開なり。六丁目より南は花と共に緑色の葉を出す大島桜にて、この方は二、三日おくれなれば八分咲。ボケ、ツバキ、レンギョウ、ヤマブキなど一度に花開きて、成城はいまが花のシーズンなり。

昭和初年、小田急開通を見こして、ここに大きく土地を買って学校を建て、同時に土地を父兄に分譲して、成城学園前の駅を作らせたのは、故小原国芳《おばらくによし》先生の学校経営の才だった。なるべく前庭を広く取って、塀を低い透し垣とし、庭を開放的とし、花樹を植うるを申合事項とす。現在の校門前の銀杏《いちょう》と大島桜並木は同時の植樹なり。昭和四年卒業の第一回卒業生たる筆者は、それらの樹が身丈ぐらいの高さしかなかった記憶あり。成城七丁目より北の染井吉野のトンネルは、その頃は畠中の道にて、街路樹まだ植えてなかったはず。銀杏も大島桜も古木となったが、あと植えの染井吉野は今が盛りとなりたるなり。

もっとも落花の掃除、毛虫、運転の邪魔になり、害のみ多しと町内報に投書する者あり。一方、そんな心掛けの奴は、成城を出て行け、という投書もあり。高級住宅地区の特権意識は嗤《わら》うべきだが、並木に衝突事故生ぜしことも聞かず。

道だけにて空地なければ、酒盛りして、放歌する人種は来らず、駅向うのお住いの野上弥生子先生は、毎年見物に来られて、拙宅に寄られしことあり、その後、嫁御さんの運転の車中よりの見物と変られしが、今年はお見えにならず。

とうに九十歳を越えらる。お見舞をさし上げたら、現在は二階から双眼鏡で見るだけですとご返事あり。しかし筆力は衰えず「森」の連載を続けらる。七十一歳にて早くもこんな雑文しか書けないくらいぼけたるわが身を恥ずるのみ。

花は水上勉邸内の太白が珍種にて、最初は押しかけて行って花見酒としゃれたことあれど、その後こっちは心不全のため禁酒、あっちは駅に近いため、両側より駐車場にはさまれて、仕事にならず、殆《ほと》んどうちにいない。

かえりみれば、桜花の美に感ぜし記憶は、二十歳頃、京大在学中の祇園の夜桜にはじまる。それはバーの女の子といっしょに見たからなり。育ち盛りの少年の日にはあまり感ぜし記憶なし。二七歳の時、鎌倉に下宿して、頼朝墓付近の低い染井吉野の梢《こずえ》を見上げて、花びらに陽光の透き通るが如くに見た記憶、——こっちの身体精神の衰弱と共にはじまったような気がする。当時の愚句を披露すれば、

花梢《はなうれ》にあはれ瞼の重くして
お笑い下され。

庭にクリスマス・ローズ開花す。富永太郎に家蔵版表紙とせし木版画あり、数年前に弟の三郎君に株をわけてもらったもの。「富永太郎全集」にかかれと催促されるような気がすれど、その前に「近代文学館」復刻版「詩歌文学館＝石楠花《しゃくなげ》セット」の『山羊の歌』解説十二枚、先月中の約束なり。配本は十二月なれど、全巻解説書編集の都合にて締切早し。筆者はこれまでは伝記的研究に心奪われて、詩集としてまとめて考えたことがないのに気がつき、何気なく引き受けたつけが来たのなり。十日までに成稿にするつもりにて、下書を机上に出してふと思付きたることあり。

中原が『山羊の歌』のほかに「修羅街輓歌《ばんか》」の題を考えていたことについては、高森文夫の証言あり。この詩篇は詩章「秋」の中にありて、すでに長谷川泰子と決定的に別れた後の述志詩なり。そのあとに「雪の宵」の別れた女思慕歌をおいた後、「時にそ今は……」の同棲歌あり、おかしい。後者は、元来その前の詩章「みちこ」の中にあってしかるべき作品である。

詩人は詩集の作品配列には工夫をこらすものにて、中原とても例外に非ず。「雪の宵」「私の上に降る雪は」「時にそ今は」と追憶逆行の構成原理なきにはあらねども、詩章「秋」

と最後の詩章「羊の歌」の連繫《れんけい》があまり重くなるので、最後の段階でここに「時にそ今は」を移した可能性あり。

『在りし日の歌』の自筆「後記」に「山羊の歌には大正十三年春の作から昭和五年春までのものを収めた」とあり。これは当人がいったからといってあてにならぬ見本みたいなものにて、「羊の歌」は六年初頭、「憔悴」には七年八月の日付ありて、明白な勘違いなれど、事によると、昭和五年末に、詩章「秋」までで詩集編集を考えたのではないか、その記憶があったので「後記」の誤記となったのではないか。その時「修羅街輓歌」を題としようとしたのではないか、との疑問が浮んだ。

そして夜九時、宮崎県東郷町居住の高森文夫に電話をかけたら、さらに重大な発見に導かれたのである。「修羅街輓歌」の題は昭和五年末のものではなかった。七年秋、『山羊の歌』の校正段階で、二つ並べて、どっちがいいか、ときかれたので、『山羊の歌』をすすめたという。これでこれは片附いたが、ついでに『山羊の歌』の題名の由来について意見を求めた。詩章「羊の歌」があり、全体が『山羊の歌』と題されているのなら、同じおとなしい羊でも（中原は未年《ひつじ》の生れだった）角があるぞとの心意気である、と筆者は以前書いたことがある（本人から聞いたわけじゃあないのだから、今なら「であろう」と書くところだが）。ところが高森氏のいうには、耳が立っていたから自分を山羊だといっていたという。「山羊みたいにあごが細いから、おれはだめ人間なんだ」ともいった（マラルメを同類として引張り出したという)。これは衝撃的な証言だった。高森氏とは六三～四年冬、宮崎市へ行った時会い、その後なんどか電話で話している。吉田凞生《ひろお》も会っている。しかし誰もこの重大な証言を引出せなかったのである。

昭和六年から八年まで、いわゆる「雌伏」期に中原とよく付合った友人に、安原喜弘、高森のほかに吉田秀和がいる。彼は昭和六年一～三月、高森と二人で成城の祖師谷大蔵《そしがやおおくら》よりの踏切りのそばの借家に同居していた。高森氏が中原を知ったのはこの頃。中原が吉田を訪ねて来たが、吉田は留守だったので、相手をしたのがはじめだった。これもついでに確認。

吉田は中原から『悪の華』を習っていたのだが、「山羊」と自称していたのは知らなかった。しかし自分を羊になぞらえることはあった。「全体を『羊の歌』とするのは、あまりキリスト教的意味が強くなりすぎるからじゃないかな」という。子供の時、洗礼を受けさしてくれればよかった、自分の選択で受洗するのは辛いから、といったという。吉田とも何度も中原について話し合ったが、これもはじめて聞くことである。

ある人からその知っているすべてを聞き出すのはむずかしい。証人は自然にその知ることのすべてをいうものではないからである。とにかくこれで『山羊の歌』の名の由来は、大きくかわった。

四月九日　水曜日　曇

文芸各誌を見る。ロラン・バルトの死は、先月末なれば、文芸雑誌に間に合わず、匿名欄は低調なれど、「昴」が映画「地獄の黙示録を観て」として作家、詩人、批評家九人を動員して、三段組三十九頁の特集「文学は開かれる——イマージュのたたかい」を特集せること「事件」なり。しかるに一日発売の「諸君!」五月号にて「日本共産党の研究」の立花隆が、同じく三段組十六頁のリポート「地獄の黙示録研究」で、克明にイメージとダイヤローグを分析し、「誰もコッポラのメッセージがわかっていない」と書いている。新聞映画雑誌の批評は、前半の戦争場面はリアリスティックで卓《すぐ》れているが、後半の理屈が退屈だとの説が大部分だが、それはスーパーインポーズがでたらめなためと、映画評論家がこの作品の重層的構造を理解しないからだという。マーロン・ブランド扮するところのグリーン・ベレ隊長の「行動」が「異常」となり、独断にて、川の上流カンボジヤ領にほしいままに王国を建設す。若い諜報部将校ウィラードが彼の暗殺命令を受けて遡行して、大佐の奇妙な王国に達し、目的を達する。これは一応辿れる筋だが、「行動」は「方法method」、「異常」は「不健康 unsound」の誤訳という。大佐の机の上に、フレーザー『金枝篇』とJ・ウエストン『儀式からロマンスへ』が載っていたのを映画評論家は注意しない。しかし双方とも衰えた王の殺しによる、国土の復活蘇生《そせい》を主題としている、ウィラードの個人的選択による殺しなり、と立花氏はいう。

大佐がこの二冊の本を読んでいることと、その内容に類似した事件が起ることは、語りの文法では別だろうが、暗示的効果あり。要するに「地獄の黙示録」が多義的作品なることは納得せざるを得ず。

ところで「昴」の九人の文学者の中にて、これらの関係を理解せるは、コッポラのもう一つの下敷き、コンラッド『闇の奥』の愛読者にて、スーパーによらず、英語の会話ナレーションを聴取したらしい佐伯彰一氏と、シノプシスとダイヤローグを読んだらしい中田耕治氏、アメリカ在住らしい楢山芙二夫《ならやまふじお》氏の三人のみ、あとは誤解に基いてとんちんかんな印象を語ったり、はぐらかしたりするのみ、近来の珍事なり。筆者はこういうことは大好きにて、たちまち浮かれ出した。

試写会の招待状もらったが、それは二月七日で寒くて行けなかった。いずれ暖かくなったら見るつもりだったが、これにてどうしても見なければならない映画になった。ところが睡眠時間の関係にて、各館の一二時三〇分の第一回映写には間に合わず、三時三〇分からの分は、帰りが日暮れとなり寒くなるから、なかなか行けない。

『闇の奥』は岩波文庫版中野好夫訳にて、読み返した。中野は大佐に当る人物カーツをクルツとドイツ読みにし（従ってそれをエピグラムとするT・S・エリオットの詩にてもクルツなり）、その最期の言葉“The horror. The horror”を「地獄だ、地獄だ」と訳せしこと、映画会社が「地獄の黙示録」なるナンセンスの題とせしことの一因か、と立花氏推測す。

horror はむろん「恐怖」が辞典訳語なれど、スーパーインポーズに、「恐怖だ、地獄の恐怖だ」とあるのは、少なくとも中野訳に引っ張られたものか。

「地獄だ、地獄だ」は人間の臨終の言葉としてどうか。たまたま柳父章《やなぶあきら》『比較日本語論』（日本翻訳家養成センター、七九年十一月）を見ると、西欧語名詞と日本翻訳語、必ずしも内容一致せざることの指摘あり。horror は terror, fear と比べれば、恐怖の度合大きく、嫌悪の念を混えたる趣きあり。中野訳は苦心の結果だろうが、「地獄だ、地獄だ」にはアフリカ奥地の環境認知あるも、原語の自己認知のニュアンス減少す。そして柳父説によれば、西欧語は名詞中心、日本語は動詞中心という。臨終の言語としては、鷗外の有名な「ばかばかしい」あり。ここも「いやだ、おっかない」とか「たまらない、こわい」とでも訳すべきか。中野先生の旧訳にけちをつける気はないが、原題は Apocalypse Now なれば、「黙示今こそ」とか「現代の黙示録」とあるべきを、映画屋さんに「地獄」をつける気にさせるのに貢献したとすれば、罪作りな話なり。

コンラッドはヘンリイ・ジェイムス、T・S・エリオットと共に行き詰ったヴィクトリア朝英文学に、新しい息を吹込んだ三人の帰化人作家に数えられる。自伝的要素強く、彼自身ベルギー領コンゴ河をスタンリイ滝付近まで遡って、重病の病人たる出張所長の救出に赴きたることあり。『闇の奥』では有能なる出張所長、原住民を擬似宗教的に支配す。しかし実質は会社の帝国主義的植民地支配と同じく、象牙収集による私利追求なることを、語り手マーロー発見す。

四月十一日　金曜日　曇

二度寝して十二時半目覚め。一日つぶして「地獄の黙示録」を見るつもり。「渋谷東宝」が一番近し。家人と共に出かけしは、ついでに付近の双葉ビルにある「株式会社現代環境設計」に、取締役?として勤務!せる倅《せがれ》貞一の事務所に寄るつもりだからなり。会社は目下の仕事は主に百貨店の内装設計にて、昨年、道玄坂下の東急系雑居ビル109の各階の内装せり。これは筆者の少年時に馴染の、道玄坂通りと農大通りを分ける角の三角地帯にて、赤シャツを着た主人が屋台店を出し、シャツを叩き売りして、やがて母屋を取っちゃったコーナーなり。

出来たてに見に行く、といったが、まだ入居の店舗揃わず、ごたごたしている、もう少しあとの方がいい、と息子いう。そのまま今日に到りしなり。この機会に事務所に寄り、109屋上に登り、それから三時半道玄坂途中の「渋谷東宝」にて、映画を鑑賞に及ばんとはするなり。

金曜日なれば道路混雑す。しかし渋谷まで私鉄乗換の階段上下する体力なし。タクシーのろのろ進行。「現代環境設計」は、国道二四六線に面せる、これも筆者の古馴染の西洋料理「双葉亭」のある「双葉ビル」九階にある。双葉亭は大正末年、今日の南平台《なんぺいだい》に出現せるフランス料理店にて、辰野隆《ゆたか》先生にお目にかかったことあり。先年、小学校時代の級友と会食した。

事務所はその九階にあり。社長本間氏は貞一とあまり齢違わず。男子デザイナー二人、女子社員一人勤めあり。それぞれに製図板に向いあり。手土産を届けて、息子がどんな所で働いているかを見れば、老夫婦は満足するなり。

109ビルに向う。109は「トウキュウ」と読む。東急のシンボル数字にて、また一〇時開店、飲食店は夜九時までやっているサインを兼ねるという。三角点を円筒にして、エレベーターのスペースに設計したのは、息子の事務所にあらず。各階の円形の床と天井、そこから三角の各店舗の通路、壁面設計が、息子の産み出したるものなり。

屋上にのぼりて、窓際のレストランにて、スパゲッティ。眼下にかつて筆者の住みたる大向橋付近より、NHK、渋谷駅に到るビルと屋根のごちゃごちゃしているのを俯瞰す。双眼鏡を持って来るのだった、と後悔す。

下りは各階をエスカレーターにて降りてみる。何階だったか、メンズウェア店にて、近頃再びはやり出した細いニットのネクタイと小銭入れを買う。近時、殆んど人前に出ないから洒落気なく、わずかに成城駅付近をうろちょろする時の身だしなみなり。

家人は「地獄の黙示録」を敬遠。買物をして帰る、というので別れ、三時三〇分入る。映画自身は四五分から始まるとたしかめあるも、白内障手術してより、映画見ること数うるほどしかなく、予告篇を見て、ついでにその映画を見た気になろうとの、さもしい了見なり。

武田信玄の「影武者」の閲兵に、伴奏音楽は「軽騎兵」なり。どういう了見で、鎧武者に西欧のオペレッタを付けるのか、老人はわからず。

さて「地獄の黙示録」始まる。音楽「ジ・エンド」良し。画面左側に逆立せる人面、異様な雰囲気を出す。オープンシーンは、主人公の個室にて、これは立花説によれば、事件の終りたる後なり。主人公あばれて、怪我するが、二人の男が命令を持って入って来たあとにも包帯している場面あって、混乱す。しかしこれは『闇の奥』と同じく、終りまで見なければわからぬ作品なり。

戦場場面はフィリピンの実写として見た。夕焼空あれば、西面せるルソン島のスピッツ湾の米軍基地付近ならんと見当つく。川口はラグナ湖の南でロケと、プログラムにあり。「昴」特集にて、飯島耕一と秋山駿は、アメリカ人のアジアに対する差別について憤慨すれど、コッポラが差別を差別として描いているのに、怒ってみても始らぬのではないか。筆者は前からアメリカ人とはこんなものと思っていた。

筆者が戦時中より俘虜となりてアメリカ人に接触し、差別に馴れているためか。俘虜の記録には、あまり屈辱感は出ていないのだが、これは筆者がそれを出したくなかっただけにて、実は深刻に馴らされていたのではないか、と両氏の怒りの文章を見て考えた。

作品全体はアメリカのベトナム戦争に対する反省なれど、新たに巨費を投じてフィリピンの山野を焼いて映画とし、その投資を回収せりということとなり。アメリカ軍は協力せず、ヘリも弾薬もフィリピン軍のものという。しかし米比軍協力体制より見て、米軍の内諾なくして、フィリピン軍が武器を貸与できたとは思われず。どうせ巨額の賄賂を取っただろうが、要するにマルコスは金を取って映画会社に国土を焼き払わせたるなり。

ランスなる人物、LSDに「ドロップ・イン」して、ボディ・ペインティングをはじめたこと、立花論文にて予備知識あれば了解。この新薬を大麻と一括「ヤク」と訳せるため、混乱す（もっともわれら日本人はLSD体験を知らざるうちに禁止となったから、そもそも了解不能なのなり）。バニーガールの場面も十分セクシーだった。最前線の陣地、ベトコンに夜襲されあり、指揮官なきは驚くべきこととなり。その線より奥カンボジヤ領内は戦線に非ず。従ってそこまで入りたるカーツの部下は私兵にして、カーツ同様脱走兵なり。マーロン・ブランド演技冴えず。

しかしウィラードの首、泥沼より出るシーンと、水牛屠殺（少し殺し方が変だが）のイメージの迫力とhorror効果だけでもこの映画は成功していると思った。映画はストーリーとセリフに非ず。大事なのはイメージの送る無言のメッセージなり。これはトーキー以来とかくないがしろにされているが、この異様なるシテュエーションにて、コッポラ復活させたというべし。

さてこのあとにカーツ殺害と水牛屠殺シーンだぶり、カーツの書いた報告書のようなものが出る。タイプされた書面にダブって「やつらをみな爆撃せよ」と赤インクにてなぐり書きあり。これは『闇の奥』と同じ結論にて、この現代のアポカリプスの王も、結局アメリカ軍と同じ穴のむじなだったことになる。

「渋谷東宝」は35ミリ版なれば、タイトルバックのあとに無音の爆発のシーンあり。カーツの王国の見張塔、仏閣の如きもの崩壊す。これも莫大な火薬の浪費なれど、壮快にて、満足した。立花氏はこれは作品全体を象徴するシュルレアリスチックな爆発と解しているが、ウィラードの乗った船の離脱するシーンを見たあと、しばらく無音のタイトル・バックの続く時間は、ウィラードのサイゴンまでの舟行の時間にして、カーツの報告書と朱書を読んだ司令部が、爆撃すると感じた。一個の観客である私が自分の感覚に固執するのは、「昴」の多くの文学者同様なり。

イメージの送り出すメッセージが重層的にて、例えば $\left(\frac{a}{a'}\right) \rightarrow \left(\frac{b}{b'}\right)$ と移行する時、b′が強力にてbの位置を奪い、a→b′の如くショートすることもあるだろう。

「あのシンボリックな爆発の中に、高層ビルの崩壊を一つ入れといてくれたら、おれは満足したな」

と私は思った。そして十分感動し、四分の三ぐらい満足して、映画館を出た。そとはやっと暮れたところで、外気はあたたかかったが、大事を取ってすぐ車を拾った。

四月十二日　土曜日　晴

暖かし。庭前の海棠《かいどう》、山ツツジ花開く。大学前通りのレコード屋へ。染井吉野散りかけ、大島桜は満開なり。ジム・モリソン「ジ・エンド」を買うつもりだったが、「地獄の黙示録」のサウンド・トラック一枚盤あり、直ちに買って帰る。ダイヤローグのさわりを読み、聞き、大体わかった。

「昴」の諸家の文章を読み返すと、最もしゃれてるのは、立松和平と野呂邦暢《くにのぶ》の文章。立松氏は、マレーシアの旅先で原稿を書いているらしいが、日々の殺風景な印象を連ねるだけで、映画に触れたのは五行ばかり。つまり東南アジアの風景の即物的描写で、コッポラのこけおどしのロケを批判したもの。野呂氏は手形の期限に迫られて、広島らしい町をさまよう被爆者の意識の流れを書き、ピカドンの回想を挿む。題して「橋上幻想」、映画の題名すら出て来ない。ベトナムへのアメリカの良心はこれでいいとして、原爆はどうなのか、と訊いているのである。

楢山芙二夫氏はハリウッドの場末で、二十人ぐらいしか観客のいない小映画館でのわびしい鑑賞を語り、この作品には「ゴッド・ファーザー」のような人間の絆がなく、「スクリーンから何も迫って来るものはなかった」と批判している。パロディ作品は一般に味薄きものなれど、楢山氏は帰還兵の67%が、健全な社会復帰を遂げていないアメリカ本国の現状から、作品を照射しているのだ。

そのほか加賀乙彦、後藤明生がそれぞれていねいに印象を語っていて、これら日本人の「地獄の黙示録」への反応には、それぞれに深刻な思い入れが含まれていることが、映画を見てわかった。

四月十四日　月曜日　雨

ダイヤローグの全文を見たくなった。同じ文春から出ている雑誌だから、「文学界」編集長松村氏に「諸君！」より貸与を依頼。

右頸《みぎくび》のつけ根に湿疹でき、少しかゆし。かつて出来たことないところなので、午後四時、桜並木通りの桑原皮膚科に行って診て貰うと、正中線の右側に集中しているからヘルペスだろう、いまのところ大したことないが、しばらく酒も仕事もやめ、じっとしていなければいけない、という。

ヘルペスはウイルスなれば、映画館でしょって来たのかも知れない。持前の弥次馬根性から浮かれ出した罰が当ったのかも知れぬ。もっとも桑原先生は映画館とは限らない。いつ、どこで拾うかわからない、お歳で体が弱っているからですよ、とおっしゃる。

先生は戦後この位置に開業された女医さんにて、角屋敷なれば、満開の大島桜が診察室を取巻く感じにてうつくしい。窓を開け放てば、花と樹と雨の匂いが入って来る。

夕刻、ダイヤローグのコピー届く。卑語、差別語の氾濫に驚く。それは大体わかっていたが、ベトナム人への差別だけでなく、最前線の橋の場面で、統制を失ったる兵隊、nigger の黒人差別語連発するのに驚く。これは気がつかなかった。それまでに黒人兵士と白人兵士の交情も語られるのだが、極限状況となると底辺露呈するのなり。これは前大戦中、ニューギニア、フィリピンで、日本人と朝鮮人の兵隊の間にも生じたことだった。

四月十六日　水曜日　曇後雨

連日、寒気戻り、終日ベッド。

ダイヤローグ読了。タイトルバックの爆発の形態指定の中に「マシュルーム」の語あり。そういえば画面全体真白に輝き、きのこ雲の如き形の見えるカットがあった。高層ビル崩壊の幻想生ぜるはあのカットの効果か。原爆あれば、野呂君も満足するだろう。

爆発場面は、アメリカ、カナダにて上映のプリントにはなしとあり。元来プリントにカンヌ映画祭用、アメリカ国内カナダ用70ミリ、35ミリ三種ありと、立花氏の説明にあり。国外は35ミリのはずなれど、東京の試写会は爆発のない70ミリではなかったか。試写へ行き損って35ミリ見た人もいるのではないか。つまり「昴」の九人は、いろいろなプリントを見ていたのではないか。

秋山駿に電話すれば、爆発のないものだったという。ヘリについて少し勘違いしていたと認める。東京の映写状況は特殊にて、テアトル東京、有楽座が70ミリ、他は私の見たのと同じ35ミリなり。日本はカナダの次にアメリカ国内視されあるなり。「昴」執筆者全員に電話することも可能だが、それにも及ぶまい。

スーパーインポーズにはカーツ大佐が報告書になぐり書きした「爆撃せよ」はない。立花論文の解説では、あれは『闇の奥』のカーツの、蛮習防止協会への報告書の「あとがき」のパロディだった。しかし現実的に「黙示録」の中では、カーツ大佐の机上にはタイプライターはなかった。あれは船で遡行中ウィラード大尉の読んでいた、大佐の経歴記録ではないか。

疑問は面識はないが思い切って、立花氏に聞いてみることにした。松村氏に紹介して貰うと幸い立花氏は在宅した（今日は春闘第一日にて、みな在宅する）。あれはやはりカーツの書いたもので、表紙宛先はカリフォルニアのサンタ・バーバラの「民主主義研究センター」だった、という。

カーツ大佐は、将軍に出世できる経歴を捨て、しつこくグリーン・ベレを志願して奥地へ入っている。このコンテキストで行くと、ひそかに内地の反戦団体のミッションで入ったことになる。しかし最終的結論は『闇の奥』と同じく「獣たちを絶滅せよ」だった。

神話的に見るならば、アポカリプスの王が交替し、雨が降って来る場面で終るカンヌ映画祭用が唯一の結末なり。同国人のヒーロー帰還するはアメリカ国内版、うさばらしの爆発あるは外国版ということなり。

立花氏はロサンゼルスで二度、日本で70ミリと35ミリ、計四度見ているという。私も一度70ミリが見たいけれど、またもや寒くて出られない。

ここまで来ては、中野好夫に電話しないのは不公平である。先生は在宅したが、どうして「地獄」と訳したか、クルツと訳したか、全くおぼえがない、という。初訳は昭和十五年で、河出世界文学全集のスチブンスン『バラントレイ家の世嗣』といっしょの本だった。「バラントレイ」もスチブンスンのすぐれた歴史小説で、私は神戸で読んだ記憶があるから、その時『闇の奥』も読んでいたのである。

コンラッド自身がコンゴ河上流から助け出し、帰途船上で死んだ人名は Klein で、中野は解説で「クライン」とドイツ読みにしている。これは「小さい」という形容詞である。Kurz は同じく「短い」ということだ。この小説的転移には意味の関連があり、だから「クルツ」とドイツ読みにしたのではないか。しかし今の学生用の註釈本にも Klein はジォルジュ・アントアーヌ・クレンというフランス人だと書いてあるよ、といったが、「わからん、何しろ古いことだから」というだけなり。彼は立花論文を読んでいなかった。

少しおとぼけのうたがいあるも、古いゴルフ友達にて、お互いに久振りで元気な声を聞くのはうれしいのである。近頃の衰えを歎き合った。調べて返事するということだったけど、それに及ばない。とにかく目下「地獄」の元凶になってるぞ、岩波文庫『闇の奥』は増刷するよ、といって電話を切った。

そのあとでコンラッドがコンゴ河を溯った一八九〇年には、アルザス、ロレーヌをドイツに取られたばかりで、あの辺のフランス国籍のドイツ人だったら、クレンかクラインかわからないな、と思った。しかしそこまで調べることはおれにはできない、と思った。

曇りのち晴れ

五月三日　土曜日　晴

連休の真盛り。もっとも屋内座業の文士にとっては、なんとなくあたりが騒がしく、交通機関と人波の映像が、ブラウン管を通じて、茶の間に侵入するだけにて、別に変ったことなし。

娘鞆繪、夫君長田俊雄君の郷里、山梨県都留《つる》市田野倉《たのくら》へ孫の瞭子《あきこ》と共に、車で出発（俊雄君は近時釣りに凝っていて先行）。

十二時すぎ、「まだ着かないんですが」と電話あり。朝六時に出発したので、もう着かなければならないが、そっちへ寄り道したのではないか、との問合せなれど、そんなことあるわけなし。「このラッシュじゃ、六時間ぐらいかかるでしょう。まあ、三時四時になっても着かなかったら、中央高速に問合せてみるんですな」との返事に、向うは少し変な声で、「そうですか」とあって、電話切れる。

交通の超渋滞ニュースあり。平日なら二時間の距離が、六時間ぐらいかかってもおかしくなし。しかしそれが心配になるか、ならないかは、愛情の度合いにかかわる。夫婦愛もさることながら、俊雄君の暸子との交情ははた眼にも美しく、懸念も深刻なるべし。その点は、他家に嫁いだとはいえ、私の娘への懸念も、論理的には同一のはずなれども、こっちは三十九年の間にやや摩滅しあり。されば中央高速へ問合せれば、との返事になるわけにて、事故にまき込まれていたらどうか、との胸かきむしらるる懸念には悩まされることはなし。

午後一時、娘より到着の電話あり。俊雄君、昼飯も食わずに家の前に出て待っていた由。「そうよ、問題は暸ちゃんよ、どうせあたしはどっちを向いても、ひねものですから」と謙遜す。もっともな節あり。

連休中の大仕事は、大西巨人『神聖喜劇』（光文社）を読むことなり。七一年、四巻本が出ていた時点で対談し、東堂二等兵の驚くべき記憶力により、陸軍各令の条文再現され、日本の軍隊組織の分析さるる物語の仕かけ、軍隊と「地方」（外部社会）の連続的に把握されあるに、感歎せしことあり。七八年八月に、既刊四巻は第一、第二巻となり、第三巻と共に出た時、私は朝日新聞読書委員にて、担当を命ぜられて、通読した。まもなく第四巻が出て完結すとのことなれば、待っていたがなかなか出ない。遂に七九年三月にて委員を辞任するまで出なかった。しかしそのうち出たら、特別にやりますよ、といっておいたが、いつまで経っても出ず、遂に一年後の四月、四、五の二巻となって現われたのには驚いた。

このように延びる作品は必ずよいものだが、その前に読んだこと半ば忘却す。朝日との約束はもう時効だと宣言して勘弁して貰ったが、新しく発表の完結篇は読まずにはいられず、まず四、五巻を読み、三巻を読み直し、さらに一、二巻をざっと読んで、忘れた部分を埋めた。

軍隊の話は好きだから、一冊約三六〇頁一日半で読める。しかし全部で、六日かけると、がっくり来て、あと二日は何もできず。これは重労働であった。

しかしその甲斐はあった。最後に未解放部落出身の冬木二等兵が、空へ向けて、銃を打つとの決意に感動す。これは敵味方いずれかによる、自己の死を前提とせる選択なり。ところで最後に東堂二等兵は、戦争末期の教育召集の例に洩れず、そのまま臨時召集になる。対馬島北端の砲台配属になるが、「私は、この戦争を生き抜くべきである」へと転心する。「私の兵隊生活は、ほんとうはそれから始った」「それは別の長い物語でなければならない」とこの大作は終る。終戦まで書くなら、これまでとほぼ同量五千枚の展開を予想さる。これは驚くべき作品である。

べたべたした感傷的心理描写と小説的常套句はなく、すべて軍隊的に乾いた文体にて書かれているのは筆者には快し。感情的場面はすべて、古い漢詩文、短歌、現代詩よりの引用にてすませるは、軍事の描出、各条令の引用にて行われると同断なり。新機軸にして、近時流行の「引用の織物」理論をはるか以前より実施す。そこには大西氏の幼時より家にありし、漢学の素養と、それとの比較において学習せられたる西欧文学の精髄、ことごとく原文にて網羅さる。人間はこれだけその摂取せる文化の華を吐露して、一作品を形成することを得れば、幸福なり。文字通りのライフワークにて、十年前に対話せる時の著者の風貌、目の前にちらつきて、慶賀、拍手を送る気昂ぶるを覚ゆ。

引用の詩文は、本文を離れて、それだけに玩味するに足る逸品にて、楽しき読書時間となる。喜劇的にして適切なる句の引用に、時々ふき出す。著者が全体を「喜劇」と名付けしことと理由あり。また東堂二等兵の博識の発動は、物語中に程よく「憂さ晴らし」または「溜飲下げ」を作る。その圧巻は末尾に近く、実弾射撃演習にて、東堂二等兵のみ「砲兵操典」を引用しつつ、目標に命中弾を加うる条《くだ》りなり。

五月六日　火曜日　晴後曇　小雨

連休明け、新聞、チトーの死を報ず。労働者自主管理方式は、社会主義の最後の希望なるも、目下大騒動中なる世界の現状において、生産能率増加を強いられざるを得ずとせば、強力なる指導者なき多頭政治にては、その方式維持は困難ならん、とのコメントあり、妥当なりとせざるを得ず。

富永太郎の「詩帖」の註記三時間やったあとの（彼が気に入りたる句を筆写せるのみにて、自己の所感を記せざる頭脳構造、『神聖喜劇』の引用を見て、わかるような気がして来た）疲れ休めに、面白き推理小説発見す。ハリイ・ケメルマンというアメリカの作家の、ユダヤ教の司祭ラビを探偵とせる連作ものなり。

ユダヤ人の週日は金曜日より始まれば第一作は『金曜日ラビは寝坊した』（一九六四年）にて、『木曜日ラビは外出した』（一九七六年）をもって完結す（昨年八月ハヤカワ・ミステリにて翻訳完結）。「朝日ジャーナル」の書評にて知り成城中の本屋にあるのをかき集めて読み出したら、これが面白い。本格的謎解きの方は単純で、都筑道夫氏の意見によれば、短篇を長篇の中へはめこんだものだが（もっともケメルマン自身の意見では、長篇の多くは読者を間違った解釈の方へおびきよせることにより解決を引延すことにより成立す）、むしろ事件の背景たるユダヤ人社会描出面白し。事件はブラウン神父に似たるラビ・スモールの健全なる推理によって解決す。解決するかどうかが、彼のニューイングランドの地方都市の教会での地位にかかるというサブ・サスペンスがあって、十分読ませる。理事会の討論もなかなか面白いが、筆者に最も有益なりしは随所にちりばめられたラビのユダヤ教的知慧なり。

ユダヤ教はむろんイエスを認めない。新約以来、処女懐胎や復活、昇天の如き神秘主義に陥ったという。右の頰を打たれたら、他の頰を向けよ、とは理由なく人を許すことである、修道院は象牙の塔である、などなど、いずれも一理あり。ことによると日本人は明治以来キリスト教の影響を受けたため、精神分裂病になってしまったのではないか、と疑いたくなる。「ひとをあしざまに言うことは、われわれの戒律では大変重い罪とされているのですよ」といわれて、どきっとする。

ユダヤ教に律法学者というものがいることは、新約聖書で知っていたが、それがどの程度の学者であるか、新約の悪口のほかは知らず、ところがケメルマンの著書によると「タルムード」という尨大《ぼうだい》なる法解釈の積み重ねあり、ラビ・スモールはそれを操って、教会理事を論破し、あるいは警察官をやりこめるのに感服した。

一九七〇年以来、日本はイザヤ・ベンダサンなる日本国籍のユダヤ人の文明批評家にかきまわされ、二二一万人の日本人がその本を買わされているが、彼は私同様人をあしざまにいうという戒律を破っている。どうせ破るなら、「諸君！」六月号、谷沢永一教授の「アホばか間抜け　大学紀要」ぐらい悪態をつくすべきか。アホの引用、あまりにも適切にて、ブラック・ユーモアの域に達す。

ところで『月曜日ラビは旅立った』(一九七二年)では、ラビは三ヵ月の休暇を取ってエルサレムに滞在する。ユダヤ教は周知のように安息日という日があって、金曜日の夕方の礼拝から、翌土曜日の夕方六時までは、何もしない。仕事はもちろん、テレビもラジオもかけない。電話が鳴っても取り上げない。エルサレムの町では、この日、電車は全部停り、人々通りを歩くのにも、「安息日らしく」ゆっくりと歩いている、という。

私もこういう日を、週に一日作ることが必要のようだ。先月の「地獄の黙示録」問題以来、はしゃぎすぎである。

五月八日　木曜日　寒

午後、作品社の寺田博君来り、評論集のゲラ届けてくれる。秋より新文芸雑誌をスタートさせんと張り切っている矢先、おいぼれの評論集なんか出して引合うのかと心配すれど、「損はしないようにやりますよ」とのことなり。ここ数年に中原中也に関するものを除いて、五百枚あるのにはわれながら驚いた。中原に関するものを含めて「中原中也その後」として出したしとの角川書店よりの申込みありたれど、その題にてわが新評論集を出すのは屈辱だ、中原に関するものだけまとめる、とだだをこね、この結果となりたるなり。

ところで、最近イエロー・マジック・オーケストラなるグループ、東京を席捲しつつあり、わが家へ来る情報誌は、角川書店の「バラエティ」のみなれど、四月は二枚のLP売上トップと第四位、以来二ヵ月常にベストテン中にあり。第一位「パブリック・プレッシュア」は、欧米をぶって廻ったライブ録音盤、「ソリッド・ステイト・サーバイバー」は赤い中国服を着て、男女の等身大の人形をかかえている写真がジャケットになってるのがみそ。十二台のシンセサイザーを連結してコンピュータにて操作し、へんな音を出す。二ュージックなんてもはや古い、とのことなれば買って来るとなかなかいける。ポップの如き音の豊かさなけれども、透明を目指して、ふしぎなリズムと旋律あり、寄席芸的機智あり。

「こういう新音楽があるの知ってるか」

と新しがり屋のところを自慢すれば、寺田君は、

「知ってますとも、いまうちの高校三年の伜にせがまれてるのはシンセサイザーでして」

という。これは防音装置を入れると百万円以上かかる。いまの親は大変だ。

イエロー・マジックのキイボードを操作する坂本龍一とは、寺田君の元河出書房における先輩坂本一亀《かずき》氏の息子だ、という。「げっ」と驚くのはこっちなり。

坂本一亀氏は、元河出書房のまじめ一本槍の幹部社員にて、現在は構想社社長。親子の仲よくないとのことなり。寺田君帰ったあと、電話をかけると、「はい」と例のごとく無愛想な声すれど、「イエロー・マジックでいま翔んでる龍一さんてのは、きみの息子さんだそうだね」といえば、

「まあ、そうですがね」と声やわらぐ。

「こないだの、リターン・リサイタルへ行った?」

「まあ、行きました」

「あれは一分半のことだったけど、実に日本的な泣きのような擬音を出すなあ、それに観

客が実に早く反応するなあ」

私は「パブリック・プレッシュア」ライブ・レコードの印象を語っているのである。

「そうですかね」

といいながら、電話の先でほころびる口許は目に見えるようである。

「とにかくお目出度う。うれしいだろう」

「えへへ」

「うれしいのか、うれしくないのか、どっちなのかね」

あんまりからかうのは悪趣味になるから、その辺までにしとといたが、さてジャケット写真のどれが龍一君か、いまは白髪頭となった一亀氏に俤《おもかげ》を、三人の中から探し出す。「アンチ・モラルへの偽装」その他ナウいキャッチフレーズは色々あれど、三人の中で、親父に似て生まじめなマスクを探せば、それが龍一君である。


夕刊で野呂邦暢氏の急逝の報に接す。四十二歳とは驚いた。ガダルカナル戦の経験者の回想の代筆という設定の『丘の火』を完成したばかり。経験者には語りたいという止みがたき気持あり、しかし聞き書きの終りの方に、語りにくい苛酷な状況が出て来る戦場の真実と、三十年後の現在の状況の二重写しになった作品、その完成を祝っていたところだったのに。惜しい人をなくした。早くくたばっていい人間は、私を含めて、くさるほどいるのに。

元「文学界」編集長豊田健次がべた惚れに惚れ込んでしまって、『諫早菖蒲日記』を完成したあと、一度拙宅に見えられたことあり、温和な風貌、しんに強いところがありそうだったが、少し柔かすぎる一面もあり、そこが気になった。諫早地域にて「戦記図書館」を組織していたという。訪米首相がアメリカがいうままに、防衛費増額を呑まされれば、文学にては『丘の火』の如き反応が生ずるのである。

七日にては、文芸雑誌諫早に着かず、「地獄の黙示録」について氏の文章についての所感、読んで貰えなかったわけなれど、編集部より電話にて趣旨伝わったとのこと。

五月九日　金曜日　雨

やや暖。文芸各誌、サルトルについて特集、間に合わなかったのか、慎重に構えたのか、一誌、翻訳者の追悼を載せたるのみ、主に読書新聞の記事となる。

翻訳者の一人は、サルトルの生き方にはなにやら判然としない部分が多いという。翻訳でさんざん儲けておきながら、判然するもしないもないものだ。彼は最初から判然としなかったのであり、判然としなくても、小説ぐらい翻訳できるから困るのなり。

新聞は正当に評価しあり。「朝日ジャーナル」にも、若い者と対談し、現在の絶望的状態にあって、倫理と希望を持て、といって死す。その評価は、こん後翻出さるべき未完の

「フロベール」、及び哲学者の総括を俟《ま》つべきなり。

筆者は敗戦直後の流行には、戦後派文学と同じく反感を抱きて知らず。一九四九―五〇年頃、極楽寺にいた頃、「自由への道」を原書で読んで新手法に感心したことあり。同性愛の記述、当時として珍らしさあり。ミュンヘン会談の政治的状況の記述、人物の心理と政治的人物の行動がカット・バック的に、パラグラフを替えるだけにて、殆《ほとん》ど平行記述されて閉口した。ただし第三巻にて、マチュー出征して、土地の女と性交しながら、大地と交ってるとかなんとか、観念的描写に感心せず。マチュー塔にこもって生死不明のままにて中断、作家として尊敬しなくなった。

哲学的論文は『想像力』を読んだだけ、これはイメージは内在するや、外在するやの、ベルグソン的問題を扱いたる地味な論文なり。ただし次の『想像力の問題』より、論理くどく、一方向的に進行す。やたらにくどい雄弁的思考にいや気さし、読むのを中断。しかしその思考が哲学的訓練を経たるものなることはわかった。

surmonter, engager の如き彼のキイ概念は、哲学的に検討すべきものと理解す。最近「海」に連載されたる「マラルメの現実参加」は四十年代の断片なれど、一八六七年頃のマラルメの思考についての堅固なる考察なり。

いずれにしても、ヘッポコ翻訳家が軽々しく論ずべき人物にあらず、軽薄なるコメントの横行は、苦々しきことなり。

先月より今月へかけて、加藤周一『日本文学史序説』完結し、篠田一士《はじめ》『日本の現代小説』刊行さる。『日本の近代小説』（正・続）と三部作なり。遠藤周作久々にて『侍』を書き下し、読むもの多けれど、寺田君の持って来た評論集のゲラ直しのはじめの部分は、岩波の講座「文学」Ⅰに発表せし論文にて、馴れぬ文学総論的なものなれば訂正加筆に手間取る。一九七五年夏、北富士の山荘にて書いたものにて、折柄右顔面神経痛あり、鎮痛剤にて抑えつつ書いたので、でき悪し。この評論集は病弱になってからの文章多く、病気のことばかり書いている。

五月十一日　日曜日　晴

成城の花のシーズン、八重桜すぎ、ハナミズキ、ホオ、藤の順となる。庭前の藤満開。白立藤にて、大磯にいた頃、小田原で買ったものだが、成城へ持って来てより（大磯から運んで来た唯一の植木だった）、成城の土質に合うのか（わが家の辺はもと畠なり）、繁茂して、棚より溢れるように、花ひろがる。

寝室の窓に近く、隣家よりの目かくしに棚をこさえてあるので、黄白色、室内に反映す。いつもはカーテンを引いて昼寝するが、ここ二、三日はしめず、白藤の反映中にて昼寝する、いい気持なり。

五時半、目醒むれば、伜貞一夫婦来ている。当歳の女子茜《あかね》の、無心の顔を眺めて飽きず。老夫婦と六人にて、駅へ行く途中の、「華ずし」に行く。貞一を相手にビール中ビン五本あけ、小ビン一日一本のノルマ破る。暴食す。足もつれ、伜に支えられて帰る。まずし。

五月十三日　火曜日　晴

斎藤正二氏の招待にて、相撲を観る。家人と共に、四時、蔵前《くらまえ》国技館前到着。筆者の相撲見物は、戦前栃木山時代に一度、戦後神風時代に一度あるだけにて、むろん近頃はテレビのスロービデオの分解の方がわかり易い。しかしあの相撲場の雰囲気、力士の生身の肉体の格闘を見ること格別なること知っているが、なかなかその機縁なく、久しぶりにてうれしき招きなり。前は力士の体もっと赤かったような記憶があるのは、多分、照明が蛍光燈にかわりたるためにて、却って自然色に見ゆ。

斎藤氏に昨年大著『日本的自然観の研究』（上・下二巻、八坂書房）を贈られてびっくりす。日本人独自の自然観と称するもの、唐の影響の下、律令制度下に形成されたものなること、極めて実証的に論証す。山田宗睦《むねむつ》氏は「東京新聞」四月十六―十八日「未来への視点」の中の「和魂漢才」にて斎藤氏の旧著『「やまとだましい」の文化史』（一九七二年、講談社）を紹介している。元東京創元社社員にて、次に角川書店の「短歌」編集長、喧嘩してやめて今は東京電機大学理工学部教授なり。詳しく教わりたいことがあるから、ゆっくりお目にかかりたし、病弱ですので拙宅に御足労願いたしといえども、遠慮しておいでにならず、国技館をおごって下さるという。さる運動雑誌に知己あり、一場所に一日その枡へ行けることになってるので、入れて下さる、とのことにてまことに恐縮。

故ぬやま・ひろしこと西沢隆二と、双方母堂が従姉妹にて、どういう加減か、隆二より正岡忠三郎宛、大正十四年六月中の書簡をお持ちにて、相撲場にて渡さる。巻紙墨書、最後に、

「ダダさんには其後一度も会ひません。手紙を一度くれましたが、悪いと思ひながらまだ返事を出さないんです。神経が弱つてゐて、詩や小説の話をしたくないのです、それにダダさんも弱つてゐるだらうから、二人きりで向ひ合つたらそれこそ心中もんだ、桑原々々、十四年六月、隆二、忠三郎様」

中原の手紙の内容はどんなものか不明なるも、その頃すでに東京の友人と疎隔を生ぜる傍証なり。西沢氏は翌年「驢馬《ろば》」同人となるが、この頃どんな心境だったか、目下司馬遼太郎が「中央公論」に「ひとびとの跫音《あしおと》」として、正岡、西沢の交渉を連載細叙しあり、諸文献と照し合わせて考える必要あり。

なお斎藤氏は、戦後すぐ刊行の『ぬやま・ひろし詩集』をお持ちで、その中に「中原中也へ」という詩あり、同じ気分のものだから、同じ大正十四年の制作ではないか、押入れを探して見付かったら、送って下さるという。

美しい奥さんは、明日九時、フランス旅行に出かけられるという。アムステルダムに着いて、ボン、ディジョン、ヴェズレー、ノルマンディに行くちょっと変ったパックありという。私もそんなルートならもう一度行きたいが、もはや長時間航空機に乗れず、西欧の風物にもう一度接することはあきらめねばならない。

力士の肉体ぶつかる音聞くと、なんとなくのど渇き、ビール一人で二本あける。これは禁止破りなれど、相撲見物はお祭りみたいなものにて、止むを得ず。琴風が若乃花を破った。

七時帰宅、相撲土産の幕の内弁当その他で夕食。カロリーの取りすぎ、やけなり。

五月十四日　水曜日　晴

順天堂、北村教授定期診察日。不摂生を重ねているので自信なかったが、果してレントゲン像素人眼にも悪し。心臓少しふくらんでいる。心電図とぎれがち、心搏《しんぱく》早し。北村先生に、「いまにも水がたれそうな形ですね」といわれ、三日間の安静、ジキタリス、利尿剤の倍用。来週水曜日に再来を命ぜられる。ジキタリスの連日朝晩服用を命ぜられしことかつてなく、ショック。

三日間臥床しなければならぬ。病院の売店にて小林信彦『唐獅子超人《スーパーマン》伝説』、筒井康隆『宇宙衛生博覧会』を買う。「この本の中には毒があります」とコシマキに警告あれど、毒が慰めとなる心境なり。

四時、帰宅。臥床。脈をはかってみると七八ある。心搏より手首の脈が少ない性分にて、心搏は百を越えているだろう、しまった。作品社寺田君に電話。ゲラ渡し金曜日の約束を、月曜日に延ばしてもらう。

実はそれにても自信なきなり。三日安静の次は、四日休養でなければならぬ。しかしその間にも仕事をしなければならぬのである。一日三時間では間に合わず、このあと、『ハムレット日記』の文献読み、ゲラ直しあり。「富永太郎全集」編集、六月完了はすでに絶望。

ヘルペスはすぐ直ったが、少しの不摂生にて心臓参るのでは面白くない。ことによると、おれは「富永全集」も「堺事件」も片づけないで死なねばならないのではあるまいか、との暗い予感あり、即ち毒が慰めとなるなり。

五月十五日　木曜日　小雨
新潮社、貝島明夫君、「新潮古代美術館」6『地中海文明の開花』見本持参さる。エトルスクの項目あり、一九七一年のわが探索紀行を添物とす。あの頃はまだ海外旅行の元気があった。貝島君とトスカナの遺蹟より、ヴォルテルラ、オルヴィエト、タルクィニアを見て廻った思い出話。

ヴォルテルラはスタンダールの恋愛敗戦地。エトルスクについては、一九五四年フィレンツェに行った時、考古館博物館のパンフレットにて、ミケランジェロは古代ローマの出土品より学びたるものに非ず。その生地附近より出たエトルスク棺彫よりなり、と読んだ記憶あり。その説その後どうなったか不明なるも、シビル・クレス＝レーデン『エトルリアの謎』（一九六三年、河原忠彦訳、一九六五年、みすず書房）より関連事項を拾い出す。エトルリア人はローマ人にやられちゃった謎の先住民族、わが敗者への共感、偏執に近し。

五月十六日　金曜日　小雨

弁護士儀同保《ぎどうたもつ》氏参られ、新著『慶良間戦記』（叢文社刊一九八〇年）を贈らる。氏は大野正男氏の知己にて、かつて陸軍船舶工兵特攻艇、「㋹の戦史」を出された時、参られしことあり。私もミンドロ島の山中にて、バタンガスよりレイテへ行く途中、故障漂着せる隊員と四十日一緒に暮したことあり。艇の前半に爆薬を仕込み、自動車エンジンをつけたる特攻艇。俘虜収容所にても一緒。しかし彼は特攻なりしこと、戦後までいわず。

儀同氏はその隊員にて、近著は渡良瀬島にて終戦を迎えるまでの記録にて、軍隊の崩壊の経過を描きたるもの。防衛論議盛んなる一方、『神聖喜劇』『丘の火』また結城昌治氏の『死者と栄光への挽歌』（文藝春秋）の如く、敗軍底辺の悲惨を書きたるものの刊行多し。文学は今年は盛んになるのではないか。

内閣不信任案可決、解散。呆れるだけなり。政治の腐敗極まれば、軍人に政治に口ばしを入れる口実を与える。一九二〇年代より例あり。いやな気持。

五月十七日　土曜日　雨

韓国非常戒厳令、金大中氏連行。

李進熙《りじんひ》『日本文化と朝鮮』（NHKブックス）を読む。日本古代国家成立四世紀説など信ずる者はもとよりなし。「帰化人」とは渡来人にて、南朝鮮＝北九州に部族国家連合のありたること、西欧中世にイギリス南部とフランス北部の例あり。

隔月刊誌「あすど」に連載の金達寿《キムタルス》氏の「朝鮮文化遺跡の旅」を毎号愛読。五月号はその㈥、甲斐・信濃路の(2)にして、都留市文化審議会窪田委員の談として、同市大幡に七世紀ごろ居住の帰化朝鮮人と大月の小山田氏との関係についての説を紹介す。

都留市（もと谷村《やむら》藩）の機織（いわゆる甲斐絹《かいき》）が、朝鮮技術なることはすでに定説に近し。山梨県西部の巨摩《こま》郡より東漸せる朝鮮人の伝えたるものなりや否や。筆者は『河口湖町史』（一九六六年）にて、河口に徐福《じょふく》伝説あることを知り、和歌山県南部にある徐福伝説の始皇帝の不老不死薬探求漂流説に疑問を持つ。遠縁に医師徐昌道氏あり。研究者の質問に答えて、わが家にては二、三代より先のことはわからず、として自ら徐福後裔の栄誉を放棄せる記憶あり（その徐福伝説のモノグラフィ、今書庫に見付からず）。

大江健三郎君の『同時代ゲーム』に徐福伝説あり。舞台たる大瀬村の谷間には、桑を植えただけだった由なるも、西方内子町《うちこちょう》、大洲《おおず》市地区の機織と関係あること明白なり。即ち徐福は日本列島に機織技術をもたらしたる部族なりしなり。

なお「同時代」の谷間の北方にありとされる三島神社に、三島由紀夫との関連を空想する者のあるは愚。大江氏の作品は氏の想像力の産み出せる現代神話なれども、民俗学的材料は事実に属す。三島神社は瀬戸内の大三島にて国つ神（大山祇《おおやまづみ》を祭る）の南漸せるものなり、土佐の須崎北方まで到る。

ところで金氏は都留市に一泊、機《はた》神社を見しのみにて、徐福伝説を追求せず、大月に引返して、笹子峠を越え、塩山市に向われしは残念なれど、各地を踏査して、日本の新羅系《しらぎ》渡来人の遺跡を、新羅神社の所在によって実証せんと、踏査されつつある執念に感服のほかなし。

「あすど」前号には、大月の岩殿山を朝鮮式山城と推定されたるは新説なり。筆者の娘夫君の家が、大月、都留の中間にあり、また山小屋が北富士にある関係にて、二冊本『人月市史』（一九七六―七八年）持っている。これ近頃出た市史の傑作なり。山梨県はミレーの「種を播く人」に大金を投ずるも、甲府市にろくな市史なく、資料館なきお国柄にて、県下唯一の市史らしき市史なるべし。市会議員諸公の抹殺したき戦後民主化の実績記録の編集方針を貫く。

金氏の踏査にては、北陸の新羅の痕跡探査貴重なり。朝鮮文化には北九州より東漸せる要素だけでなく、但馬《たじま》―出石《いずし》―吉備（これは瀬戸内海路線かも）の線、敦賀―美濃―伊勢、さらに望み得べくは能登―松本―甲斐―関東のルート、つまり日本列島縦断の文化ルート実証できれば、老人は満足する。金氏が塩山よりあくまで北上して日本海に達するを期待す。

近頃うるさき稲荷山古墳出土の鉄剣の銘の読み方、大和政権よりも地域的支配者を想定するほうが自然なり。即ち北陸―長野―上野―埼玉へのルート空想さる。金氏の踏査に期待したし。

五月十九日　月曜日　雨後晴

夕食のビールをやめて、ゲラ直しにかかる。翌朝、四時までやってしまう。こんなに身体を酷使してはいけないのはわかっているが、止められず。しかも完了せず。寺田君より電話あれば、もう一日延ばしてくれ、と頼むよう、家人宛にメモして就寝。

光州学生デモ市民参加して暴動となる。これは百済の故地にして、新羅の故地慶尚道出身の朴氏支配への反感根深しとのコメントあり。

五月二十一日　水曜日　晴後雨

順天堂にて北村教授に再診。レントゲン、ふしぎにきれいになっている。心電図もよし。狐につままれたようなり。ジキタリス服用あまり気にすることなし、夜、会合などに出て疲れたと思ったら、もう一錠飲んでもいいとのことなり。

北村先生の言葉は神経質患者向けの気配ないでもないが、やれやれとは、このことなり。成城駅前の「桜子」なる女の子向き甘い物屋お握り屋に入り、かやく御飯と氷あずきを食べる。家人は赤飯を食べる。亭主の快癒を祝うには非ず、むかしから赤飯が好きなるなり。

友達は寂しく帰って行った

六月四日　水曜日　晴

斎藤正二氏より『ぬやま・ひろし詩集』見付かったとて、新刊の『日本人とサクラ』（講談社）と共に、送らる。「サクラ」の方は例によって綿密なる考証にて五四二頁あり。ゆっくり読ませていただくことにして、『ぬやま・ひろし詩集』の方を見るに、これは一九六四年の「グラフわかもの社」刊の「選集」第九巻（三四八頁）にて、「獄中詩集『編笠』（四六年）を除いたものの全部」と註記あり。

「中原中也に」は巻末の初出一覧によれば、「驢馬時代」グループの十六番作品にして、一九二六年六月一日「赤旗」六月号発表詩「青空は輝いている」「自働電話」の間に、誌名空欄のまま、「1926・6・1」の日付のみ残る。同誌発表と見なすのが普通にて、そうすると中原に関する公表文献第一号となる。しかしこの一覧表は記載不統一なる上、故ぬやま・ひろしこと西沢隆二の、この種の記憶あやふやにして、あてにならぬ節あり。とにかくその内容は次の如きものなり。

友達は寂しく帰って行った

——中原中也に——

僕があんまり黙っているので
友達は寂しく帰って行った。
送り出した戸をぴったり閉めて
ひとの息にあらされた部屋の中に取り残されている。
寂しさが庭にさまよう……
然し黙ったまま向い合っていると
倦怠《けんたい》からくる焦躁《しょうそう》のためにからだ中が苛々してくるのだ
それを対手に気がねして噛《か》み殺しているうちに
いつか不安な沈黙に沈み込んでしまう
友達が帰って行ったあと
窓ぎわに倚《よ》りかかって
うつけた心で眼をつむる。

一九二三年六月

「一九二三」は明らかに「一九二五」の誤記か誤植、詩の気分は斎藤氏より先月いただいた正岡忠三郎宛、大正十四年六月の書簡と一致する。

西沢隆二は仙台二高後輩の縁で、富永太郎、正岡忠三郎と親交あり。大正十四年三月に学生運動をして中退、上京した。中原の早大替玉受験を頼まれたりしている。左翼運動に直進すべきか、抒情詩を書くべきかの問題に悩んでいたと見える。中原の独演に対して、これら年上の友達は、ただ沈黙を続けることで、対処したらしい。富永太郎書簡十月二十三日付正岡宛「近頃来ても僕は殆んど一言も口をきかず、むかふでしやべりたいことだけしやべつて帰つてしまふ有様なので……」とあり。年上の友人の反応一様なるはおかし。

ぬやま氏は、『編笠』もそうだが、過去の心境を想起し、その時を現在のこととして詩を書く癖あり。「中原中也に」にもその疑いあり。なお考うべし。

『日本人とサクラ』の方は、サクラが日本の特産ではなく、戦争中の「万朶《ばんだ》の花」の散り際のいさぎよさをたたうるは、平田篤胤以来にて、宣長は「朝日に匂う美しさ」をいうのみ。古事記、万葉には、「梅」ほど多出せず、という。

しかしこのような文化史考察もさることながら、「染井吉野」について雑司ヶ谷の植木屋の交配、済州島原産などの俗説を、覆していることが重要、詳しくは原著について見られたし。現在日本の桜の70～80%を占める染井吉野が、東京郊外の植木屋の発明にて、交配種が百年ばかりの間に、それだけ拡がったと空想すること自体が不合理不健康なり。

平安朝に京都の宮廷人の愛せしは吉野の山桜なれど、染井吉野は大島桜と江戸里桜の交配種。関東種の大島桜は同種交配せず、異種交配なれば、自然に雑種発生する。斎藤氏は、中世に伊豆半島南部にて大量の自然交配ありと推定す。その理由として、頼朝幕府を鎌倉に開きて、大島桜、江戸里桜などを移植せるを想定す。これまでに「桜史」多くあれど、この中世の変遷を無視すという。肯《うけが》うべき新説と見ゆ。

済州島自生説は三本の異種並立をいうなど、発見の報告混乱して証言うたがわし。日本へ渡来すとせば九州、関西の順のはずなるに、染井吉野は関東のものなり。日韓親善関係の政治的報告にあらざるか（これは筆者の意見なり）。

なお日本のサクラは、街路、学校、公園にて、大気汚染にさらされあり。有名なる古木は数本あるのみ。ポトマック河畔のサクラは日本のサクラより美しいとの、コスモポリタン加藤周一の証言を引用す。イギリス、オランダの花苑に、日本に現存する以上の名木を育てつつありと警告す。これは日本特産を誇るツバキについてもいえることなり。柔道が外国人に選手権とられたようなものなり。国花として誇るなら、岐阜県根尾谷《ねおだに》「淡墨」、新宿御苑の「一葉」など名木の如く、大事に育てる必要を説く。もっともな意見なり。

六月六日　金曜日　晴

梅雨入りおそく、連日28～30度の暑さ。『ハムレット日記』のゲラは届きあるも、十二頁で停滞。寝床の中で、文献読み。種本の一つにレベッカ・ウェストの『ザ・コート・アンド・ザ・キァスル』(『宮廷と城』)あり。一九五八年、ロンドン・マクミラン社出版。初稿連載がすんだあとだったが、政治的人間、王子としてのハムレットの参考本として、故吉田健一がくれた本である。

ウェスト女史は一八九二年生れ、小説家、批評家にて、『宮廷と城』は、「想像上《イマジナティヴ》の小説における、政治的、宗教的概念の介入の研究」と傍題されていて、シェイクスピアのほか、トロロープ、プルースト、カフカを論ず。『失われし時を求めて』をドレフュス事件の後産とし、『城』をチェコの官僚組織の無意味体系への反応として捉う。第一部七〇頁は主に『ハムレット』の研究である。ハムレットを意志薄弱な人間とする通説の成立経過を論じ、むしろ彼の残酷性を強調す。女流らしきオフィーリアへの同情あり。彼女にハムレットを愛せし痕跡なし、しかしすべてを観察し、理解していたという。ヘンリー八世の数多くの斬首された妃のように。

劇はすべてハムレットの我儘と殺人によって進行す。彼がポローニヤスを殺せし時、兄レアティーズはフランスにあり、よる辺なきオフィーリアは遂に狂乱に陥る。その結果の死について、王妃ガートルートに詩的な弔辞あれど、第四幕第五場で、一人の紳士がオフィーリアの謁見を乞いに来た時、断っている。

Queen. I will not speak with her とあり、いくらシェイクスピア時代の英語でも、「会いたくありません」としか、訳しようがないだろう。レベッカ女史はここにハムレットを含めて王室のエゴイスムを見ている。しかし「お会いになったほうがいいでしょう、このままでは／悪事をたくらむ連中に、危険な邪推を植えつけます」（小田島雄志訳）とのホレーショの忠告を容れて会う。それから有名なオフィーリア狂乱の場となる。

第一句、逍遥訳は「逢いますまい」とあるが、福田恆存訳は「やはり会わないほうが」とぼかしてある。一番猛烈なのは木下順二訳で「あの娘とは言葉を交したくない」なり。

王妃の拒絶は少しあとの傍白、「罪を犯した者として、下らぬことが大きな禍いの前触れのような気がして」（木下訳抄）と理由づけられるけれど、宮廷顧問官ポローニヤスの葬儀も王子ハムレットの罪状をかくすために、しかるべく行われた形跡なし、との指摘、もっともなり。

注目すべきはオフィーリアをハムレットのミストレス（情婦）と呼び、肉体的関係を暗示していることである。そういえば二十歳を越えた王子が（第五幕第一場、墓地の場の墓掘り人のセリフから推定すれば三十歳）、宮廷の女に手をつけないとは考えられない。アブレターは誘惑の証拠であり、愛の証拠ではない。劇中劇の場面で彼がオフィーリアに向っていう卑猥なる言葉は、オセロが姦通を誤信したデスデモーナをののしる言葉よりひどいという。

第二幕第一場、ハムレットが、上衣の前をはだけて入って来た、手首を握って云々を、彼の狂気の徴候として語るのはうそで、部屋の中でのハムレットとの交情の巧みな言い替えであることも可能なり。彼女は父にも兄にもハムレットにもうそを吐いている、という。『宮廷と城』を再読して、この線で書き直そうとしたことがあったのを思い出す。しかし結局その勇気なく、墓地の場でのハムレットの「愛していた」の告白を本音と取った。しかしこれもレアティーズとの対抗上のハムレットのうそと見なすことができる。すると話は大分違って来るが、初校にて大幅の変更の許可を得ている。思い切ってやってしまうか。

六月八日　日曜日　雨

ようやく梅雨入りにて、連日の暑気去り、ひと息す。するとがっくりして、何もする気なく、マッサージを呼んで休息。しかし日曜日は私のような文士にはひまな日に非ず、大学教授連はこの日、大抵在宅するから、電話にて質問するのには便利な日なるなり。むしろ土曜日は出版社休日なれど、教授連はしからず。筆者はユダヤ人のように土曜日を安息日とするがよさそうなり。

富永の「詩帖」註解、六月中終了はすでに絶望なり。吉田凞生《ひろお》、わが窮状に同情して、書簡の註、進めていてくれる由。彼とても今年中には、富永全集を仕上げて、外の研究に集中したき由、ありがたし。夏休みにやってくれれば、こっちも九月中にはすむかも知れない。

註解は中断しあるも、この「詩帖」の使用開始時期について、根本的な疑いあり。詩帖といっても、普通の手帖なれど、それまで使用していた父の関係銀行や汽船会社などの顧客寄贈のものとは違い、少し大型の布表紙のものなり。詩作品の清書あるいは下書きが記入してあるから「詩帖」と仮称す。その一は大正十三年のもので、まず詩、散文の制作プランあり、次にランボー「酔どれ船」の仏文の一部筆写、あと五頁を空白としている。テクストがコンマ、セミコロンの工合で、上田敏などの底本「今日の詩人達」（一九〇〇年）であることはわかっている。どこかの図書館で途中まで写し、また来て、全文を写すつもりの空白と見なされる。

ところでその空白の一部に10.30と鉛筆書きあり、別頁に「9.50 II III／10.43 II III／11.55 III」の記入がある。これが列車の時刻であることは明らかで、この年の夏、富永は京都へ行っているから、東京駅発下りの時間だとばかり思っていた。

これがそうではなく、京都発上り時刻ではないか、というのが去年の秋の筆者の霊感であった。折柄鉄道省ローカル線廃線と共に、乗り廻りブーム起る。『時刻表二万キロ』の著者宮脇俊三氏に問合せると、運輸省が最近古い時刻表を復刻していて、大正十四年度のものがある、という。早速角川書店の市田女史に運輸省へ行って買って来て貰ったら、果してこの時間は上りの夜行列車だった。

これが私の大発見にて、それまで気付かざりし吉田、堀内（達夫）両調べ魔に自慢す。

富永はこの年の二月初め上海から帰国、途中京都で下りて、冨倉徳次郎氏の下宿で一週間ぐらい遊んでから帰京している。上海に持って行った川崎汽船の手帖を書き尽し、その終りの方の、すでに記入ずみの頁に重ねて、小林秀雄の馬橋二二六の新住所記入あり。冨倉氏よりそれを聞いて記入、この手帖の使用を終り、同時に「詩帖」を買ったと見ることができる。

大正十二年に出た『上田敏詩集』で「酔どれ船」と知っていたが、上海往復の洋上体験にて、興味を新たにし、例の原文主義にて、仏文に写したということが考えられる（第一聯のみ別記し韻脚を数えている）。すると京都のどこで写したかが、次の疑問となる。生島遼一先生に手紙で問合せると、大正十二年は京大仏文開講の年なれど、国文科生冨倉の紹介があったとしても、京大図書館に入ることは不可能。ほかに可能性があるのは京都日仏会館だが、これは駐日大使クローデルの蔵書をもとにしてできたもので昭和三年開館なれば、当時はまだなし。三条の丸善での店頭で立読みできても、写すことは店員が許すまい。

ところがここに新しい疑問生ず。京都で川崎汽船手帖に小林の新住所を書いて使用止めにするには（「詩帖」にも記入あり）それまでに、小林が冨倉氏に新住所を知らせていなければならない。しかし彼がそれほど冨倉氏と親しい間柄であったかどうか。富永太郎を中心に、われわれはみなごたまぜに考えているが、果してしかるか。十四年十一月富永死亡出棺後、正岡忠三郎は冨倉氏、村井康男氏と共に、小林を泉橋病院に報告かたがた見舞っている。しかしそれまでに交際があったかどうか。

一番手取り早いのは、当人に聞くことだが、小林は絶えず過去はふりすてて進んで来た人間で、昔のこと聞かれるのをうるさがり、大抵「忘れた」と答える。しかしこれはどうしても確かめなければならないことである。今月十九日に新潮大賞授賞式あり、最近は年でこれが彼に会う唯一の機会になってるが、こんどは出席しないつもりなので、思い切って電話した。

幸い彼は在宅した。いつもながらの元気のいい声である。私より七つ年上だが、一週間に一度ゴルフしているのだから、彼がわれわれ古い仲間で一番長生きするのはもはや確実である。どうだい体の調子は、などなど、老人同士の話のあった後、富永全集編集上、重大なことなので、と理由を告げて、質問すると、私の病軀を鞭打《むちう》っての作業に同情してか、答えてくれた。冨倉氏とは一度会ったぐらいだ、という。

それは文献によると泉橋病院でのことだろう。私の大発見は、この一言で無効になった。東京ならどこでもいい。例えば外語図書館に中退者として、旧師山内義雄の口添えで行ったが、二度目から中退者には使わせないとかなんとか、学校から苦情が出て中断したとか、その他いくつかの場合が想定できる。

ずっと空白になっていたが、七月京都へ行く前に、ベリション版「著作集」を三才社に注文しているから、無用となった空欄に上り時刻表を書き込んだということだったのである。「10.30」は東海道線下りにも上りにも、山陰線、奈良線にもないが、十月正岡氏と神戸へ行っているから、阪神の下り時間の可能性あり。これはゆっくり調べればよい。

第二の質問は、白金今里町七から馬橋村二二六に引越したのが、二月頃かどうか、ということである。吉田凞生、堀内達夫共同作成の小林の新潮社全集別巻IIの年譜では「その年」となっている。それはむしろ富永の手帳に基いた推定である。みな小林に昔のことをきくのがこわいのだ。

小林はあっさり、二月かも知れない、といった。近くの家主がテニスコートを持っていて、暖かくなって霜柱が立たなくなった頃からテニスをした。

「それまでに大家と親しくなっていなければならないから、その少し前だな。二月っていわれると、そんな気がして来たよ」

ということであった。これはむしろ小林学にとって、貴重な証言のはずである。それからあんまりむきになってやるな、やりすぎているのに気がつかないのがぼけなのだから、と注意があった。なるほど。

早速、同じく在宅確実の吉田凞生に電話で伝えた。『ぬやま・ひろし選集』のコピーはすでに送ってある。東京女子大の図書館に、「驢馬」復刻版あり。調べておくとのこと。

六月十一日　水曜日　曇

文芸各誌、匿名欄に拙稿について月旦《げったん》あり。「まるくなっちゃって面白くねえ」「論争する力はもうない」などあり。畜生め、と思ったが、それではなすべき仕事、ますますおくれる、ここは我慢のしどころと、ぐっと我慢す。

「流動」七月号は恒例の、大学卒論特集にて、一号編集の手間省ける好企画なり。項目多彩にして、論旨明快、確実なる理論を持つ若者育ちつつあるは心強し。

しかし文士諸兄に一番気になるのは、巻末の代表三三校の国文学卒論項目なるべし。去年も買ったはずが、なぜか保存してない。漱石、芥川、太宰、三島のずば抜けての上位御四家は動かず、筆者も人後に落ちず、むきになって探したが、一本を見出せるのみ。

実は昨年某社卒論用の作家論シリーズのマーケット・リサーチとして、関東以北の卒論五年間の統計あり。弥次馬根性にてひそかに入手、保存しあり。漱石以下御四家は変らねど、中島敦の上昇顕著なり。白樺派にては有島の上昇に反して、武者小路凋落《ちょうらく》著し。現存作家についてはプライバシーに属するかも知れず、公表せざるも、埴谷雄高と筆者は仲好く六（五年間でですぞ）にて、卒論不流行作家なることだけ記録したし。国文学雑誌など、案外統計取ってない。ニュースソースは秘匿だが、関西も似たようなもののことなり。

また各芸大の卒業制作のカラー版六、写真カラー四、白黒九あり。日大助教授大山俊大氏のコメントにて、その内容について作者の思いえがくイメージ七八年は「風景」の38%

に対し、七九年は「心象」78％に達せりという。「風景」「心象」は文壇にても流行語なれど、「心象」すなわち「内向」を意味するとすれば、画壇は文壇より十年おくれあることとなる。ただし多くの作品は「空虚凝視」の気味あり。あるいはイメージ作家が「心象」という場合、「空虚」を含んでいるか。

「国文学　解釈と鑑賞」森鷗外特集し、菊地昌典、平岡敏夫対談して、拙論「森鷗外における切盛と捏造」を問題にしている。菊地氏は七三年来「展望」に「歴史小説とは何か」を連載した。「切盛と捏造」（七五年「世界」六、七月）を、その中の氏の「堺事件」評価に対する反論と「主観的に理解しています」とあれど、これはとんでもない主観的うぬぼれなり。

文士が歴史家に期待しているのは、史実との関連にて、歴史家の抱く文学についての概念は、ひどく古風にて、その鑑賞については、失礼ながら、特に期待せず。菊地氏が小説としてどう評価されようと実は問題にしていない。

私は単行本に入れてないが「切盛と捏造」の前に「堺事件疑異」という短文を「オール読物」七五年三月号（一月発売）に書いている。菊地氏の名前を出したことはないし、主旨は「切盛と捏造」と同じで、末尾の朝廷御沙汰の土佐藩扱いへのすり替えについてである。

七四年八月「月刊エコノミスト」十月号のために、私は氏と対談している。喋々喃々と語り合った相手に、半年後にこっそり反論するほど私は悪趣味ではない。

さらに理解に苦しむのは私にはフランス側の資料との突合せがされていないというウィークポイントがある、との発言である。私が中央公論「海」編集長故塙嘉彦氏の配慮で、史料編纂所にあるフランス側資料を見、それと突合せて、私なりに事件を再建したい、とは何度もいっていることである。「切盛と捏造」にも、それを一部は使ったが、私の趣旨は、鷗外がどう原資料を切盛したかであって、鷗外が見たはずのない資料について論ずるのは不要である。二、三ヵ所、小説家の粉飾が後世の文献の発見によって、滑稽になることを戒めただけである。

フランス側資料を引用すれば具体的になったが、公表についてはフランス政府の許可が要り、当時はその自由がなかった。許可が下りた時は心不全が発見され、仕事が制限された。先が見えて来たので、まず懸案の「富永太郎全集」を先にやり、「堺事件」考証は来年にする、と私は方々に書いている。歴史家は文士の書くものにいちいち眼を通していられないかも知れないが、話題が文士であるなら、そのいっていることについて、一応情報を求むべきであろう。世の移り変りに連れ、また対談者によって話をかえるのは菊地氏の自由だが、話題の人間がこれからやると言明していることを、していないとけちをつけるのは、最も低く見積っても失礼であろう。

国文学界の反論は論外である。似而非考証や言いくるめの連続であって、私は度々反論を各誌より頼まれているが、断っている。反論すれば、鷗外に触れねばならず、筆者は鷗外の子孫と親交があるのでしない、とこれも書いた。しかし、こう同じことが何度も出て来てはたまらぬ。二、三、ここで対談者平岡敏夫氏の「要約した三点」についてだけ簡単に答えておく。

第一、「もとの資料が、たとえば、三ヶ条にしぼって朝廷を削除したというんですが、鷗外が見ている資料が、もともと三点にしぼってあったとか」と平岡氏はいう。

これは尾形仂《つとむ》『森鷗外の歴史小説』所収「〝堺事件〟もう一つの構図」にある次の一条である。「大岡氏は、鷗外がフランス公使の五ヶ条の請求の内、皇族陳謝を含む二ヶ条を省き、土佐侯陳謝を冒頭に据えているのを、もう一つの最大の〝切盛と捏造〟に数えているが、これは『始末』（鷗外の見た資料）に、〈時勢上止むを得ず彼れが要求を容れ、（中略）〉云々と述べているのを、そのまま襲ったまでで、〈史料〉との関係に関する限り、まったく問題にならない」

とあるのを踏まえている。これを読んだ人は原資料には、三ヵ条しかあげてない、と思うだろう。ところが原資料にちゃんと五ヵ条があり、「まったく問題にならない」は、尾形氏のレトリックである。私の論旨にも不備があったが、文士はこういう場合「まったく」とはいわない。こんなレトリックを使う連中を相手にしたくない。

ボス吉田精一は「森鷗外は体制イデオローグか」（「本の本」七五年十二月）で、鷗外と賀古の世話役だった「常磐会《ときわ》」が、私のいうように「山県有朋の歌道善導兼時局懇談会」であったことを示す文献は一つもないとのたまう。ところが鷗外日記明治四十四年十月十五日に「常磐会に山県公の第に行く。清国へ兵を出すことを聞く。」とある。国文学者はどうか知らないが、文士はこれを文献と見なすのである。

六月十二日　木曜日　晴

再び連日晴れ。暑し。昧爽《まいそう》より『ハムレット日記』ゲラ直し、九時朝食中テレビにて大平首相急死を知る。冠動脈不全に心筋梗塞併発とあり。七十歳、私より一歳年下である。総裁選で福田前首相に予想に反して勝ってからは無理が続いた。気の毒な人であった。後継者騒動必然なれど、誰がなっても同じことだろう。

私のほうは、弁膜症から来るうっ血性心不全といい、血液の一部が肺へ逆行して、血液成分が分解して、肺底にたまる。それが増えると肺の機能を害して、咳が出る。直接心筋梗塞につながることはないが、しかし冠状動脈へ出て行く方の動脈弁も故障していて、この方も逆流する。いつ急変が起るかも知れず、人ごとに非ず。冠動脈狭窄で、類似症状にある埴谷雄高に電話して無理しないことをすすめねばならぬ。彼は年中ニトログリセリンを携行する身でありながら、竹内好令嬢結婚の媒妁人を勤めに、神戸へいって帰ったばかり。午後仮眠中、向うから電話あり。

吉田凞生より「驢馬」コピー届く。やはり「中原中也に」の前後に、「赤旗」所載とある二篇は「驢馬」の誤植なり。ただし「中原中也に」は掲載なし。戦後の回想制作詩の疑い強まる。ただし「文学界」松村氏の届けてくれた一九五〇年冬芽書房版『ひろし・ぬやま詩集』の詩章「監獄の塀」の二十二番に、同じく「一九二三年六月」と誤記のまま、あり。一九五〇年初出にても、中原関連文献として古い方なり。吉田に電話すると、毒喰わば皿、四六年の『編笠』を探してみるという。

五時、少し日かげりてより、祖師谷へ散歩。いくら散歩しても、三年前の入院以来の足のふらふら恢復せず。しかし娘に「それ以上落ちこまないために、時々はなさったら」といわれれば、一言もなし。

祖師谷へ行くには、一旦仙川の谷へ降り、それから一〇〇メートルぐらいの坂を登らねばならぬ。それが心臓にきつい。家人に車にて、向うの坂上まで送ってもらい、そこから区役所出張所わきのちょっと大きな本屋へいつも行く。散歩といっても何か目標なければ、むなしい。それが本屋よりないのはさびしいが、今回はちょっとお目当ての本あり。

小学館のデスモンド・モリス『マンウォッチング――人間の行動学』、評判にて面白そうだけれど、十年前の『裸のサル』以来この手の「サルもの」「攻撃もの」は二十冊ばかり読まされている。四八〇〇円の高価なれば（集英社の大湊君にでも頼めば、割引きで買えるが）、中身見ずに買うのはいやである。成城には駅向うの大書店を入れて本屋四軒あるが、なかなかぶつからず、祖師谷にはどういう加減か、仕入れ配列よき本屋多し。あればいいが、という望み。

祖師谷は成城とちょっと雰囲気違う。住宅地なれど、間に英語塾あり、アパートあり、神社あり、それだけもと喜多見の原っぱだった成城より町として古いのだろう。それだけに本屋の配列もいいのか。

出張所わきの「一文《いちぶん》」に、幸いあった。主に写真の大型本だが、文章も半分はあり、各種統計あって、よさそうなり。買う（どうせ買うのだから、早く大湊君にでも頼めばいいものを）。

それから一方通行の通りを駅まで歩く。途中、焼鳥とうなぎのちょっといける店あり。平野謙がひいきだったそうだが、筆者は糖尿病の関係にて、モツとうなぎは敬遠。コーヒー店で一服する。それから再び駅まで歩いたら、駅前に近頃増えた大書店に『金曜日ラビは寝坊した』あり。これでラビ・週日シリーズ七冊揃った。駅の陸橋の上り少し辛けれど、片側の金属棒につかまって登り、成城までひと駅乗って、六時、タクシーで家に帰る。

六時五十分まで仮眠、七時少し前よりNHKローカル・ニュース、天気図を見、新聞を読みながらビール小瓶かカン入一個空け、七時より九時まで野球を見て、ベッドに入る。『マンウォッチング』は重くて寝床では読めない。『金曜日』はケメルマンの「ラビもの」

第一作にて、受賞作、ラビ・スモール、新任、新婚にて、第一作なのでユダヤ社会の説明完全。事件は単純にて、警官即犯人のルール違反を犯しあれど、彼はうそをつかないはずのラビの証言と食いちがう証言をしていて、容疑者なり。

ユダヤ律法註釈集「タルムード」については、セシル・ロス『ユダヤ人の歴史』（一九六一年、長谷川真、安積鋭二訳、一九六六年、一九七九年四月十四日版、みすず書房）にてほぼ了解。「タルムード」は、ほぼ五世紀から十一世紀までに成立せる大部の法解釈、判例集。ラビは聖職者ではなく学者、みなラビ・スモールのように賢明ではなく、当然、瑣細《ささい》主義に陥ったはずなれど、運用がうまければ、有益なること、あらゆる法律と同じ。

ラビ・トケイヤ『ユダヤ格言集』（助川明訳、一九五〇年、七九年三月七版、実業之日本社）を買った（いずれも重版せるはキリスト教関係にて必読の本なるか）。「金を貸すのは断ってもよいが、本を貸すのは断ってはいけない」とある。『金曜日』の中では、「わたしどもは、キリスト教徒のように神様に何かを請願する祈りはめったにしません。ないものをねだるよりはむしろ与えられたものに、感謝の祈りを捧げるわけです」とあるのに感心した。

六月十五日　日曜日　晴

暑気きつし。午前中、『ハムレット日記』校正少し。暑い間はひる寝なり。

『マンウォッチング』読了。面白かった。イヌやサルの雌の臀部のディスプレイに当るものが、乳房にあり、とのことを興味の中心とする書評あれど、大して重要性ありとも覚えず。しかし臍《へそ》が女性器模倣にて縦長形なのが平均人は8％だが、モデルは46％に増えているとは驚いた。人間が頭をかくとか、手の振り方つまりジェスチュアに、威嚇、防衛など、種々の意味つまり身振り会話があるのが面白い。指さす人に、前方は人さし指、後方は肩ごしに親指、これは「マテオ・ファルコーネ」の子供の裏切りにあり。その他多くの幼児よりの名残りのジェスチュア成人にあることに、気付き、自省さる。要するに人間は何と多様なサインを出す動物かと驚く。私はこんな豊かな生活を暮して来たかどうか、自信なし。

人類に水生時代ありたりとの説、復活したるも驚き。筆者はむかし、なんとかいうフランスの医師が人類水生説より、今日のリンゲルの前身、塩水注射を発明せりと読んだことあり、『マンウォッチング』にはそのことは出てないが、現行のリンゲルが塩分が主なることは事実なり。霊長類にては人類のみ積極的に泳ぐ。生後すぐの赤坊を水中に投げてもあわてず、嬰児の体毛の生え方は下方に向う流れあり、四肢に水かきの痕ありという。

乳房露出など、性信号は「身体的自己擬態」の中に入る。現代人は自分の身体だけではなく、周囲の環境要素まで超正常化しようとす。つまり「超正常刺戟」なり。これは「対応する自然界を超える刺戟」である。CMにあっては、超正常清潔を約束する石鹼、超正常な小麦色を約束する日焼けオイルあり。シャンプー、強壮剤、つけまつげ、自動車あり。ただ食品に「青色」なく、これは不思議な嫌悪で、人類のなにか過去の集団的経験の名残りかという。

無論、男女共身体の「過度露出」あり、それに対する反応は、瞳孔拡大となって現われる。われら男性にとって愉快なのは、女性の拡大度が20％、男性は18％、と彼女たちがわずかに上廻っていることとなり。ただし女性の顔写真にて、瞳孔を少し大きく修整してあるほうが、男性は美しく感じる、というからおあいこか。

日本人は虹彩と瞳孔の色があまり変らず、瞳全体の大きさ、即ち「黒眼勝ち」が美人の条件なり。「女は眼を鈴に張れ」を心得とす。つまり男はうぬぼれを誘われれば、相手を美しいと感ずるのなり。

写真修整は中原中也の写真にもあり。彼の耳は少し張っていた、自ら「山羊」と称していたこと、先月高森文夫から聞いたが、その後、吉田凞生が六六年高森氏に会った時のメモに、「山羊と渾名」とあること判明す。われわれがこの証言を見逃したのは、『山羊の歌』題名の由来と想到せず、『山羊の歌』を出した結果、高森などが「山羊さん」とか「山羊ちゃん」とか渾名したと解してしまったからである。吉田はもっと追求すべきだったと後悔す。文学研究のインタヴューにも裁判の証人訊問の如き技術要るのなり。

ところで有名な十八歳の時の黒髪、お釜帽子の写真には耳かくる、銀座の見合い写真屋

Kunst-Atelier 有賀で撮ったもので、イヴ・アリュー氏など外国人にも「お嬢さん」みたいに見えるらしい。彼に女性ファンの付く一因となせるものの如し。しかし角川文庫本表紙の顔写真は、よく見ると、全集第一巻の写真より、瞳を少し大きく修整してある。背景の濃淡の工合も違う。角川書店にては、「デザイン」として専門家に依頼したと称す。おまけに瞳の左側に少女マンガの如き「星」ありて、一層かわいく見ゆ。

筆者は最初からこの写真は、私の会った昭和三年に受けた印象とあまり違うので、好きでなかった。一九五六年東京創元社版全集には、同じ有賀写真でも、横眼使いの写真を採用した。これが各新聞社調査部にあり、大抵の新聞記事に出る。この方では瞳は向って右方に寄っているから、星は白眼に落ちてなきにひとしい。

ついでにいえば、「星」は灰色のブロンド西欧人の瞳にも出る。これは写真家がＣＬ(Catch Light) と呼ぶものにて、眼球の一部たる眼の表面に生ずるライトの反射点なり。アトリエの窓が反射する場合もあり。これを誇示して、星や月を宿しているように見せるのが写真家の技術なり。瞳孔上に持って来るのはイメージをみだしてまずく、虹彩上におくがよし。少女漫画の虹彩に花の如き光点あるはうそにあらず。複数生ずる場合も現実にあり（一方に二つあることはないが）。私はこれを昭和十七年聖紀書房刊、西田正秋『顔の形態美』によって書いている。無論、戦後古本屋で買ったものだが、小説家はこんな本をいつまでも持っているものである。苛酷なる太平洋戦下、呑気な本が出たものだ。

ロバート・アードレイ『狩りをするサル』(一九七六年、徳田喜三郎訳、七九年、河出書房刊）によると、人間が何百万年の間に進化したのは、森からサバンナに出て、ほかの動物を殺して生存して来たためという。しかし人間同士にては、攻撃すると報復攻撃されるおそれあり、威嚇して屈服させる方がずっと賢明となる。人類の攻撃の最多発形態は、腕または武器を振り上げて打つことなので、この型の諸変型が威嚇となる。

モリスも人間の潜在殺傷能力は、昔から他の種にまさっていたとする。ただし核時代ともなれば、ボタンを押すという、銃の引き金を引くよりも、優美な動作だけですむことになった。集団への忠誠さは、軍事的な盲目的愛国心に変化したが、核兵器の出現によって、攻撃者が自己の安全性について、重大な恐れを知る段階に戻った。戦場における人間の無統制な野蛮さが、動物に見られる節度ある戦闘に変わる希望がある、――これが古いサル学者モリスの結論のようである。

『狩りをするサル』の著者は、ローレンツ、ルイス・リーキーのような楽観的な進化論者と激論した結果、人類にサルと比べて、忍耐力とか、権力とか、生存の才能とかの存在を認めた。しかし人類は制度化された不法行為、つまり集団的破壊を行うに至り、自然の主人であるとの妄想を抱いた。争いの果てに、自爆してしまうかも知れないという。このような終末論は、結局は現代の諸国の核先制攻撃を是認しているのだが、『マンウォッチング』は、人類の通常態が、いかに協調的であるかを示して、生きる喜びを教えている。H・カラン『動物の行動と人間の社会』（一九六九年、寺嶋秀明訳、八〇年三月刊、海鳴社）は、あまり動物と人間のアナロジーを追求することに警告を発している。それら論者の説くところは混乱しており、ローレンツが攻撃心を人間性の主役とする論拠も明瞭でない。そしてそれが組織化された戦争の原因であるとの結論に達したわけではなく、社会的フィードバック、つまり「なだめ」「挨拶」「儀式」を発達させていることを指摘している。そして『狩りをするサル』の著者アードレイの前著『テリトリー』はジャーナリスチックな文体で、不正確な引用に満ちていると指摘す。

例えばバロ・コロラドのホエザルの集団に関するカーペンターの本についてアードレイの引用――

「カーペンターの注意深い観察によるとホエザルを分離統合している機構は社会的テリトリーの防衛ということである。（中略）ホエザルのクランのテリトリーは大きく、境界は曖昧である」

カーペンターの本文――

「ホエザルの行動域の周囲に境界線を引くことは事実を歪めるものである。というのも、そのように境界線を引くことはその行動域の端をくっきりと区切り、開放的にし、流動的で変化しうるものであるより、一定のものであるといった印象を与えるからである。ホエザルは境界あるいはテリトリー全体を防衛することはない。かれらは自分たちのいる場所を防衛するのである。(中略)一頭の動物、あるいは一羽の鳥、あるいはそれらの集団が排他的に、空間、隠れ場、巣などを防衛するということを想定している。テリトリーの概念は、ホエザルの集団の行動を正確に描写するものではないことが理解される」(傍点カラン)

アードレイは「人間の本質はパラドックスである」という。これは何も解決していない。こういう論理が人々を戦争にかり立てるのである。

六月十六日　月曜日　晴

連日、29～30度、仕事にならず。午後二～四時、「虎ノ門福田家」にて、埴谷雄高、丸谷才一と座談会。七月発売の「中央公論夏期臨時増刊、推理小説特集」を「監修」す。筆者は今期をもって谷崎賞委員をやめるので、代替サービスなり。各自推理小説体験を語る。埴谷と私の読みはじめは大正年間のホームズ、リュパンの翻訳と同時なれど、丸谷氏が一九五五年、三十歳の頃より読みはじめたとのことにて一驚を喫す。個人の推理の限界は今世紀はじめより、精神分析、民族学など各方面より脅かされつつあり、推理が「あそび」となりつつあることに、意見一致。楽しきあそび鼎談となる。

武田百合子さんのマンション、近所なれば、帰りに埴谷と寄る。正面に武田泰淳の仏壇作りあり。百合子さん、最近、車を運転してると、隣りの空席に泰淳いるような気がし、いないのに気がつくと涙が出て来て、泣きながら運転す、との泣かし随筆をものせることにつきからかう。

百合子さんはすでに週末は富士北麓の山小屋に行きあり。こっちは隣組だが、老衰して梅雨が明けないと行けず。しかしこんどはこっちが「日記」を書いてるから「富士日記」の仇取ってやるぞ、といえば、あぶないから近寄らない、という。武田山荘の上り下りきつく、去年は降りて行かれなかったが、今年は降り切って覗き見してやるぞとおどす。

本日、家人は娘と共に、山小屋を開けに行っている。梅雨前に開けておかないと、屋内湿気るなり。

六月十七日　火曜日　曇

ややしのぎ易し。午後一時、広島ＮＨＫの小田茂一氏ら来る。教育ＴＶ「文学への招待」の「中原中也」（七月七日、十四日）ビデオ撮り。眼手術してより、テレビ出演は断っているが、中原と富永太郎とかかわるのでは断れない。七分間とのことなれば、富永のコンテの自画像を背景にしゃべる。

当時、彼等は二十三歳と十七歳にして、青春のまっ只中にあり、ランボーの見たのと同じ現実の一つの絶対的な色合いを見たのであり、人類の終末と彼等自身の近い死を予想したものだった。中原は富永のことを「教養のある姉さん」といったが、このこわい顔をした富永の自画像を、中原は知らなかったろうと思う云々。例によって、あまりうまくしゃべれなかった。

ビデオ撮りの終り頃、窪島誠一郎君来る。最近渋谷のギャラリーを井の頭通りの駅寄り、宇田川町三〇番地に移転さる。名称は「キッド・アイラック・コレクション・ギャルリィ」。この通りはもとの宇田川横丁にて、わが大向橋傍の家の川を隔てて向い側に当る。変な因縁を感ず（川はいまは暗渠、橋はなし）。ギャラリー機関紙「デフォルマシオン」第十六号の表紙に、富永の「自画像」掲載、油彩ではなく、コンテと訂正さる。窪島君には全集収録のデッサンの選択を担当してもらった。油絵を洗浄修復すると、埃りが色を保護していた形になって、見違えるように鮮明となった。後記に「今秋刊行予定」のあるのに冷汗。「今秋」ではなく「来春」に延びたと訂正。全集刊行と同時に、ギャラリーにて、個展やってくれる由。一九七一年、東銀座の「ギャラリー・ユニバース」以来、十年目となる。

「大正末期から昭和初めにかけてのあらゆる作画描法の潮流を、自己凝視の犬歯でかみくだいた」。青鈍（あおにび）色と銅（あかがね）色が、彼の内的世界を形づくる彩色と詩作の共有語なりと、前記パンフレットで窪島君論ず。

最近村山槐多《かいた》の「尿する裸僧」を秘かに所蔵した人物死亡、「窪島君に相談すること」

と遺言。「太陽」次号にて、絵を挟んで、おやじ水上勉と対談した由。富永太郎のコンテ「曲馬団の子供」（仮称）、一九五一年、「創元文庫」収録の段階にて紛失す。もしお持ちの方あらば、入手経路は問わない、適正価格にていただくから、角川書店か筆者に一報ありたし。

六月十八日　水曜日　曇後晴

順天堂大病院、北村教授月例診察日。心電図のみにてレントゲン必要なし、快調なりとのこと。ただし今後の経過は仕事の量による、とのこと。二十日から、循環器学会でフランスへ行かれるとのこと。成城のかかりつけの諫山先生も行く。三年前、肺が水びたしになったのは、両先生に学会へ行かれた留守中のことだった。いやな気持。いまの学会は農協旅行と同じではないかと悪態を吐く。

この日記も最初は見開き二頁の予定で、最近物忘れひどくなってから付けはじめた日記をちょっとふくらませるつもりだったが、こう長くなってはいけない。来月からは断乎四頁を越えざることを誓う。

六月十九日　木曜日　晴

暑気ひどく、梅雨はあけたのではないか、と疑いたくなる。

選挙、各地予想はじまる。いつもきまってはずれるので、読む気なし。この間の選挙のあと、友人のニュース解説者の書いたものによると、各地から集って来る数字では大体当っているのだが、どこかで手を加えるから、はずれるのだそうだ。ますます読む気がしないではないか。こんどはテレビ開票速報も見ないつもりだ。暑い上に、忙しくて、そんな暇はないのだ。

梅雨早く明けろ

六月三十日　月曜日　曇

昨日の雨より温度下り、やっと息を吐く。伊東沖小地震、北上の気味あり、と各紙解説す。二度寝して、十二時半、起きて行けば、孫の瞭子がいる。娘・鞆繪は銀座の河辺歯科へ行き、預けて行ったのなり。

四時娘帰り、自著低学年用の童話『ひとりぼっちのびすけっと』を持ち来る。挿画荒野直恵氏、講談社刊。昨日までおやじに黙っていたのには理由あり。瞭子を小主人公とし、おじいちゃんと愛犬デデが死んでしまった話なのなり。

前作『もじもじびすけっと』はデデがまだ生きていた頃書いたもので、その続篇みたいなものなり。モデル犬デデは事実三年前に死んだ。その話を書こうとしたが、おじいちゃんつまり筆者も死んだことにしないと話のかっこうがつかないから、そうした由。なんとなくいい出しにくくて、出版後の今日となったという。

幼稚園児の女の子、近くのおじいちゃんの家へ行き、おじいちゃんとデデとかくれん坊をして遊ぶ。二人（?）がかくれる番になると、いつまで経っても、出て来ない、そこでデデもおじいちゃんも死んでいたのに気がつく、というファンタジー童話。いちおう話になっている。しかし物書きの娘が、性懲りもなく主婦童話作家となり、作中でおやじ死なされてしまうのは、前代未聞ではないだろうか。あと、おばあちゃんと二人で、おじいちゃんとデデをしのんで泣いてくれるから、おじいちゃんはいやな気持はしないけれど。

七月一日　火曜日　曇

冷。『ハムレット日記』の校正直し。レベッカ・ウエスト女史の処方により、オフィーリアをうそ吐きとすることはむり。わがハムレットはマキャベリストにして、冒頭よりうそ吐きとして提示してある、その上「オ」までうそ吐きでは、あまり殺風景にて、感興をそこなう感じ。エルシノーアの宮廷にも一人ぐらい善人いなくてはまずい。

カート・ヴォネガット・Jr『母なる夜』（白水社刊）贈らる。訳者池澤夏樹氏は福永武彦の遺児なり。ナチ戦犯の話はすでに何篇か読んでおり、陰惨にしてあまり好かないが、池澤君への近親感より、夕食後、読み出したら、やめられず、朝までかかって読んでしまう。

ここには二重スパイの性格変化について、通俗スパイ小説にない洞察あり。簡潔にしてえぐるような文体。「われわれはなにかのふりをすると、そのものとなってしまう」はわが『ハムレット日記』の根本的モチフなり。原著者ヴォネガット・Jrは、最近ペーパーバックス本作家として出発したけれど、一九六九年よりハードカバー作家となり、昨年「プレイボーイ」がインタヴューしてより、米文学界にヴォネガット現象の如きものありという。「海」七五年一、二月号に特集あり、「海」の高橋善郎君に電話してバックナンバーを送って貰う。

七月二日　水曜日　雨

十時、窪島誠一郎君、先月入手されし槐多「尿する裸僧」持って来て見せてくれる。六十五年振りの発見、ほこり絵具を保護して、色彩に鮮度あること、富永太郎の作品と同じ。「信濃デッサン館」へ運ぶ前にわざわざ老人に見せるために寄ってくれた、とはありがたし。筆者は一九二五年十二月、富永の遺した本にて『槐多の歌へる』を見てより、槐多のファンにて、戦後弥生書房版の全集、草野心平氏の評伝を持っている。それぞれ白黒で入っているけれど、濃淡の工合が違っている。窪島君のいわれるには、複写を重ねるうちに変化せるものにて『槐多画集』は、原画とほぼ同じという。

裸体僧の尿をそそいでいるのは、仏具の鉢にて、冒瀆の意図明らかなれど、背景に二つの性的シンボル、湖あり、山の形も性的にして、射精の代行行為の疑いあり。太腿は女のものではないか、と感ず。槐多には同性愛あれど、両性具有観念があったか否か。私小説的、変身自画像にて、「湖水と女」「女と乞食」「カンナと少女」と比べて異色作に属す。力強く、眼を楽しませるよりは考えさせる作品。個人的には代々木の「赤松」、富ヶ谷方面に当時まだあって、現場感があった。

『槐多の歌へる』は富永太郎の書架にありし、唯一の日本の画家の本だったことに思い当る。

七月六日　日曜日　曇

暑さぶり返す。しゃくに障る今年の梅雨なり。新聞「千石イエス」の会員、家庭に戻ったけれどまた摩擦を起し、復帰しつつあり、と伝う。原因は現代の家庭形態が不満を蓄積しあるためにて、新宗教に赴くこと時代の勢いなり。興味本位の扱いは面白くない。

わが家の近くに新興宗教の道場（?）あり。女性の信者多く、わが家の前の行き止りを、駐車場の如く心得て、こっちの車出し入れにさわる。しかし一度どなり込んでいったら止んだ。彼等は悪意の人に非ず、ただなんとなくはた迷惑なることとあるだけなり。

夜十一時半、東南の方角に、火事あり、珍らしく近く、焔の色鮮やかなり。すぐ消えた。家人近くまで行ったが、詳細不明。

七月七日　月曜日　曇のち雨
『ハムレット日記』校正、新潮社へ渡す。とにかくすんだ。これでいつでも山小屋へ行ける。
中央公論増刊「推理小説特集」の「編集後記」を書く。アンケートを各界より、特に中公執筆者たる学者連まで集めたのがみそだが、その一項目に「あなたは推理小説に興味をお持ちですか」とあり。そのまま推理小説家にも出してしまったのは、おおミステーク、ベストスリーをあげてほしかったので、と弁解これ努む。しかし返答実に多種多様にて、興味津々。伊豆微震続く。

七月八日　火曜日　曇、小雨
諫山先生にレントゲン取って貰う。心搏九〇、少し早いのは、仕事詰めてしたからか。「レ」像よし、山行き許可出る。本当は順天堂大北村先生のところへ行かなければならないのだが、二十日以前に予約取れず、さぼる。
伊豆微震続く。夕刊、自民党次期総裁早々に決定を伝う。多数の下馬評の候補者のほかの人、との浜幸氏予言適中。

七月九日　水曜日　雨

冷。大平首相葬儀、米中元首参列。ついでに会談とは、人をばかにした話なり。

昨日の心搏九〇、気になり七時半、諫山先生にて再診。心搏七〇―六〇、山行き決定。

庭前の海棠《かいどう》今年はよく花をつけたのに、枯れかかりあり。根に虫が入ったらしいが、甦る可能性ありやなしや。一週間前より植木屋に電話すれど、なかなか来らず。海棠方々で枯れ、忙しいとのことなれど、帰路ちょっと見に寄れないのか、近く山小屋へ行くから、その前に来てくれといってあるのに来らず。

電話するとおかみさん出る。「ほかの植木屋に頼むよ」といえば、「どうぞ」という。水上勉の紹介にて、十一年来入っていた植木屋。この間に庭木大体整い、春秋の手入れのみ、商売として面白味なくなったからなり。十一年の顧客、おかみさんと電話のひとことにて縁切りとなる。近頃の人情の酷薄、驚くほかなし。しかし怒ってはならぬ。心臓に悪い。

七月十一日　金曜日　雨

冷。午後二時より日本読書新聞のインタヴュー。この日記と新刊の評論集について、何かいうことあるような気がしたが、やってみるとあんまりなし。たるみあるなり。富永全集六月完成のため、本年は一月より、対談やこまぎれ原稿一切断っていた、六月すぎてからと先延ばし約束、どっと来て変に忙しくなる。梅雨早く明けろ。山小屋へ行きたい。

午後四時よりマッサージ。六日夜の近火放火説ありとのこと。成城一丁目にすでに被害あり。呼鈴押して、留守だとわかると窓ガラス割って入り、ベッドなど切り裂き、放火す、という。白く塗った家を狙うという。わが家も白く塗ってあるが、黒屋根の倉庫の如き平家なり。うさ晴しの放火の対象とはならない貧弱な外観なれど、いい気持せず。山行きのあと、息子夫婦留守番に来てくれる。嫁さんに気の毒。

七月十二日　土曜日　晴

暑し、山小屋へ持って行く本整理、案外手間どり、疲れる。天気予報、相変らず梅雨ばれ宣言せざれども、近頃よくはずれる。夕方ニュース、東京三十一度九分を伝う。とにかく明日行くことに決す。

家人、年齢六十一歳にて、高速道路運転に自信なし。娘に河口湖南の富士山中の山小屋まで車持って行ってもらわねばならず。娘の都合にて、明日より日なきなり。

「海」の高橋善郎君に、もはや山へ行かないと身体持たず、十五日の谷崎賞第一次選考会に出られないから、と推薦作品ほか提案事項を伝える。書いたものにするつもりだったが、すべておっくう。

今期にて選考委員辞任す。谷崎賞委員任期は原則として終身なれど、病身になってより、なすべき仕事多いので、嶋中社長に特に乞うて、我儘を許してもらった。去年辞任の予定なりしも、折柄「海」編集長塙嘉彦君の死去あり、高橋君新任なれば、面倒かけたくないので、一年延長した。

筆者は尾崎一雄の選考委員七十歳停年説に賛成なり。個人差はあるべきも、数年前より記憶力急に衰え、候補作読みにメモを取らないと、さきに読んだところを忘れてしまう。個人的感想を持つのは自由なれど、授賞か否かを決定する自信なし。かりにその程度で選考してもよしとするも、熟読の時間が惜しい。

深沢七郎氏、川端賞を辞退するの弁に、受賞は殺生なりという。一理あり。しかしそんなことをいえば、選考委員として、これまでいくつ殺生を重ねしや、数うべからず。

深沢氏如き場合が出るのを防止のため、今回より最終候補作品に残ったものにつき「候補にしてもよろしゅうございますか」と作者の許可を取ることを提案してみるつもり。既成作家の作品を断りなく候補とし、かれこれあげつらった上、当選作はよけれども、落選作につきかくかくの理由で落としたなど侮辱を加うること、失礼ではないか。

この趣旨を文書にするつもりだったが、少し理想論の気味あり、中央公論社、各委員の賛同得られるような気がせず。書くのは面倒になった、口頭でいってくれ、と高橋君に伝う。

暴力団、銃器を東南アジア産毒蛇と共に梱包して輸入、不要になった蛇の始末不十分のまま、捨つ。生き返りたもの民家に現わる。滋賀県の出来事、殺生にしてはた迷惑な話なり。金大中軍事法廷に送らる。

七月十三日　日曜日　晴

十時、娘の運転にて、山小屋へ。中央高速あまりこんでない。十二時少し前到着。成城駅前で買って来たちらし寿しにて昼食。二時より仮眠。五時まで。

その間に家人は娘を富士急吉田駅まで送る。彼女は田野倉の夫君の実家に到り、夫君、孫と共に帰京の予定。家人は駅ビルの「イトーヨーカドー」にて、食糧仕入れ来る。休息。テレビの天気予報、九州豪雨、東漸をいう。娘より電話、安着、二時間半にて着いたとのこと、東京は暑いとのこと。家人も疲れあり、九時就寝。

七月十四日　月曜日　曇

家人、二階は寒かったという。下はそれほどでもなかった。到着早々なればストーヴを焚いて、家中温めるのをうっかりしたのなり。

この家は元来、二階が書斎、寝室なりしも、五年前、心不全はじまってより、筆者は階下の食堂で書きものをし、家人の部屋たる和室を寝室とす。家人自分のいるところがない、とこぼしていたが、次第に二階住いが定着した。

午後、吉田駅ビルへ買物に行く。五階に沼津の書店マルサン出店あり、割合に本揃っている。郷土史コーナーあり、毎年一年間の新刊を見る癖あり。今年は『河口湖周辺の伝説と民俗』なる一三八頁の小冊子あり。本年二月富士宮市緑星社刊。編著者伊藤堅吉氏の三十年来の蒐集の結果にて、表向きの本『河口湖史』（一九六六年）になき、風俗伝承を収録す。

河口湖畔の住人にとりて、富士の山体は美の対象でも自慢でもなし。もしあれがなかったら、ここも駿河のように、温かかったろうに、との怨嗟の的なり、という。度々の噴火と溶岩流出あれど、北岸の部落、河口、浅川、大石、安定す、という。徐福伝説は都留市ではなく、字河口にあり。紀州熊野より富士を慕いて来るとす。富士山上の不老不死の薬を求めて来た、との脈絡なり。四百人の眷属《けんぞく》と共に住み着き、機業を伝うという。富士山中に鶴を得て、不老不死を信ずとす。都留市に鶴塚あり、などなど。当時の徐福伝説、機業伝来は従にして、富士の煙は山頂にて不老不死の薬を焼く煙との、「かぐや姫」伝説との習合の可能性大なり。

大江健三郎氏の郷里南伊予にあるは、三島神社との関係か。伊豆の三島神社は、中世、瀬戸内の大三島を勧請せるものにして、祭神は大山祇、富士山神をその娘木花之開耶姫《このはなのさくやひめ》とするのは、江戸初期のことなり。機業との関係のみいうのはあぶない。

なお浅川には姨捨伝説あり。六十歳以上の老人は、進んで山へ行くという。深沢氏の『楢山節考』を想起す。

婚姻風俗については、後家と娘は若衆全体の所有なり、とあり。嫁という労働力として専有するためには、大盤振舞をせざるべからず、山林を売り、借金をし、身代を細くする者あり、という。

その能力なき者は駈落ちす。駈落ち者を預る仲介役あり。年期を上げれば正式結婚できる。また婿に同情せる若者による掠奪婚（ヨメカツギ）あり、土佐の山間の風習に近し。むろんいまはなけれども、河口湖より、鳴沢に至る西郡内《にしぐんない》は、地味痩弱、主食稗《ひえ》の粉食にて、戦争中米が配給制になった時はうれしかった、という。

「考古学ジャーナル」七月号は「火山堆積物と遺蹟Ⅱ富士山周辺」を特集す。富士の度々の噴火による武蔵野台地関東ローム、また、桂川流域もあり。中央高速は大月＝河口湖間を四車線にするために一部造成しつつあり。都留市にて縄文遺跡発掘しあり。火山灰の遺跡保存せること、埃が油絵の色彩を保護せるに等し、これまた興味津々なれど、五十六頁にて一七〇〇円。東京、ニューサイエンス社刊。

帰途、故武田泰淳の武田山荘に寄るに車なし。赤坂の百合子さんのマンションへ電話すれど応答なし。

夜八時、NHK「文学への招待―中原中也」第二回、筆者出演、どうやら無事つとめたようだ。第一回（七日）は、中原ファンの女子学生の湯田詣で、東京駅出発の場面より始まり、滑稽小説になるのではないか、とはらはらさせたが、二回目少しいいようだ。老人にとっては、内海誓一郎、安原喜弘、関口隆克など、近頃会う機会のない旧友に再会の喜びあり。みんな老けた。吉田凞生通し解説。彼もかつては国文学界で今業平といわれた美男解説者だったが、容色衰え昔時の面影なし。中原の詩、某女優に朗読させしはいかがにや。女声のみにては単調にして面白くなし。

七月十五日　火曜日　晴

留守宅より電話、東京三十度以上なる由。思い切って山へ来てよかった。放火犯、上祖師谷、三鷹に及ぶ。早朝の場合あり、サラリーマンにて、出がけにやるのではないかとの説ある、という。しかし成城署のパトロール強化されあり、こわくない、とのこと。

七月十六日　水曜日　小雨

朝九時、娘より電話、放火容疑者逮捕を知る、やれやれ。中央公論社高橋善郎君より、昨夜の谷崎賞報告。候補作、筆者の推薦したもの、全部当った。そこまでよかったが、最終候補作品の著者に内諾をとの提案、会議に出さず。文書にしないといったのを、撤回と解したのなり。高橋君は『レイテ戦記』以来の馴染なれど、少し早合点のくせあり。しかし理想論なれば、どっちでもよし。ただし谷崎賞への遺言、または置土産のつもりだったので、少しばかり残念。

気象台梅雨明け宣言せず。東京二十四度。山は十九度、寒し。終日臥床。疲れ出た感じだ。斎藤茂太『躁と鬱』（中公新書）を読む。著名なる患者、北杜夫、吉行淳之介のせいにて、躁鬱病の流行、ノイローゼに取って替る勢いなりという。一方には境界領域拡大せるを知る。著者は高名なる精神病医歌人茂吉の長男にして杜夫の兄、吉行によれば躁の傾向ある由。文章にユーモアあり。素人によくわかる。面白い本だった。

事故の夏

八月二日　土曜日　曇

連日、曇又は雨、東京も二三、四度とのこと。ここは標高一一五〇メートルなれば一八、九度、昼間からストーヴ焚く。NHK「全国の天気」のおじさん、十日頃から暑くなるといえど、あてにならず。異常気象、アメリカ暑く、ヨーロッパ寒し、という。北極中心の気象図出さず、東西緊張の折柄、双方観測データ交換さぼってるのではないか、とかんぐる。

午後、吉田駅ビルへ行き、家人は食糧仕入れ、筆者はマルサン書店。七月二十五日刊の『写真集、明治、大正、昭和、富士吉田』あり。国書刊行会刊、「ふるさとの想い出」シリーズの一冊四六倍判、『河口湖町史』の著者、菱沼英雄氏編にして、巻末に明治、大正年間の二万五千分一地図、現在図との対照四組収めあり。筆者はこういう本に弱い。買わされる。

写真も貴重にて、明治三十一年、馬車鉄道、山中湖より上吉田鳥居をくぐって、下吉田に至る。後に船津、勝山を経て、鳴沢村に至りたるを知る。昨年は『吉田市史』二巻出たけれど、高いばかりで、一九五二年市制施行以前は八一頁にすぎず。買わなかったので、こういう郷愁本買わされる。慶応三年の外人撮影の写真もあり。

新倉掘貫《あらくらほりぬき》の旧出口の草に埋もれたる写真あり。これは谷村藩主秋元氏が元禄以来、三度試掘して、やっと慶応二年開通せるものにて、井伏鱒二先生が一九七五年同名の歴史小説を「海」に連載、愛読した。谷村（現、都留市）の古老の聞書など取りたるらしきも中断、単行本にならざるは遺憾なり。

河口湖は流出口なきをもって、古来増水、水害絶えず、その水を浅川より嘯山《うそぶきやま》（現、天上山）をくり抜きて、吉田側の新倉村に落として、田地開墾の一石二鳥の案なり、京、大坂より召致せる掘師、双方より掘り進み、水準計算間違えて、最後に食違って失敗に終る井伏的滑稽あり。折しも芭蕉谷村に来遊し、馬上吟行の風流あり、掘抜のため、近隣村より助郷かり出され、農民困窮すなどなど、内容豊富の傑作なるになぜ本にしないのか。

御坂《みさか》峠の天下茶屋、太宰治の写真、井伏、武田両先生と、天下茶屋主人会食の図一頁を占む。筆者の記憶なければ、多分筆者のここへ山小屋を建てる前の一九六六年七月以前のはず。その頃、すでに御坂峠の東を迂廻する自動車道あり、やがて有料トンネル通ず。太宰が「富士には月見草がよく似合う」の名文句を吐いた天下茶屋はいまさびれたれど、もともと井伏先生の馴染にて、ここに二人の女性を連れて遊ぶ小説あり。天下茶屋主人と共に、富士を語る座談会なり。武田まだ五十歳ぐらいにして若し。

井伏先生は『新倉掘貫』を、武田は『富士』を構想しありしはずなれど、両人あまりこれから書く小説の内容を話したがらず、座談会成立しなかった、と記憶す。

井伏先生は、「こら、お前らの住んでるところの下には、人が大勢埋っとるぞ」と例の調子でおどしたという(筆者も後におどかされた)。しかしこれは筆者らの山小屋が鳴沢村のうちなるため、貞観《じょうがん》六年(八六四)の青木ヶ原熔岩流が、鳴沢村に及びたりとの記録に基づくいい掛りにて、ここは同じ鳴沢村にても字富士山といって、標高一〇〇〇メートル以上の山中なれば、元来人の棲むところに非ず。入会《いりあい》の狩場なり、二十年前吉田浅間《せんげん》神社付近の湧泉の水を機械にて吸い上げ、ゴルフ場と別荘村を開拓したるものなり。

河口の浅間神社中の「徐福」をまつれる摂社の写真あり。(『河口湖町史』にはなし。)これにて徐福伝説、河口起源確定す。ここは律令時代よりの宿場(甲斐国府は現甲府南一宮付近にあり、御坂峠籠坂峠越えにて、御殿場にて東海道に合す)にて船津登山口あれば浅間神社あり、御師《おし》(導者、強力)一〇一家を越え、機業発達す。富士宮浅間神社刊の「富士の研究」全六巻のうち第二巻『浅間神社の信仰』に、各地の浅間神社の記載あり。河口社の摂社中に「秦大明神」あり。

筆者が来りたる頃、富士山に関する本は、右六巻本(一九二八~九年、古今書院刊)のほか、戦時中に深田久弥の編纂せる『富士山』（一九四〇年、青木書店刊）ぐらいしかなし。深田本は主として前記富士宮浅間神社の六巻本に基き、大町桂月《けいげつ》、小島烏水《うすい》などの古典的紀行文研究を蒐集し、都良香《みやこのよしか》以来の古典文献を抄録す。今日なお必読の本なり。『富士山99の謎』の如き本はまだなかった。

付近に家はなかったが、その後、近くに伊達秋雄氏別荘建て、向いに朝日の渡辺さん来る。少し離れて創元社厚木淳氏あり。それぞれお勤めあれば、めったに来られないが、秦淳亡き後も、女流作家として翔んでる百合子未亡人と共に、文筆関係者漸く多くなる。ただし別荘管理はだんだん粗略となる。河口湖町に近く、ゴルフ場向うの新規開発地にのみ熱心にして、こっちの第一次管理センター・ハウス、去年より夜間は六時にて引上げてしまう。ここに来た頃には十年後にはこれがフード・センター兼食堂となりて、車なくても暮せるはずだったが、逆になりたるなり。

郵便物は富士急河口湖駅前の富士観光本社にて扱いおれど、到達せる速達その日のうちに、別荘村へ上げてくれない。せっつくと次の便はゴルフ場付近の第三次管理センターまで上げて取りに来い、という。しかし次回には黙っていると、翌朝廻しとなる。そうかと思うと「書留」は、上にあげる間の責任持てないから、すぐ取りに来い、という。

老妻は今年にて免許切れ、この機会に運転やめる、と宣言しあり、来年は一日四本のバスのみが頼りとなる。もっとも筆者も夏の仕事は今年で打止め、来年よりは、速達を必要とすることなき、のんびりした休養生活営むつもりなれば、それでもいいが、なんとなく癪なり。

八月三日　日曜日　曇

午後一時、弁護士大野正男氏、河口湖畔フラミンゴをおごって下さる。対岸の大石村に別荘をお持ちにて、八月においでになる。昨年は同じレストラン・ホテルにて、三日間対談して『フィクションとしての裁判』（朝日出版社）を出したる思い出会食なり。早大在学中の令嬢詩子《うたこ》さん同席。

質問二つあり。一つは郵便物の配達を委託された者が宛先に交付を怠るのは、刑法の罪に当るはずだけれど、速達を速く交付する義務があるかどうか。——答、否。富士観光が二時半に配達される速達を、その日のうちに上げる義務はなかった。

もう一つは氏が戦後中村稔、吉行淳之介らと出した同人雑誌「世代」に書いたというニーチェに関する論文についてなり。大阪中之島図書館の高松敏男氏より、目下白水社で刊行中の新しいテクストによる「ニイチェ全集」添付の書誌に入れたしとの問合せあり。「世代」近く「近代文学館」より復刻の予定にて、編集に当れる中村稔作成のリストあり。この次来るまでに見ておいて、教えて下さるという。

食事終って後、大石村の大野別荘まで、追随。湖北の道路改良されあり。二年ばかり湖畔一周せざりしことに思い当る。十年ばかり前、武田夫妻と共にレストラン「サニーデ」にて休み、大石紬《つむぎ》を見に行ったことあり。大野別荘は村落より一キロばかり西にて、友人と相謀り私道を開通して建てたという松林の中の閑静なる別荘。この側はわが富士荒土層とちがいて古き御坂層の土壌にて、しっとりとした感じあり。あじさい花開きあり。小雨。少憩の後、辞去。

八月四日　月曜日　曇

孫瞭子中央高速道バスに乗り来る。いつもは娘と共に来れるも、娘はマンション管理当番にておくれる。五日の湖上祭の花火を見るために、一人でバスに乗るとの積極精神を奮起し、新宿発十二時十五分、二時五分前富士急ハイランド前着と通報あり。家人迎えに行く。

こっちは『ハムレット日記』二校直し一三二頁まで。二十五年前の旧作にて、雑稿なれば、細部に辻褄の合わないところ残りあり。辻褄を合せるのにしんが疲れる。明後日、娘が来てさわがしくなるから、なるべく進めおく必要あり。

瞭子、元気に到着。隣家に同年ぐらいの子供来りあり。遊び友達となる。

夜、雨降る。明夜の湖上祭、決行するや否や、明朝の天気にてきめる、とのことなり。

八月五日　火曜日　晴

湖上祭。年々盛んとなる。車は上吉田、大田和間のバイパスより下は駐車できず、往復四キロ歩くので、老妻にも重労働なり。ただし土地の人の後をついて行ったら、船津の露呈熔岩の上に入り込み、花火、これまでになくきれいに見えた由。雨降り帰る。

『ハムレット日記』ほぼ終る。少し長時間やりすぎ。しかし期日迫る。東京にて山行き前の仕事片付け、一日三時間のノルマを六時間に延長せし頃より、立ち上ると腰痛みありしも、だんだんひどくなる傾向あり。わかっちゃいるけど、止められない。悲しき座業なり。

八月八日　金曜日　曇

朝九時半発、タクシーにて帰京。娘鞆繪、瞭子は山小屋の留守番。十一時半成城諌山病院着。レントゲン月例検査。異常なし。タクシー、待ち賃抜きにて待たせつつ『ハムレット日記』、確認事項その他点検。一時半来れる「波」の伊藤君に渡す。PR用インタヴュ速記訂正。東京は二六度、あまり暑くないので、仕事はかどった。

留守番の嫁さんのゆかりさん、元気。長男、春《はじめ》二歳三ヵ月、なんともわからぬ幼児言語喋り散らす。当歳の茜《あかね》、人見知りして泣く。留守中到着の書籍・雑誌整理、時間なく、全部できず。三時出発、道路すいていて五時半山小屋帰着。あまり疲れず。

とにかく片付いた。瞭子持参の『じゃりン子チエ』一、二巻を読む。評判作なれば、早速読みたかったが、忙しくて読めなかったのなり。一巻、猫のアントニオ剝製の姿勢おかし。

八月九日　土曜日　晴

七月二十九日より十二日目の晴にて、はじめてすることなき日なり。少し腰痛あれど、娘の運転にて、朝霧高原へ。富士が見えれば、大沢崩れを見晴すドライヴインまで行くのだが、雲かぶりおれば、猪之頭《いのかしら》湧泉、田貫《たぬき》湖へ行く。「花鳥山脈」なる観光名となりたる天子《てんし》山脈（御坂層）のせき止め湖（築堤しあり）、数年前に来りたる時より道路整い、南方にキャンプ場、ドライヴ・レストランの赤屋根見えれども行かず。猪之頭に戻って、県営養鱒《ようそん》場、大人一〇〇円、子供三〇円の入場料取る。富士の地下水湧泉にて、芝川の源泉の一つなり。鱒《ます》なんだか前より増えたようなり、一部を釣堀とす。瞭子、餌をまいて歩く。こっちはよろよろなれば、池一周できず。池畔料亭の鱒料理はたしかに前よりうまくなった。これは当りなり。

帰途、鳴沢村より右折、近道を試む。道少しはよくなっていたが、様子変っているので迷って、腰にひびく。午後二時、帰宅し下車する時、どうやら本物のぎっくり腰になりあるを自覚す。夕方まで仮眠。「全国の天気」のおじさん、寒気をもたらせるオホーツク海高気圧、だんだん暖まって来たらしいと説明す。当り前の話なり。

『じゃりン子チエ』三、四まで読む。去る五月、井上ひさし氏が「朝日」の文芸時評で、叙事詩とほめ上げてよりの問題作。「バラエティ」九月号「朝日ジャーナル」八月八日号が、作者のはるき悦巳《えつみ》氏にインタヴュして、「子供から四十歳の大人まで面白い」とあっては、物好き老人は読まずにはいられない。幼稚園児の孫、半分ぐらいしかわからず、何度もくり返し読むので持って来てあるのなり。老人にも、キン玉を抜かれて、近所の土佐犬にやられたアントニオが、威厳を持ったまま剝製にされた図柄面白けれど、孫も猫のけんかが一番わかるらしく、そこを話してくれる（小鉄、アントニオ・Jrがひいきなり）。「あかん」とか「やったるど」など大阪弁使う。マンガの影響力怖るべし。親がほしがるままに買って与えるので、蔵書百冊を越え、マンションの子供たち、「あそこ行くと歯医者ぐらい、マンガあるよ」といって読みに来る由。

なんともわけのわからぬ人物出没して、わけのわからぬ行動するところがみそ、大阪弁が効果あり。「言う」を「いう」とせず、「ゆう」と書きたる。「じゃりン子チエ」がスーパー・ウーマンの卵にて、知能と行動力にて、全篇を圧せること魅力あり。スーパーマンの後裔たるスーパー児童は数多し、いずれも抑圧願望実現が興味の原動力なれど、女子スーパーマンの言動にはデリカシイありて、魅力あり。

いずれも母親蒸発して、欠陥家庭なること、離婚率30%に達せる世相を反映す。もっともチエの母は帰って来るけれどすぐ消える。一体、マンガに出て来るこの種のおちょぼロ型の表情、特に笑顔類型的にて、面白くないものだが、この本にはコミック伴って現実味あり。娘の説明にては、助手を使って屋根瓦一枚一枚描く如く、スーパー・リアリズムにあらず、手作りの味が評価さるるとのことなり。灰谷健次郎氏の沖縄っ子ねえちゃん『太陽の子』を連想す。これも神戸の下町弁使う、と神戸生れの家人感心す。マンガも文学も、全国的に関西弁に征服されつつあるなり。

第四巻、「ヒラメ」なる勉強はできないが相撲に強い女の子出現し、教室のソロバン競争にて、優等生マサオ君、こっそり電算機使うシーンあり。孫に甘きおじいちゃん五、六巻のほかに、「電算機買ってやろうか」といえば「電子計算機っていうのよ」と訂正さる。母親の顔を見て、「しめた」という思い入れにて、にやり笑う。幼児の行動形態、マンガに似つつあることおそるべし。

もっとも筆者の少年時代も表情身ぶり、映画の目玉の松ちゃん、ダグラス・フェアバンクス、ジャッキー・クーガンに意識して似せたること想起す。大人がいまの子供のことばかりいうのは誤りなり。

八月十日　日曜日　晴

ぎっくり腰、終日臥床、十時、娘孫帰る。十二時半武田百合子さん、東京暑くなったので花子ちゃん夫婦と共に来る。例年の如く、暸子におもちゃのおみやげくれる。

くれたおもちゃ——シャボン玉セット（液スペア一付き）、シール（大一、小四）、ビニール製メガネ形変形ストロー二、ペンダント、オハジキ、ヒゲダンスのヒゲ、夜光物体のドラえもん、金平糖など。種類多すぎる。彼女自身おもちゃが好きなのに相違ない。折柄、瞭子東京着、電話し来る。おもちゃ来年まで取っておいてくれという。

和室に臥たまま食卓に向いたる百合子さんに顔向けて話す。井伏・武田会談写真、河口湖畔富士ビューホテルか山中湖マウント・フジか記憶せず。当時「海」編集長近藤信行氏にきいてくれとのこと。すぐ電話すれど、応答なし、どこか山へ行っているのだろう。

吉田大明見《おおあすみ》居住、加賀美嘉重氏来訪。とうもろこしと共に、『吉田市史』を市図書館より借り出して届けてくれる。先般来訪の際、市史の悪口いい、買わないといったので、とにかく見せよう、との愛市心？に恐縮す。

加賀美氏は五十六歳、同じく大明見家内機業地区の住人、元工兵下士官宮下正雄氏などと共に、甲府四十九連隊生き残りにて、この山荘のできた一九六六年、『レイテ戦記』準備のために聞書き取りてより以来の知友にて、毎夏一回、野菜その他届けてくれる。

同じ49iにても、国中《くんなか》（甲府盆地）と郡内《ぐんない》（大月、吉田、鳴沢）つまり笹子、御坂峠に隔てられたる寒乏地区との差別あり。国中は郡内を陰険といえば、郡内は国中を狡猾という。国中には若尾、雨森ほか藩政時代よりの富豪あれど、郡内には吉田御師《おし》の出、小佐野氏のみ。

班内にては差別なけれども、幹部候補生志願を国中の中学出身者より、優先的に取った由。49 i は「第一師団レイテ会」中、最もまとまり悪く、工兵宮下氏の如き、こわれた鉄舟を修理してセブに渡れといわれて、レイテ島に残されしを含み、未だに甲府にて行われるレイテ会に出席せずという。郡内魂あるなり。

夜、『吉田市史』八一頁を見るに、富士登山道スバルライン、ハイランドに到る剣丸尾《けんまるび》（熔岩流）は、富士宮浅間神社本『富士の地理と地質』のいう如く、青木ヶ原流出以前の延暦二十一年（八〇二）には非ず。

この熔岩流は富士吉田市と河口湖町船津の間の国道に沿って流出せるものにて、その先端は富士吉田市の北方西桂町小沼附近に達し、延長約一五キロ、幅一キロ、厚さ二〇メートルに達するといわれていて、吉田や船津附近から展望するとよくわかる。この表面はごつごつとして歩くことができず、やぶが茂っていたが、戦後これを平坦にし御坂層の土を盛り、田・畑・工場・住宅・娯楽場「富士急ハイランド」に利用さる。スバルラインその上を走る。剣丸尾は一説に頂上から噴出流下したというが確証がない。吉田口登山道二合目附近、剣丸尾熔岩流の東縁に熔岩洞穴があり、御胎内くぐりとして知られている。この丸尾は四種の熔岩流によってでき、相前後して噴出したと思われる。その第一層丸尾下のスコリア層から土器や古銭が出土している。

㈠　富士吉田市下吉田御姫坂から昭和三十二年丸尾採石中の渡辺平寿が表土から二・一メ

ートル下方でカメ型土器、皿などの土師器《はじき》破片と淳化元宝一枚を見つけた。この北宋の貨幣は九九〇～九九四年に作られたもので、宋が中央集権・君主独裁体制を打ち立てた中国統一後の最盛期に当る。したがって、剣丸尾は九九〇年以後に噴出したと見るべきであろう。

㈡　熔岩流末端の上暮地《かみくれち》で熔岩下三・五メートルの地点から焼土と並べられた自然石が出土し、また土師器の破片もあった。これは国分Ⅰ～Ⅱ期に当るもので底部に糸切りの跡が見られた。

この二点を時代判定の重要資料として検討の結果、剣丸尾噴出を前出の八六四年（貞観六年）より以後、永保《えいほう》三年（一〇八三）ごろとしている。

そして原典として、富士急が四十五周年記念として出した『富士山―富士総合学術調査報告書』中、津屋弘達氏「富士山の地形、地質」を挙げている。

富士急とは、一九二九年、大月、富士吉田間二三・六キロに単線電気軌道を敷いた「富士山麓電気鉄道」の略称、現在は国鉄へ連結して、新宿間直通電車を走らせているが、七六年八月五十周年記念として、非売品『富士山麓史』九〇二頁を出し、各種文献を集めた（その中には泰淳の見たがった富士宮浅間神社蔵「富士曼荼羅《まんだら》」の原色版あり）。筆者は娘の夫君の姉、甲府市在住の三科恵美子さんの斡旋により、一部を所持しているが、『学術調査報告書』も欲しくなった。俊雄君に電話して、入手依頼す。この種の本は、原則として図書館にしかないが、県会議員等の死蔵せるもの、古書店に出廻っているかも知れない。文士は「学術調査」の数字の列を見る必要なけれども、現在出ている富士山に関する本にて、地学専門家の書いたものは、講談社現代新書、森下晶『富士山』あるのみ。現在の形の富士山は、スバルライン終点の小御岳社の山瘤を頂上とせる小御岳富士（愛鷹山と同期の洪積世《こうせきせい》の中期、七十万年ぐらい前噴火）、寛永の側面噴火にて露呈せる赤岩附近を外輪山とせる古富士山（二万五千年前頃）あり。現在の山体は新富士山と称し、一万年—五千年ぐらい前より噴火し、二つの古い火山を蔽《おお》って、いまの形になったという。いずれも津屋氏の報告に基くと称するも、その記述ちぐはぐなり。例えば大月附近猿橋に達する熔岩流、古富士山末期のものなりや、新富士山初期なりや、本によって違う（NHKブックスの四人の筆者群にも専門家なし）。現物に当りたくなったのなり。俊雄君、月曜日に娘と交代にて、瞭子と共に田野倉に来る。三科氏に頼んでみる、とのことなり。

ぎっくり腰、直らず。諫山先生に鎮痛剤郵送依頼。

八月十二日　火曜日　晴

二時、俊雄君、甲府の姉さん宅へ行き「富士山総合学術調査報告書」持って来てくれる。瞭子同行。田野倉の親類の子供たち病気にて、遊び友達なく、百合子さん寄贈のおもちゃで遊びたくなってついて来たのなり。隣家にも同年配の子供と、シャボン玉作りて遊ぶ。

「報告書」は一〇六〇頁、附図六付の豪華出版にて、県議会図書室より借り出されしなり。出版日付欠くも、図書室受付は昭和四十九年九月なり。問題の赤岩を古富士と外輪山と見なすのに慎重なり。そのカラー写真あり。淡赤褐色の凝灰岩、凝灰角礫《かくれき》石であるが、泥流又は破砕流ではなく、降下堆積物ならんという。火口中心は新富士山とそう違ったものではなく、標高三〇〇〇メートル位に達していたと推定される。赤岩は二七〇〇メートルぐらいなり。

なお凝灰角礫石とは、熔岩流が流れる間に途中の礫を取り込んで凝固したもので、田貫湖にも見付かるという。同じ成分が関東の立川ローム層の新石器を掩《おお》っているので、二万年前と比定される。中に含まれた木片の、放射性同位炭素による分析によると二万四千年前のものがあるという。附属地質図によって、剣丸尾の二つの熔岩洞窟より下が、異質なるのも明らかに見て取られる。しかし、『吉田市史』の伝うる木片の分析はなく、「詳細は省く」となっている。フォッサマグナの関係にては、丹沢山塊と同じに隆起軸の上にある。そこに高嶺成立の基底を盤として考えるという。

森下晶氏は参考文献として、この報告書ではなく、同じ著者の英文報告『富士火山の地質および地質図』（一九六八年、地質調査所）を挙げている。その方にあるのなるべし。『吉田市史』もやるべきことはやっている。

三時、新潮社梅沢君より電話、立原正秋氏の訃を聞く。取り敢えず弔電を発す。一度大磯の拙宅に見えられしことあり。歯に衣着せぬいい方、一匹狼のきっぷが好きだった。最近「監修」した「中央公論夏期臨時増刊、推理小説特集」のアンケートの返事に、「推理小説嫌いです。大岡さんも監修とは物好きですな」とあり、参った。

八月十四日　木曜日　快晴

毎日新聞総合版に大西巨人氏との対談掲載。東京は十一、十二日夕刊のはず。こっちは動けないので、河口湖畔富士ビューホテルまで、おいで願った。『神聖喜劇』旧版四巻（現行、一、二巻）まで出ていた七一年、「群像」にて対談したことあり。十年振り、少し髪に白きものの多くなられたが、元気なり。

「おやりになりましたね」との言葉が口を突いて出る。以来その二倍半を完成されたるねばりにまず敬意を表す。対談、二人ともかなりいいたいことをいったつもりだが、筆者の老人性おしゃべり、しゃべり出したらとめどなく、うまくなかった。もっと大西氏の意見を語らせるべきだった。

ぎっくり腰、もう一日用心して、臥床。家人、瞭子と森林公園へ行く。スバルラインに救急車連続して上り、何か事故があったらしいという。登山客みな森林公園に入り来りて混雑し、三時帰り来る。臨時ニュースあり、スバルラインの先の吉田口下山道にて、一時五十分落石事故あり。九合目より六合目まで大小岩塊多数落下、死者十一人、負傷者二十六人という。夜九時のニュースセンターにては、それぞれ十二人、三十人となる。

スバルライン開通後、五合目まで行けるようになってより、登山者激増、ニュース解説者、今年は庚申の年にて、六十年登山の利益《りやく》あり、二万人登山あったなどと解説すれど、今日のスバルラインの利用者に、古臭い庚申《こうしん》信仰あるはずなし。富士講もいまは昔話にて、吉田の御師《おし》の家多く民宿となる。毎年、晴日には二万人の登山者あるのなり。解説者、現地人の観光売込みの説明を鵜呑みにして報道する安易な態度嗤うべし。夜、山上霧出で、八合目小屋に収容、八時捜査打切り。

金大中軍事公判はじまる。数年前、日本領土にてKCIA員拉致したる主権侵害を、いわゆる「政治的結着」とす。東京拉致以前の国外活動を問わないとの協約あり。ところで起訴状第一条にそのことをあげ、国家保安法違反とす。日本政府見解にては、それは起訴状全体の「背景」だそうだ。これまた嗤うべき解釈なり。ニューヨーク十二日発特派員電として、ニューヨークタイムズ、米国務省金大中氏を死刑とせば国交に影響ありと通報ずみと報ず。全斗煥《ぜんとかん》戒厳司令官、内政干渉なりと反発すという。

アメリカの遺伝子組替え作業、配合薬を間違えて猛毒ヴィルス発生すとの報道あり。渡辺格《いたる》氏の談話によれば、これは管理ミスにて、組替え自体の問題に非ずとす。呑気な解釈なり。

南太平洋会議、日本原子炉廃棄物を太平洋公海に放棄に抗議。これは当然。

内外多事。ついにテレビを十一時まで見る。鎮痛剤、昨日到着、飲用しあるも、立ち上るとまだ腰痛い。

八月十五日　金曜日　快晴

腰痛、やや薄らぐ。久しぶりにて入浴。老妻と瞭子は森林公園へ。午後二時、俊雄君車にて来り、瞭子を連れ帰る。「報告書」も返却す。

近藤信行君に電話通ず。『小島烏水』受賞以来山岳屋となり、原稿殺到して、厚木市のもとの家に書籍運び、仕事場としありという。甲府山岳会にて三科さんと面識ありという。井伏、武田写真は富士ビューホテル、雑誌「潮」の企劃だった。書家、写真家を集めて、富士の総合編集企画なりしも、やはり井伏、武田対談冴えず、不掲載となったという。武田は吉田市の御師と富士曼荼羅に興味を持っていたが、だんだん不熱心になったという。そういえば小説『富士』は富士自体とは関係なし。山はどこでもいい感じなり。問題は木尾の「神の指」にして、「富士」は「頭を雲の上に出し」、日本のシンボルでさえあればいいのだ。

吉田下山道につき近藤君にきくに、あそこは吉田大沢といって、上に庇《ひさし》形の巨岩あり、もともと危険。土地の人は辺縁に道つけてあったが、昨年の冬のなだれでこわれて、今年はみな砂走りに降りたので事故おこると弁解す、といえば、とんでもない、ずっと前から、下山者は勝手に、歩き易い砂走りへひろがって降りていたんですよ、十年前、百合子さん、花ちゃんと登った時も、そうだった（泰淳は怠けて登らず）、これもニュース解説者の、現地のいい加減な弁明コメントを鵜呑みにしたる説明なり、近頃、報道のいい加減なる、驚くほかなし。

　富士山は遠望すれば山形秀麗なれど、六合目より上は岩山にて形ごつく、危険が一杯なり。ジグザグの登り道に登山者の列の切れ目なく、上の道で登山者の落とした石にて、下の道の登山者傷くこと毎年のことなり。むしろスイスのユングフラウのように、隧道にて頂上まで通す方安全なり。実は筆者は六六年この地に来りし時、十年のうちにはスバルラインの先に隧道ケーブル出来ると希望的に確信していたが、一方、既存の山小屋の権益保持のための抵抗予想された。

　五合目より上の山小屋あこぎにて、登山道にわざと急峻粗大なる石段をつけ、登山者を疲れさせて、階段登り詰めたところに小屋開店す。殊に吉田口は七合目と八合目の間、異常に長く、八合目との看板に何気なく休めば、「八合目何とか屋七合目支店」と小さく傍書しあるあこぎな商法、昭和十五年深田編の『富士山』所収、田部重治の登山記あり。恐らく江戸の富士講時代よりそうなりしなり。富士講も修験道系統の新興宗教にて江戸っ子の観光気分に投ぜしものにて、吉田の御師、十年分の利益《りやく》ありとして上吉田路上にて巨額の撒き銭を強要す。甲州街道、下高井戸あたりより、路傍にて子供たち信者に撒き銭をねだったという。

頂上の銀明水を万病の薬と称して売り、加持祈禱料を貪《むさぼ》る。江戸に持ち帰りたる熔岩にて小富士を築き、一年中おがませる（浅草と高田の小富士最も有名なれど、現在三つ残りあり、重要文化財となる）。幕府見かねて、嘉永年間に禁止す。

従って維新に際して吉田の御師「蒼竜隊」なるものを結集して、皇軍の魁となる理由あり。しばらく甲府在勤したが、やがて新政府の正規軍来て、解散となる。神道と合して「扶桑教」を開く者もあったが、時世変っていて冴えず。

筆者の少年時代を過したる渋谷道玄坂に、お水講ありしため、少し詳しい。お水講は、道玄坂を軒並に信者として集金したるにより、店舗の詳細なる戸籍的記録あり。なんでもどこか取り得あるものなり。

『富士山麓史』によれば、隧道登山ケーブル計画は一九六四年からあったが、再噴火のおそれあること、急上昇（二五〇〇メートルから三七七六メートルまで）による気圧変化の人体に与うる害などを考慮して、一九七四年九月最終的に取止めとなった。

東京、三二度を伝う。天気予報みなはずれる。

今年は首相一人ではなく、閣僚一人を除き全員、靖国神社へ参拝す。無論、私人としてなり。肩書を書く人と書かない人あり。これまでも参詣していた人あり、入閣してはじめて詣る人あり。公用車に乗り護衛つきの私人ありや。奉納の玉串代のみ私費にて払ったという。喜劇なり。そして教科書では、うそをついてはいけない、ごまかしてはいけない、と教える、喜劇の上塗りではないか。

八月十六日　土曜日　曇

曇、冷、天気予報またおかしい。久しぶりにて外出、吉田イトーヨーカ堂屋上、イタリア料理「みしえる」にてスパゲッティ・チロル風。週刊誌にまだ富士事故の記事なし。帰途、武田邸に寄る。花ちゃんのお婿さん、稲生君、赤屋根のさびおとしあり。あと塗り直すという。男手あるのでたすかると百合子さんいう（泰淳は全然「男手」ではなかった。筆者も同じ）。庭先きに椅子を出し、紅茶ミルク濃い目一杯半、カステラ厚目一切れ。武田と同じ階下の和室を仕事部屋にしている。但しさすがに女なれば万年床なし、きれいに掃除しあり。コクヨ二百字詰原稿用紙百帖以上残りあり。当分困らないそうだ。

門に「武田山荘」と陰刻せる円柱、緑色絵具をさしたるものあったが、今はなし。稲生君新しく白樺を切って、乾かし柵を組む。柱の上部には銅をかぶせて水が入らぬようにしてある。彼氏は元舞踊団員なれば、ステージ設計の心得あるなり。武田作の円柱そんなことはしてなかったから、いまはぼろ屑のごとし。武田遺品なんでも、大事に取っておく百合子さんも処置なく、門の内側に転がしあり。

筆者のよろめくのを見て、武田の使ったステッキくれる。当節ステッキ売ってる店を見付けられずいた故、これはありがたき遺贈なり。蛇皮状斑紋ある木、五合目で買った品なる由。ふらふらの体、ステッキ突くとよほど歩行に楽なるを発見す。ただし成城にては、老人にても少しは見栄あり、どうしようかと考えつつ帰る。

四時半、厚木夫妻来訪、静岡駅前地下街に爆発事故あり、という。夕刻ニュースにて、朝九時五十六分、静岡駅前地下街第一ビル下にてガス爆発あり、ビルは全焼、死者十二人、負傷者四十三人と伝う。たまたま貞一より電話あり。対面は西武百貨店静岡店にて、被害あり。三年前に内装設計す。明日、関係者会議あり。折角の休みなのに行かねばならぬという。気の毒の到り。

被害者中、氏名判明せざる者あり。静岡大の池田純溢《じゅんいち》宅に見舞電話すれば、当人は中府出張中、奥さんのいうには第一次爆発十五分前に現場近くを通行せりという。むろん無事九時二十八分の上り列車に乗ったという。

八月十七日　日曜日　曇

東京新聞十五日付到着。山中恒氏との対談。娘が児童文学やっているため、その方面の受賞作品知っている。戦争になれば、ひどい目に会うは兵隊と子供なり、双方いざとなったら棄てられる、との意見一致す。

木村小舟《しょうしゅう》著『少年文学史』明治篇、上下二巻（一九五一年改訂版）を娘より借りあり。

「少国民」なる語、明治二十九年よりあるを知る（山中氏も知っていた）。明治二十二年まず「小国民」の誌名にて出版、既存の菊判三二頁「少年園」の有名執筆者主義に抗して、四六判二四頁の手作り雑誌。けだし当時「小国民」は愛すべき存在なりしなり。二十八年九月十五日、一年前のこの日を回顧せる文、治安妨害の罪に問われ、発行停止となる。詳細は書いてないが、年表によれば二十七年九月十五日は、明治天皇が大本営を広島に進めたる日なり。厭戦的記事なるべし。しかし同年十二月「少国民」として再刊できたのだから、時代はまだ呑気だった。ただしすでに博文館発行「少年世界」ありて、発行停止の処分にあいし当時すでに劣勢にあり。再刊後も伸びず、北隆館続いて二、三小出版社を転々とした後、明治三十七年廃刊となった。戦時中の「ワレラ少国民」と概念全く逆なり。蓋《けだ》し子供は「小国民」でいる方が幸福なり。

大野正男氏、本日大石村に再来のはず、電話す。ニーチェ論、調査失念すという。中村稔に電話、一九五一年一月頃の第三次、通巻十一号（ガリ版にて奥付欠き発行月確認できず）に、『仮面の没落』、通常印刷十四号書肆ユリイカ刊五一年十二月に『仮面の復活』執筆判明す。大野氏に再び電話するに、権力意志のナチス復活を論じたるものなれど、戦後日本再軍備に対するアイロニイありしという。

午後九時半、貞一より静岡地下街爆発事故出張報告あり。第一回爆発は九時三十一分、火元「菊正」と隣店の寿司屋は西武百貨店静岡店の対面、五十六分第二回爆発にて、二〇メートル離れたる店内爆風通り抜け、階段を吹き上って一階一部損傷、ケース割れ、ガラス破片にて重傷者生ず。その前に消防車、警察到着したれど、ガスは通産省管轄、ガス会社との連絡要領を得ず。火が出なければ消防署することとなし、警察は現場を整理するだけ、二十五分空費して、第二回大爆発となる。第一ビル一〜二階の間の天井にて発生したらしく、続いて地〜一、二〜三階間、四階の天井爆発（不思議に三〜四階間はなし）。ガスすでに各階天井にたまりありたる疑いありとのこと。

西武百貨店は九階建、七階まで道路に面す（八、九は少し退きあり）、プレキァスト・パネル工法にて、外面のガラス大部分割れ、内部に被害及ぶとのことなり。

死者十三人（翌日十四人となる）負傷者二百名（翌日重傷者六十九名、軽傷者百三十名、計百九十九名となる）、新聞、テレビ、第一回爆発を軽く報じて、第一ビル地下対面店の被害に触れず。すべて官庁発表を鵜呑みにして、自主取材せず。

国中の一宮市内の五歳児童誘拐犯人逮捕、被誘拐児殺されあり、二日目にはまだ生きていたのに。最初の身代金要求電話の声、母親取乱して某氏を指す。県警察官某氏を川崎まで尾行して所轄署と揉め、四日を空費す。傷ましき捜査ミスなり。

八月十八日　月曜日　曇

稍々《しょうしょう》冷。武蔵野線浦和市内にて事故。高架下の古タイヤ多数燃え続け、開通見込立たずという。へんに事故重なる夏なり。金大中公判、人定尋問に答えず。裁判を認めず、覚悟あるべし。

十六時、詩人、青木健、佐々木幹郎氏来訪。青木氏は同人雑誌「海」に「富永太郎論」連載中。全集出版おくれ、申訳なし。来春出すことを誓う。

佐々木氏は筑摩書房の近代詩人叢書『中原中也』執筆につき質問のため来らる。アジ、子持ちコンブをいただき、七時五分まで食事しつつ内輪話。筆者には岩波文庫より詩集編集の話あり。解説にて中原につき最終的意見出すべしという。

八月二十日　水曜日　曇

朝七時テレビニュース、昨夜九時八分、新宿駅西口発中野行バス、スタート二分前一人の中年男、火のついた新聞紙を後部に投げ入れ、ガソリンをブリキ罐《かん》ごと撒き車内火の海となり。死者三人、負傷者二十人という。驚くべき事故集中、犯人「ばかやろ」、と連呼、直ちに逮捕、九州人、動機をいわず。昨年春のソドム銀行強盗、先月の世田谷の白い家放火など、なんとなく不満、一般に蓄積しある徴候あり。

テレビ続いて、外電ポーランドのストライキ拡大を伝う。アナウンサーそれから甲子園高校野球の準決勝の予想をいう。空しく聞ゆ。

六時、加賀美氏と、吉田市中推薦の割烹料理「海老奈」で会食。『吉田市史』を返却す。

一宮幼児誘拐事件、警察の捜査不十分、母親と某氏との関係のうわさ出る。その他富士観光関係にても、加賀美氏おそろしくよく知っている。ところが天保七年（一八三六）の大一揆郡内騒動について知らず。これは凶作の年にて、郡内より始まって大月に集合笹子峠を越えて、国中一帯に拡大す。俠客、貧民その他参加、十三軒の富商打ちこわされ、牢屋敷解放、陣屋放火され、甲府代官所その他無力化す。諏訪《すわ》、沼津藩の兵力出動して、六ヵ月後鎮圧さる。翌年の大坂の大塩平八郎の乱の先駆現象として、『大月市史』に詳し。百四十年前の出来事が一般人には伝えられていない。事件は支配者の好むことしか伝わらない。歴史とはそういうものなのだ。かかる時、伝統とは何か。

辞退の秋

八月二十八日　木曜日　曇

昨二十七日、北富士の山小屋を引払い、成城へ帰った。寒冷の日続き、慄えながら我慢していることはない。二十六日、吉田浅間神社の火祭りを見るために、娘と孫が来た。ここ暫く見てないので同行するつもりだったが、雨にてみな行けず。予定変更、翌朝娘の運転にて引揚げて来た。

新聞地方版は、参道に立て連ねたる薪の柱、雨にも拘らず、盛大に燃えたと報ず。灯油をかけるからなり。これは例年山仕舞いの合図にて、六合目より上の山小屋閉鎖す。

北口浅間神社は富士市の富士宮浅間神社と同じく、コノハナサクヤヒメを祭神とす。もとは「あさま」と呼んで、信州の浅間山と同音、「あさ」は火を意味すとの説あり。富士宮社には「山宮」あり、もとは富士山自体を神としていた形跡あり。

ところで、この火祭りは浅間神社の祭りではなく、摂社建岡《たておか》神社の祭りではないか、と詩誌「無限」四二号、一九七九年九月刊の特集「富士山のエクリチュール」中の高内壮介氏の論文「富士のフォークロアと美と毒」は説く。建岡神社の祭神は諏訪明神、つまりタケミナカタ（建御名方）であることに注目す（神社のうしろにアカマツの樹林あり「諏訪の森」と呼ばれる）。タケミナカタはオオクニヌシ（大国主）の子で、「古事記」によれば天ツ神タケミカヅチ（建御雷）と戦って利あらず、シナノ（科野）の国のスハ（須波）の海に逃げて行って、「此地をおきてあだしどころ（他処）へは行かじ」ということで許されている。「日本書紀」ヤマトタケル東征の条に「信濃の国、越の国、すこぶるいまだ化《のり》に従わず」とあって、荒ぶる国ツ神である。即ち吉田浅間神社の本宮は、この建岡神社ではないかと論ず。

摂社が本宮であるのはよくあることだが、吉田浅間社に関する限り、春祭りは浅間神社、秋祭り、つまり八月二十六日は建岡神社の祭りとしているので（岩佐忠雄編、『北富士すそのものがたり』第一巻、吉田市、富士五湖史友会刊、一九六七年）、そう力み返ることとなし。問題は諏訪神社がここまで南下していることである。諏訪神社は申すまでもなく、長野県諏訪湖周辺に上社、下社あり、新潟県に一五〇〇社、長野県に一一〇〇社、その他全国では、約五〇〇〇社あり（白井永二、土岐昌訓編『神社辞典』七九年、東京堂刊による）、富士周辺に限られる浅間神社とは比べものにならない範囲に拡がっている。

いわゆるまつろわぬ者共の神である。今年は下社のお柱降ろしの神事があったが、私は一九三五年の夏を霧ヶ峰で過した時、ヒュッテの主人長尾宏也さんが柳田学につながる方で（『山郷風物誌』一九三四年竹村書房の著あり）、和田峠に出土する黒曜石のことを聞いた。これは新石器時代の矢鏃《しぞく》、石槍の材料にて、その交易による分布範囲はかなり広く、諏訪地方中心の新石器人、そのままつろわぬ民となる如き幻想を抱いたことがある。

そういえば、山梨県にも縄文遺跡は多いが、弥生遺跡は少ない。高内氏は郡内から八ヶ岳南麓まで拡がる縄文遺跡について熱っぽく語っている。「無限」は去年の夏吉田市で買い、山小屋においてあったもので、再読して感銘を新たにしたのであった。巻頭に粟津則雄、大岡信、渋沢孝輔三才人が鼎談しているが、富士は月見草ほどエクリチュールに似合わず、ご苦労さんというほかはなし。

筆者がここ数年、隔週に来て、書類の整理してもらっている、東京女子大修士課程修了の今井みすずさんの父君は、信州白樺派の研究の権威、成城大教授今井信雄氏である。諏訪湖周辺出身、みすずさんに来月上旬よりおいで願いたい、との通報を兼ねて、電話した。

今井氏は和田峠の黒曜石が全国で三ヵ所の大黒曜石遺跡の一つであること、諏訪神社だけでも数千枚に及ぶ研究書があること、諏訪神社は伊那から天竜川下流に多く、南漸ではなく、北上の説あることを教えて下さる。出雲系のタケミナカタが、糸魚川方面より、安曇野へ入ったとの説については、疑いなきも、近く信州へ行くから、郷土史家に最近の説を聞いといて下さる、という。ただし諏訪神社の天竜川下流に多きは、織田信長が三河遠江《とおとうみ》にては、八幡と諏訪両社を除いて取りつぶしたことと関係あるらしいとのことなり。文士の弥次馬的興味のみなれば、概略にて結構ですとお願いする。問題の中心は、信州に火祭りありありやなしやなり。

午後二時、新潮社の梅沢英樹君来り、『ハムレット日記』第三校渡し。最終著者校なり。二十五年捨ておきし作品なるため、思わぬ細部の不整合あり、つい見落す。もともと山小屋へ来て貰い、その場で見る予定のところ、昨日帰りたるため、昨夜中にゲラ届けて貰い、朝から十分に時間をかけて見ることができた。とにかくこれにて著者の手を離れる。

夕方、駅まで散歩。山川出版社『長野県の歴史』。芳賀登『東山の風土と歴史』（風土と歴史シリーズ⑸）を買って来る。和田峠の黒曜石の分布は半径二四〇キロにわたり（千葉、三重を含む）、諏訪神社のタケミナカタ、現地にては征服神にて、諏訪上社のミシャグチジンが先住縄文人モリヤ（洩矢、守屋）氏の神らしきを知る。

しかし詳細に読むは、すでに山を降りている今は、臨場感なく少し面倒。平積み新刊書の山から拾って来た藤本泉『源氏物語の謎』（祥伝社、NON・BOOK）の方、『ハムレット日記』で疲れたる頭のリクレェーションとなる。朝までに読み終る。

『源氏物語』は男の書いたものなること、複数の人物の作なること、『紫式部日記』は後世のでっち上げなること、藤原氏に追われたる源高明の怨恨の書なること、みなどこかで聞いたことがある説なれど、作者女子なれば、間違うはずのない間違い、つまり生み月計算（藤壺懐妊）、夕霧出産月は八ヵ月、生後七ヵ月で這わせている、など説得的な詳細あり、とにかく面白かった。「源氏」は原文で読むべし、との主張も首肯できる。

「歴史を推理する」は六〇年代にジョセフィヌ・テイ『時の娘』翻訳されてよりの流行にて、『成吉思汗《ジンギスカン》の秘密』の如き義経伝説復活し、『方丈記』『徒然草』『奥の細道』など「古典」みな推理小説の種となる。国文学界にても各種の「謎」特集あり、「争点」シリーズあって珍らしくないが、とにかく原文を読むべしとあるのは賛成。

　筆者は姉が与謝野源氏を持っていたので中学四年の頃通読、高等二年で教科書用の抄約本を読んだ。たしか「須磨」まであった。文章はむしろ簡潔にて、与謝野源氏とも似ず、以後「谷崎源氏」「円地源氏」に失礼して、今日に到った。

　講読してくれたのは、家蔵版『富永太郎詩集』の編者村井康男先生にて、「月も入りぬ」の転換を「秋の悲歎」の「戦慄は去った」と比べたることとあり。たしかはじめの方にあったと記憶する。「岩波古典大系本」を探せば、やはり「桐壺」にあった。

「いと、おしたち、かど〳〵しきところ物し給ふ御方にて、ことにもあらず思し消ちて、もてなし給ふなるべし。月も入りぬ」

　作者複数説、「紫の上系」「もののけ系」の複数伝承起源は、折口信夫先生の諸論文を読んで以来、疑いたることなし。折口論文「日本の創意」以下を全集第八巻にて読み返すに、

「若菜」にて、密通者柏木に酒を強いて死に至らしむる理由を「やまとの国の貴人の共同を保つて行かねばならぬ所の外的儀礼—みさをであつた」（「伝説・小説・愛情」昭23）、これは女子の発想に非ずとす。また「上の身分の人に対しては悪口を書かない、といふ一種の道徳を持つてをつた」とあり（「源氏物語における男女両主人公」昭26）。大人の文章なり、改めて感服す。筆者も生涯の終りに当り、「源氏」について、意見決定したくなった。少なく共「若菜」上下を読み返す志を起す。しばらく枕頭の書とすべし。

九月一日　月曜日　晴

暑し。関東大震災記念日、防災記念日として、一都九県参加の不意打防災訓練あり。東名高速道路の遮断渋滞実験、普通道路は時速二十キロ、停電のためゴー・ストップ自動装置故障の想定の下に、交通警官整理、などなど。ただし山梨県のみ昨日中に一般通告し、不意打効果なかったという。山梨県らしき、やり方なり。

北富士の山小屋はむろん山梨県にあり、東海地震発生の場合、危険区に入っていたことを思い出す。フォッサ・マグナ領域にあって、断層多きため、危険区域にくり入れられたるもの。ただし断層は多く富士川流域・甲府盆地にありて、富士山体内にあるわが山小屋は大丈夫と楽観しあること、山梨県人こんな遠くまで来ねえだろうと高をくくるに同じ。この暑気、当分続くと気象台いえど、もはや山小屋へ行くのは面倒。

こんど地震が来た時、東京都七環より中にいたら、老人はとても助かりそうもなし。とっくに覚悟はきめている。自衛隊出動、山手線環内放棄説あり、この前の社会主義者、朝鮮人虐殺の如く、過激派抹殺事故なきことを望む。

静岡地下街の爆発、第一次爆発をメタンガスのせいにしてしまったが、駅前広場に横断歩道なく、あそこを通らねば、駅へ行けぬようになっていたこと、週刊誌解説まで報道されざれしは不正なり。前日よりガス臭かったとの説あり。地方的利害錯綜し、真因究明は「長期化」すとする解説あり。どうせ自民党の政治的解決になるだろう。ひどい目に会うのはいつも住民にて、ガラスのカーテン・ウォール建築濫立のための人的被害、防ぎようなし。

静岡県知事、毎日夕刊のインタヴューで、東京都の対震策を批判す。首都中心部が一九二三年の震災時のように破壊されれば、当今の如く万事中心化されていては、全国行政経済麻痺すべし、という。ごもっとも。

午後二時、岩波書店の星野紘一郎君来り、文庫本『中原中也詩集』の打合せ。未刊詩篇五〇篇まで入れることにつき、角川書店の承諾を得、『山羊の歌』四四篇。『在りし日の歌』五八篇と合せれば計一五〇ぐらいとなる。選定は現在の諸家選を参看し、公平を期さんとす。解説にて筆者としても、最終的意見を出したし。今月中に終り、同時に角川書店より発行の『中原中也その後』に収録の承諾を得。

同書になんとかうまい題をつけ、「その後」は傍題としたし、との角川書店の意見、もっともなり。ところが筆者は「朝の歌」「在りし日の歌」を使い、その他の諸氏「ゆきてかへらぬ」「言葉なき歌」「私の上に降る雪は」などの詩題、みな使用ずみにて、もはや適当な題なし。ひどいものなり。

桑原武夫先生の月報五枚をついでに渡す。昭和初年、京大在学中にスタンダール『パルム』と内藤湖南『日本文化史論』など柳田國男『遠野物語』を教わったることについて。これらは私のもっとも長く続いた影響なり。わが師は実は小林秀雄でも河上徹太郎でもなく、桑原先生ではないか。ただしそれらの本を読んだのは、みな卒業後だった。つまりじント先生なりとの趣旨。先生怒るかな。

一九七〇年、「婦人公論」に連載の『青い光』訂正、案外はかどりあり。しかしこのあと、新年号約束の小説二つ、評論一つ、随筆二つあり、月末よりかからねば病身の老人にはさばき切れず。向う三ヵ月の労働時間の配分むずかしく、「富永太郎全集」編集には一一月末までかかれそうもない。ひどいことになった。

九月三日　水曜日　晴

暑。十一時、「太陽」編集の高橋清君に「中原中也の写真像の変遷について」七枚渡す。例のお釜帽写真像について書いたもの。拙著『中原中也』角川文庫版のカバー写真、瞳拡大されあるを発見して、思い付きたるものにて、角川全集本口絵、『在りし日の歌』原版口絵など七つを並べて、その修整の変遷を論ず。そもそも『在りし日の歌』初版（一九三八年四月）の口絵の写真像、すでに瞳拡大されていて、それより複写せる「向陵時報」一九四六年六月二十二日所載の写真及び宮本治ことといいだものの文章を紹介す。「少女の様な」キッチュな愛誦詩人像定着の過程、「太陽」のようにアート紙にカラー写真印刷する雑誌でないとはっきり出ない。昨秋、大磯在住の「太陽」元編集長友野代三氏を通じて、持ち込みありたるもの。こん度、他の文学者像、資料とを集めた特集企画と共に実現す。いまとなっては断れない。中原に時間取られて、富永ますますおくれる、悲しい。

午後二時、講談社、松本道子文芸第一部長、小孫靖編集部員、垣内智夫元翻訳出版部長来る。意外の人数なり。筆者は「日本近代文学大事典」に二、三の項目執筆せるも、この六巻の事典の出版されたる七七年にはくたばり損いの状況にて、もはやこの大事典を必要とする仕事するあてなし。筆者執筆の分と筆者自身に関する部分のコピー貰う権利ありと称して強奪、本は買わずにいた。ところが近頃意外に体調恢復す。さし当って中原の戦争中の全集企画について、「赤門文学」について引く必要生ず。

この件は石川道雄の斡旋にて、安原喜弘が小林秀雄と会談し不成立となりたることだけ、安原の記憶にあり。ただし日時、出版社不明、戦後かも知れぬと安原この頃いい出す。角川全集別巻「遺稿処理史」には、かりに一九四二—三年とせり。しかしその後「高橋新吉論」を四三年四月「赤門文学」に発表しありたること判明、同誌は石川道雄主宰なり。全集企画も同誌出版社の公算大となる。埴谷雄高「赤門文学」を知っていて、出版社も聞いたような気がする。電話すれば、彼は平田次三郎、佐伯彰一の参加ありたることのほか覚えず、「大事典」にあり、とのことなれば、遂に買うことにきめたるなり。小孫君に印税引き購入申込みたるを持参さる。ついでに松本部長自ら御光臨の栄に浴す。

垣内君の用件は、こんど、西欧諸国と同時出版のエリアーデ等執筆の『神話』の折込みの原稿依頼なり。こまぎれ原稿は先輩友人の追悼文、全集月報のほか、全部断りあるも、書くなら、出版まで輸入禁止となっている原書のフランス語版を、ここへ「おき忘れて」くれると誘惑されて、メロメロとなり、引受ける。

四時、諸氏帰ってより、「大事典」第五巻、新聞・雑誌篇を引けば「赤門文学」はそのはじめの方にある。たしかに第一次の代表者は石川道雄、編集責任者平田次三郎にて、佐伯彰一、高橋義孝、渡辺一大、中野好夫ら執筆す。第一次は一九四一年十二月〜四四年一月にて、出版社は「赤門書房」なり。四三年と確定してよからん。

夜、夕食、ビール小瓶一本にて、たちまち眠くなり、七時半ベッドへ。なにか夢見て、目覚めれば、九時四十五分なり。昨夜は十分働いたから、起きず、推理小説でも読もうと、P・D・ジェイムス、隅田たけ子訳『ナイチンゲールの屍衣』（ハヤカワ・ミステリ）を読みかけたが（看護婦ものなれば『青い光』の参考文献なり）、『神話』なんか気になって、起きて行く。大判なればベッドでは読めず、書斎にて机上にひろげて読む。『神話』myths はスイスに本拠をおくマグロウヒル社の出版、B4変型判、三二〇頁、図版千三百余あり。大林太良《たりょう》氏、吉田敦彦氏のデュメジール・コンビの指揮による訳出という。神話がイメージに伴う方が、理解し易いことを例証せるごとき本なり。一応全体見てしまう。『源氏物語』の中の、折口先生の指摘される伝承的部分にて男性神・英雄に仕える巫女のモチーフはインドにあれど、少女神を抱く男性祭司は、「竹取」「瓜子姫」系統の民話のみにて、神話に昇格せるものなきようなり。紫の上系統はむしろ処女神との神婚説話なるべし。光の君の色好みはインドの多数の女性に同時的に性的満足を与うる巨人的神格に似ている。色好みは妻問い婚の一変形なる平安朝貴族の一夫多妻制にてはむしろ美徳にして、光の君が理想的人物となる理由あり。しかし玉鬘《たまかずら》系はまがまがしき「もののけ」の働く土俗的世界なれば、光の君はそれら矛盾の中にて自己完成を目指す英雄というべし。されど「若菜」にて柏木殺しの罪を犯し、英雄が仏教的人間性の世界に顚落せば、「宇治十帖」の応報物語生ず。その全体は曼陀羅の如きものにて、後世の男女知識人の筆を加えたくなるのは当然とす。この曼陀羅にては源氏いくら光り輝きても、藤原氏別に怒る理由なし。源氏の人間でなければ書けないとの推理は、現代の企業社会の論理を、中古の貴族社会にあてはめた解釈しすぎとの結論に達す。文中男の筆の痕跡あれど、大部分は女子の筆なるべし。「源氏」に邪悪なるものなし、との折口先生の指摘適切なりとす。わが島国民の悪に徹することなきは、たしかなことなり。

三十年幽閉し、幽鬼の如き元共産党幹部の抜殻を送り返すなんてことはわれわれにはできない。法相、憲法改正につき議会にて泣き真似答弁し、テレビにて役目すんだといってみたり、再び突き上げられたとかにて、がんばり直してみたり、見え透いた術策が関の山なり。

九月九日　火曜日　曇

三〇度を超す残暑三日続いてこたえた。昨日の雨にて、ほっとして、終日うつらうつら。福岡簡裁判事、被告と関係して執行猶予をつけた。別の被告の妻をランデヴーに誘ったという。鬼頭《きとう》判事補は確信犯らしくて愛嬌があったが、これは陰惨なり。世の中あしくなり行く一方にて、早くおさらばしたいものだと思っていたら、夕刻、曽野綾子氏の女流文学賞辞退の快報に接す。理由は女史の信念の問題にて、他者の容喙《ようかい》を許さざるものなり。受賞決定時、夫君と共にヨーロッパの航空機上にあり、その意を聞かずに発表せる世話人の軽率なり。筆者は谷崎賞最終候補作とする段階にて、作者の承認を得ることを提案せしばかりなれば、少し鼻高し。近時、賞の増加と共に、その権威相対的に低下しあること、選考委員も出版社も自覚せざる驕り、この事故を生む。

もっとも文藝春秋社にては芥川賞、直木賞のみならず、新人賞にも、事前に候補作承諾を得ること、ずっと前から実施ありたりという。筆者は芥川賞委員やめて五年なれば、近頃の事情にうとかりしなり。すでに幾度か候補になりて、入賞せざるうちに地位固まれる作家あり。今更芥川賞候補となりて、落選の侮辱を加えられるのを好まず、拒否の危険生じてよりのことなりという。新人賞は意外なれど、主婦作家など、応募した時は当選したかったが、その後心境がかわるおそれあり、ずっと前から、やっていたという。ちゃんとやっている賞もあるのなり。

硫黄島基地として開発の報あり。その前に遺骨処理すませることを条件にて、賛成なり。仮想敵ソ連とする以上、小笠原諸島と共に、後方として、開発の要あり。あくまでもアメリカ追随、軍備拡充ときまった以上、やむを得ず。ただし市民のための防空壕設置予算も増やして貰いたい。深部地下鉄を整備すべし。

ポーランド、地方小スト発生、NATO、ワルシャワ機構、同時に大演習す。ヨーロッパの形勢切迫しあり。地震より危険大、自民党呑気なことといっていないで、早く退避壕に取りかかってもらいたきものなり。

九月十日　水曜日　雨

台風十三号接近す。東京新聞に曽野氏辞退の弁あり。ただし中央公論社にては、授賞経過、選評共に掲載す、という。これは靖国護国、無断合祀と同じ類の暴力なり。

選考した経過を発表することは女流文学会の自由なれど、選考委員はすでに辞退について感情的反応あるべし。事後選評なれば、賞めるのは空々しく、けなすのはいや味となる。自己弁護にすぎざる上に、中にはろくに本文読めぬ老廃委員あり、席上いわなかったことを書く虚言癖ある者あり。かかる文章にて曽野氏を再び侮辱すべきにあらず。選考委員の驕り、少し自省したらどうだ。

やや旧聞に属すれども賞の暴力につきては、『レイテ戦記』に関して、野間賞にて、筆者似たような不愉快な経験あり。野間賞の性格に不満にて辞退との誤聞あるらしければ、この際明らかにしておく。

筆者、五年の苦心作、第一次選考にて落とされたること、恥辱なり。しかも三年前に雑誌連載終了時に候補の話あり、単行本にて見て貰うと言明しあるをもって、一層腹立つ。すぐ委員を辞任してもいいが、落とされたから止めるのでは体裁悪い、今期だけ不出席にて勤むべし、という。

ところで二、三日して、当日欠席委員より、最終候補に残らぬはおかしいとクレームつき、出席委員の一人翻意す、という。そんならと、なに気なく機嫌直したが、翻意委員より猫撫声の電話あり、その意不明なるも、彼は眼病にて本読めず、録音させて聞くと称す。「地図は録音できねえからな」といったはず、夢醒む。これにては選考委員の総体ではなく、クレーム委員とこの翻意委員に恩を着ることとなる。翻意委員は故人だが、この人に恩を着たら、将来なにをいわれるかわからず。辞退の意を固めたれど、『レイテ戦記』については、中央公論社担当の社員に一方ならず世話になっている。決定的に辞退する前に、諒解得たく思って電話すれど不在。翌朝、「お気のすむように」との言を聞いて、野間賞世話係りに電話すれば、なぜ昨日それをいわないか、全員に恢復了解取ったという。事情説明し（翻意委員個人についてはいわず）改めて辞退するのは、おれの自由じゃないか、各委員に通告変更は容易のはずと主張す。ところがこれが通らない。一旦候補作ときめた以上は選考するという。筆者またまた腹立ちて、おれは第一次にて落とした委員を混えての審議を拒否しているのだ、おれだって選考委員の一人だ、これは議事進行についての提案でもあるんだぞ、当選したって受けないよ、と通告す。

ところが選考委員会の暴力は、依然として発揮せられ、選考委員会もめた後、拙作落選す。筆者はなぜ選考したかと怒ったが後のまつり。しかもパンフレットに候補作として、名連ねあれば、依然として落選の不名誉は筆者にかかる。もっとも選評の中には、候補作なのかどうか不明にてなど、歯切れ悪いものあり。事情暗示せらる。この間に病中の野間省一社長、惟道氏の慰撫ありて、不名誉を甘受す。その他いろいろ不愉快なことあれど、第三者の名誉に係わればいわず。それに『レイテ戦記』は他の賞を貰い、後に『中原中也』野間賞貰って、結局筆者はもうかった。しかし筆者の忌避せる翻意委員一人反対にて、中原の悪口から始って、筆者の経歴にまで悪口雑言を尽したる珍選評を残す。すべて文献となっているから、この機会に事情を明かにしておく。
第一次選考会にての唯一の支持者、故平野謙曰く「結局みんなあの長いのを読むのが面倒だったんだよ」。老廃選考委員の害、故立原正秋の八年ばかり前の摘発にも拘らず、文壇全般を蔽いて改まる気配なし。全部が全部そうではなかろうが、老廃文士選考委員の地位にしがみつきて、自分の愛顧する後輩のもののほか、読まずに出席す。まったく読まずに人の意見を聞いて、その場の雰囲気によって動く風見鶏委員あり。喜劇にして不正なり。中央公論社に意見具申しようかと思ったが、すべては「女流文学会」の内部事情にて、中央公論社は世話を引受けているだけなることに気付く。余計なことといって、人の恨みを買う必要なしと思いて止む。そのかわり谷崎賞がかりの「海」編集長高橋善郎君に、「私人の資格にて」（自民党の口真似）谷崎賞候補者の意向を打診することを進言す。大西巨人氏最もあやうし。

九月十一日　木曜日　晴

再び暑さきびしく、仕事にならず。名古屋新幹線判決下る。これまでの賠償の支払いを命じ、将来の慰藉料を認めない変な判決。騒音振動差し止めも、新幹線の公共性を強調して棄却、各地への波及の危惧をいう。現地住民が現に困り、乗務員同情して減速し、乗客は少しぐらいのおくれはかまわぬ、といっているのに、裁判官のみ高速性に公共の利益を認む。理屈に合わないこと、政治体制全体に波及せんとす。高速移動は全国民の要望には非ず。新幹線は申すまでもなく、赤字国鉄の最高の黒字線、公共の福祉とは、すなわち国鉄の利益、ひいては国家の利益のために国民は泣け、ということか。裁判所がこのような法理にて作動する以上、末端に鬼頭安川の如き、おかしな判事の出現は必然とす。

夜、雨中、野球行わる。一部を除き、水溜り、泥んこを冒し、選手も観客も濡れそぼりつつ続行す。やってしまわないと切符払戻しせねばならぬ興行の福祉のためなり。

九月十二日　金曜日　晴

二九度。やや涼し、午前三時目醒め、『青い光』訂正。七時、五十葉に達す。九時より午後一時半まで眠る。この間に高橋君より電話あり、起きたら電話くれ、とのことなり。直ちに電話すれば、大西巨人氏、個人の名のついた賞は受けない、候補作よりおろしてくれとのこと。予感適中はよけれども、適中しなくてもよかったのなり。しかしその趣旨には賛成なり。文学者の個人名のつきたる賞多すぎる。かつて拙作が川端賞に候補になりたる時、候補になったのはおれでもいい短篇書けるとの証拠にて光栄と笑ったけれど、受賞すれば断ったところなり。川端先生及び夫人には一九三六〜三七年鎌倉に流浪時代、文学上はもちろん、私事につきて恩義あり。それにも拘らず、選挙応援などについて、批判的言辞弄したることあり。将来も論議の自由を失いたくない。断るからと、深沢殺生辞退を機に、馴染の新潮社員に通告ずみなり。

大西氏理由数あれど、その一つとして、と表現しあり。真意は察し難きも、個人名のつきたる賞貰えば、その人について言論阻害さると、わが身に引きつけて考える。

谷崎賞委員受諾は谷崎先生存命中のことにして、先生と中央公論社合議の上の人選にて、断る理由なし。ただし委員自らは受けずとの趣旨、故三島由紀夫、武田泰淳と意見一致し、実行しありたり。

九月十四日　日曜日　晴

暑し、辞退連続にて、なんとなく気晴れず。映画といえば見たきもの、岩波ホールのポーランド映画「大理石の男」なれど、なんとなく重苦しく、「太陽の子」の方が気がすすむ。丸の内、新宿、吉祥寺にて映写しあり。距離的に吉祥寺最も近きこと発見、帰りに埴谷の家へ寄ってもよい。いつも電話でばかり話す。たまに顔見てもよし。

日曜なれば混んでいて坐れないといけない、第一回映写を見るつもりなれば、十時すぎ出発、二十分にて着く。タクシー代千五百円余、たしかに新宿よりも近し。一つのビルに洋画、松竹、東宝など四館まとまっていて、便利なり。早く着きすぎ、付近の喫茶店にて時間潰して十一時入る。すでにベル鳴っている。満席に近し。

灰谷健次郎氏の原作は、昨年中に読んでいる。ふうちゃんの店のある通り、即ち湊《みなと》川《がわ》新開地の通りの延長、川崎造船所への道は、筆者が一九四三年十一月から翌年一月まで、通勤せし道なり。川崎重工資材部勤務にて、朝七時—五時の工場勤務、朝六時二十分に家を出て、暗き道を、戦闘帽、国民服姿の人の流れにまじりて、ざっざっざっと進む。帰りも大抵暗ければ、印象に残った店はないが、とにかく知っている通りなり。

おとうさんが、沖縄の摩文仁《まぶに》と似ていると思ったという東二見《ひがしふたみ》の海蝕崖は知らないが、大久保在住中、かつて明石原人出土せる八木の断崖下まで降りしことあり。配給酒を江井島まで、自転車で取りにいったことあり。家人は神戸下町の生れなれば、「太陽の子」が神戸弁で書かれあることに感服。氏のテレビ出演を見て、東京へ来てはじめて純粋の神戸弁を聞いたと感激す。

生れた土地の言葉で、気儘でしゃべりたい、これは都会的作家大江健三郎氏の作品にもある東京へ出た地方人の願望にて、筆者も東京へ連れ出したる家人に、年老いては一抹のあわれを感ずることあり。即ち自己慰安、家人慰安の映画見物とはなりたるなり。

湊川通りはセットにて、往時のおもかげかげもなし、されど東二見あたりの断崖、映画中にては、一度行ったことのある摩文仁に似たる如し。

筆者はもとより沖縄は大のひいきにて、一九六八年フィリピンに『レイテ戦記』取材旅行しての帰りに寄った。ひめゆりの塔より以南の原野にはなまぐささ残りいて、胸しめつけらるる如く感ず。沖縄県人の犠牲の地に、ヤマトンチュ県人会、巨大な慰霊碑を並べたる醜態、「太陽の子」映さざるはよし。筆者と高橋善郎君と乗りたるハイヤーにも案内嬢あり、司令官自決を美談めかして語れば、「やめて下さい。あなた方は、あの連中があなた方を殺したとは思わないんですか」という。観光寄生人種の心事はいかんともし難し。案内断って高橋君と二人で少年義勇隊自決の地などを見て廻る、司令官、参謀の洞穴へは行かず。その時の感慨に比ぶれば、映画「太陽の子」はよほどお涙頂戴になりあり。涙は慰安的なり。

ふうちゃん、小学校六年なるに、「年頃やからね」のセリフあり。新人女優感じよし、大竹しのぶもはやオバンにて、戦時の女子衛生隊員を附合う。少女を強姦するは敗軍、つまり日本軍将校なり。

沖縄返還に、天皇も首相も行かず。故佐藤首相、武道館の祝賀式典にて、「沖縄万歳」ではなく、「天皇陛下万歳」を唱う。呆れた国なり。第一次大戦後のアルザス＝ロレーヌ返還の経験持つフランス人は「へんですねえ」といった。

以来十年、「太陽の子」は七六―七八年の話にて、沖縄はなお懐しきふるさととして、ふうちゃんの店の常連に意識されある如きも、八〇年代の沖縄は、神戸より危険なり。帰らない方がいいだろう。

一時十分、映画はねてより、埴谷宅の方へ少し歩き、軽食堂にてカレーライス食べ、電話すれば、そこはどこだ、迎えに行くという。大丈夫だ、もう三度目だよ、左へ曲る目標教えてくれればいい、と押問答の末、陶器屋と聞き出す。少し広い道を渡って、二つ目の角ということ、地図で確認してある。

何か手土産を買いたしと思えども、町は祭りにて、子供ら太鼓叩きあり。多くの店は休み、右手に「古陶器」と看板出せる店あり、「ちえっ、埴谷のぼけが対面の店を角の店だと教えやがった」とこぼしつつ、手土産に肉パイ六個、バゲットパン一本買い、少し引返してその向いの道を入れば、左側十二番地、十四番地は右側なり。これは一つ手前の通りを入ったのなり。次の角を右折し、また右折して、埴谷邸の応接間洋館に後方より近づくに、道の向うを小走りに行く婦人の後姿、埴谷夫人に似たれども、声をかけて人違いだと工合悪い。通りに出て、右手を見てるから、大声をあげて、呼び戻す。夫婦共にせっかちなれば、われら道に迷ったと早合点したるなり。

冷茶、ぶどうをごちそうになり、これから映画を見るのは吉祥寺にきめた、二十日から「夕暮まで」やってる、帰りにまた寄るよ、といえば、「どうぞ大歓迎です」まではよけれども、それから老夫婦二人喋り通しにて、こっちに口を利かせず。

道に迷ったのではない、そっちが曲り角に陶器屋といったのを、向い側の勘違いだと思ったからだ、というにこの因果関係よく呑込めぬらしく（呑込む気なきなり）、こっちがぼけていて曲り間違えたといって譲らず、証拠書類として、家を出る前に確認せし地図メモ出せば、やっと収まる。

それから御夫妻の材木倒しに倒れた話となる。埴谷は新宿歌舞伎町の自動車道路上にて倒れた。しかし起上って酒飲んだと、これまで夫人に黙っていた話を披露すれば、夫人は睡眠剤を呑み、ふらふらのまま廊下に出て、どたり倒れた音を聞いた時の感想を語る。「ああ、これで一生よいよいの世話させられることになっちゃった」生憎大事なく恢復した話。

奥さん自身、駅付近にて、両手に買物包み下げたまま、前にどたりと倒れた。「歯をがっとむいちゃったので、前歯上二本、下一本折っちゃいましたね。通りすがり女は誰も助けてくれないんですからね。二人目に通った中年の男が、大丈夫ですか、と声をかけてくれたけど、助け起してはくれないんですからね」

家人も最近、近くのゴミ集積場に捨てに行っての帰り、どたり前へ倒れ、上下の唇を切った話をす。手ぶらだったけれど、前へ手を突けなかったと体験をやっと伝える。

筆者は吉田の月江《げっこう》寺に徐福伝説と関連の鶴塚を探しに行き、近道しようとしてコンクリ道に上り損ね、けつまずき転んだ話。手は突いたが、膝すり剝き、痛くて、起き上れず、ふうちゃんぐらいの女の子二人通りかかったが、気味悪そうによけて通る。すぐ起き上れない。まず手を突いて伸ばし、足の裏を地べたに着け、次に手を膝、腰と順に突かえ棒にしながら、やっと体をのばして立ち上がったと話す。倒れると危いからパーティには出られないね。しかし筆者は材木倒しはフィリピン山中以来、経験なしと威張る。

それより話は、旧友のぼけのうわさ、食い物のうわさ、延々として尽きず、前に来た時は平野謙、その前は編集者と同席した。ところがこの夫婦が揃うと、延々二時間しゃべり続けに、「では、そろそろ」といい出すひまなし。やっと一大決意して、「久しぶりで映画を見て疲れた。これから帰って寝なきゃあならないので」といって、立ち上がる。

埴谷、一筋南の通りまで送って来て、車拾ってくれる。病人をいたわる気はあるのなり。帰りもやはり二十分。四時四十分帰着、直ちにベッドへ、六時十分まで、昏々と眠った。

ニュースと野球を見に、茶の間へ出て行く。金大中氏最終陳述「自分の死を報復してはならない」と結ぶ。報道管制されあるはずなるも真実の声と聞こゆ。

「しかし吉祥寺南ヶ原のしゃべり魔夫婦には驚いたな」といえば「吉祥寺に映画を見に来たらまた寄る、といったので、寄らせないためかもよ」と家人。——とはまあ、冗談、この次も必ず寄りますよ。

八時五十分より、「大岡昇平原案」の「続・続・事件」。脚本早坂暁氏、演出深町幸男氏、あっという間に四十分経つほど巧みなり。導入部に「これまでに出会った、最も恐ろしい事件」とあり。母子家庭、母子相姦に到ること、すでに台本読み承知している。NHKとしては思い切った設定に驚きあり。秘密が徐々に現れるすぐれた脚本。

筆者は弁護士菊地大三郎、花井先生の人名を貸したるのみ。菊地の秘書志那子を菊地の娘とす。それだけにて「原案」となり、ギャラは「原作」と同じにて、申訳なし。

母子相姦の増加は四、五午前より、週刊誌を賑わしつつあり。主に教育ママの行き過ぎとす。勉強中の息子の手淫を手伝ううちに、本番に入るケース多しという。近刊は『引き裂かれた性』（現代評論社）あり。電話カウンセラーに、あることないことからかい猥談もあるべきも、昭52～53統計にて総数五五七件のうち、母子相姦一三〇件。昔は女性三十歳にして容色の衰え、カバーする手段なかったが、近時食品と化粧の改良にて、五十歳にても十代の息子に魅する容色保つ母ありという。中には積極的なる母ありという。巷にポルノ映像増加、不断に刺戟あり。

しかし母子相姦のタブーは人類文明そのものにして、干犯は上流と下層、いずれも閉鎖環境に生ずるのみ。しかしこれが中流に浸透ありとせば、人類はすでに滅亡の傾斜に入りたるなり。

ところで近頃読みし週刊誌に原宿竹の子族にては、十八歳はオバン、二十歳イブツ（遺物か）というとの記事ありしを思い出す。むかし花柳界にて十八歳（数え年）一本となれば年増にて、二十歳は大年増ということと聞きしことあり。小生の世代（一九二七年、十八歳）の通念にては、年増二十五歳、三十歳大年増なりしが、現代は年増三十歳、大年増四十歳ならんか。竹の子族にて、十八歳年増恢復す。宮廷、大名の後宮にては、基準ほぼ同じだったはず。外国も昔は同じ（ジュリエットは十三歳なり）。富国強兵の学歴社会が、性年齢を狂わせ、花柳界にのみ、自然の性年齢を残す。竹の子族恢復せるをたたうべし。

彼等は恋人とは寝ない、という。

外国語の本はB&R・ジャスティス『ブロークン・タブー』(一九八〇年、新泉社)あり。アメリカには母子相姦より父子相姦多し。これはアメリカが、日本の如く母性社会の残滓持たざるためにて、父子相姦(ホモを含む)、子未成年なれば幼児虐待となり、刑法にふれて懲役刑となる。著者は社会ストレスの増大に起因すとす。

筆者はマザー・コンプレックス強きこと自覚しあれば、作品に母性的女性登場させて、自己解放す。しかし母子相姦を夢みたることなく、まして小説にする勇気なし。

食人と共に、最も辛き現代病なり。にわかに考えきめ難きも、男女性的に成熟しても、経済的理由により、結婚生活に入れないのは不幸、性犯罪の根源なり。男子十五歳、女子十四歳にて結婚し、学習続け得る社会となること望ましい。近親相姦は犯しの物語としてだけあるになること望ましい。モンテーニュは肉親の親愛加われば、愛情一層細やかになるべしと皮肉いえど、肉親の愛情には性的愛情と相剋するものあるはずなり。チンパンジーに母子相姦の忌避ありとの説あり。

九月十六日　火曜日　曇

夜、紀尾井町福田家にて、谷崎賞選考会、『神聖喜劇』辞退により、あと三作の中に優劣つけ難く、議論沸騰、遂に六対一にて河野多恵子『一年の牧歌』にきまる。筆者最後の選考なれば、丹羽文雄と二人で記者会見す。大西氏の辞退の意図につき、ほかに理由があるのではありませんか、と質問する者あり。当人のいうことを信用しないのはよくない、その疑いがあるなら、直接取材して下さいと答う。

中央公論社、選考同僚に、永らくお騒がせしました、十月十三日の授賞式は寒いと出られない、酔っぱらって材木倒しになっては見っともない、大西意見に同じなので、将来も谷崎賞候補は辞退しますから、と挨拶。大江君と同車して帰る。

これにて文学賞とは全部関係なくなった。近頃は友人と選考会とパーティくらいしか会うことなく、文学を語る機会なし。楽しみはあったが、あと味の悪いこともあった。腹立たしきこともあった。

筆者は賞はコンクールと解し、なるべく受賞作を出す方針なりしも、頑固に文学的主張を貫かんとする者あり。思いがけぬ人が頑固、または柔軟なり、各人気質自ら現われて面白かった。これよりはまったくの隠遁者となり、消えて行かんとす。

九月十七日　水曜日　曇

暑気やや衰え、凌ぎ易し。十一時、窪島誠一郎君来り、『槐多画集』（一九二一年、アルス）『槐多の歌へる』（一九二〇年同）『槐多の歌へる其後』（一九二一年同）を貸しくれる。「信濃デッサン館」所蔵本を持って来てくれたのなり。一九二五年、富永太郎蔵書に見たのが、『槐多の歌へる』だとばかり思っていたら、「画集」の方だった。記憶のあてにならぬことの証左なり。白い本だった、との記憶のみ一致す。「松と榎《えのき》」の原色版、代々木の赤松、梢に花咲きあったこと思い出す。空のウルトラマリン鮮明なり、昔の印象をなつかしむ。富永の画帖中にある裸婦像など、槐多デッサンのコピーなるを認む。

さらに驚きたるは、四六倍判の大きさといい、厚さといい、活字の大きさといい、家蔵版『富永太郎詩集』と同じなることとなり。直ちに村井康男氏に電話するに、詩集編著に当って、特に「画集」の体裁のこと考えなかった由。蓋し当時他にも数多くあった型なりしなり。文学研究にてすべてを関係づけることとの危険。

正午ニュース。金大中氏死刑判決。政府見解重大なる「関心」より「遺憾」に変ず。こんなことで戒厳令政権の軍事裁判が牽制できると思うのが、どうかしている。大統領恩赦の予定あるほか、救う道なきが如し。

九月十八日　木曜日　曇

やや冷。やっと息を吐く。乱歩賞受賞作品『猿丸幻視行』を読む。タイム逆行剤を飲み、折口信夫先生になり替りて、猿丸大夫＝人丸説を探索す。作者の断わられる如く梅原猛『水底の歌』を参看す。文章セリフ荒く、折口先生のイメージと一致せざる恨みあり。女が男の耳をつかみて支配する場面、二度出てくる。これは「トリスタンとイズー」の原型の駈落ち物語にある魔法にて、後に媚薬に変る。作者意識しありや。

夜、信州より帰着せる今井信雄氏より電話あり。一、信州に火祭りなし、二、諏訪湖周辺の郷土史家は、諏訪盆地文化は、姫川、糸魚川の線より大町に入り、犀川に沿って東行して善光寺平へ出、さらに上田平より大門峠を越えて、諏訪に入ったと信じあり。しかし伊那谷より北上文化ありとす。諏訪上社、下社にそれぞれ二社あり。下社の春祭に稲穂ありて、伊那より北上せる農耕文化神らしく、上社は八ヶ岳南麓、茅野《ちの》方面の縄文文化神の気配ありという。

火祭りは日本海沿岸地方の船舶安全合図祭の名残りではないか、と思っていたが、間がすっぽり抜けていては可能性薄し。吉田の秋の火祭りは遂に解けず。

九月二十日　土曜日　晴

休息。ひる寝。谷崎賞選評のほか、小文債を果す。成城秋祭りなり。神社は遠く喜多見の氷川神社なれど、近時、駅前の駐車場開放されて、露店出る。孫瞭子、老妻と行く。

所沢の違法残虐病院から厚相が「政治献金」貰っていた。さすがに辞任す。昔なら内閣総辞職ものだが、しっぽ切りですんだのは民主主義のお蔭と知るべし。民主主義を大事にせよ。

九月二十二日　月曜日　曇

周辺映画館に味をしめ、自由が丘推理劇場に行く。ヴィスコンティ「イノセント」。上流社会映画流行、スノビスムに迎合か。退屈とエロチスムとソフィストケイトされたダイヤローグの即物的描出。悪くなし。ただし悪党だが憎めない立役のメロドラマ的自殺はいただけない。「マリア・ブラウンの結婚」の方、はるかに面白し。久しぶりのドイツ映画。主演女優の口角、アメリカ流の皮肉なる微笑を常に浮べたる、これは実はドイツ流の刺笑だったのではないか、と反省さる。ナチの専制、アメリカに復活しあるなり。焼跡のパンパンより、高度成長会社の女重役へ成上る女性の経歴、またその時代の通観、「太陽の子」よりシニックに出ている。夫の入獄中、社長秘書として社長と寝ながら、出征前二週間の交際と、一日半の結婚経験のみの、あまりぱっとしない軍人＝俘虜の夫に貞節だと思っている。竹の子族の戒律、愛人と寝ない、と通底せる歪んだ愛情の表現巧みなり。計画成就せる瞬間の事故死または自殺あわれなり。

外へ出れば日暮れかかっている。久しぶりで見る自由が丘駅付近、ごみごみにぎやか。何か食って帰ろうか、と思ったが、雨降って来たので、すぐタクシー拾って帰れば、河上徹太郎死去の報届きあり。一週間ぐらい前、新潮の坂本忠雄君に病状小康と聞いたばかりなので、青天の霹靂《へきれき》なり。各社より意見求めらる。筆者生意気盛りの十九歳の五月より、五十二年来の先輩。成城高校二～三年の一九二八年（昭3）、二月に小林秀雄を知り、三月中原中也、五月河上と続いて、めちゃくちゃの文学生活となる。その間、最もやさしき導き手は河上先生にて、自然人と純粋人の区分は、資生堂パーラーで聞いた。

がんセンターに入院してより、人に見舞われるのを嫌う。見舞客の気を察し、気を使ってくたびれてしまうのである。文学生活もそのように送った人であった。一時恢復、柿生《かきお》の家に帰った六月十日、見舞った。これが別れと思い定め、それとなく挨拶して来たのだった。辛かった。

今日は解剖などのことあり、柿生の自宅へ帰るのは十一時をすぎるという。通夜は明日と坂本君より知らせあり。睡眠剤二錠飲んで寝る。

九月二十三日　火曜日　曇

稍々寒し。午後二時、家人と共に出発。道へんに混んでいて三時十分河上邸に到着。遠山一行氏あり。岩田豊雄未亡人あり、吉川氏出、岩国藩にて河上の主筋に当る。遺骸を拝ませて貰う。六月十日にも痩せていたから、生けるが如し。綾子夫人も病身なれば、疲れぬよう気をつけることを頼んだが、「くたびれてたって、することはしなくちゃならないのよ」とおっしゃる。ごもっとも。

通夜定時は六時よりなれど、寒くなると自信がないので、四時三十分の納棺に立会って、辞去。石川淳氏あり。小林秀雄、今日出海は迎えの車おくれ、今鎌倉出発セリという。上の自動車道まで、家人に尻を押して貰ってえっちらおっちら登るうちに、井伏鱒二先生元気に独歩にて降り来るにすれ違う。ただし少しおくれてお孫さんらしき女性付き添うあり。もはやみんな独り歩きできぬ齢になりあるなり。

分裂の現在

十月一日　水曜日　晴

順天堂定期診察日。六月より三ヵ月怠けての受診なれど、レントゲン写真、素人目にはきれいなり。体調もいい。ただし十五日に超音波検査を命ぜらる。どっかおかしいところあるのかも知れず。心臓の先生は患者の気にしそうなことはいわないから、警戒を要す。

帰途、ポーランド映画「大理石の男」を見る予定なり。いつも神保町の角を通って代官町インターより高速に入るのだが、開館は大抵十二時半、診察時間との間合い悪く、評判作見損っていた。こんどは平日は二回映写にて午後一時半より始まる。丁度受診後、昼食を食べてから見るに手頃な時間となる。

十二時半、神保町角でタクシーを降り、河上徹太郎、吉田健一の戦跡をしのびて、駿河台下寄りの「ランチョン」を目指したが、改築中なり。少し手前のスナックに入れば、さっぱりした内装、頭ちぢれた男二人で給仕していて感じよし。ただし早く出来るそうなアンチを注文したが、これが三十分たってもできて来ない。待つうちに眠気催す、一時二十分より、大急ぎで食べても、一時半となり、時間を失す。ますます疲れを感じ、今月中はやってるから、十五日にすることにす。

神保町角に向うに、書籍廉売店あり。本日より実施の再販割引店なり。好奇心動きて入ってみて、まず見るはわが著書なり。あり。某社出版の『戦争』なり。しかしそもそも十年前に出した本の再刊にて、校正と印税引替えにて出せし本なれば、あまり気にならない。むしろ人前に出る機会できたことありがたし。一般に出来損いの戦記物とエロ本多し。

これは昔のゾッキ本にて、昭和初期の不況時には、夜店に出ていて、学生は便利した。「日本文学全集」「世界文学全集」など、定価一円のいわゆる円本が、二、三十銭で買えた（森鷗外、幸田露伴が三段組六百頁で二十銭ですぞ）。宮沢賢治『春と修羅』は五銭にて、中原中也と共に四冊買い、小生一冊貰い（金を払ったのは小生だが）あとは誰かにやるのだ、といって彼が持って行ったことを思い出した。いまは堅い本は原則として一割引だが、そのうち自由価格となって、どんどん安くなることが望ましい。

なんか掘出し物はないかと欲が出て、棚を全部見て疲れてしまった。掘出し物のすべてを報告するのをやめておくが、東京大学出版会の現代社会学叢書中の一巻宮島喬『デュルケム社会理論の研究』（むろん第二刷）だけ、ちょいと書いておきたし。今更デュルケムでもあるまいとの意見あるべきも、まずデュルケムより、との考え方もあるべし。実は付論「デュルケムとドレフュス事件」の項目に惹かれたるなり。「ド」事件とは、申すまでもなく、前世紀末フランス朝野を二分せるユダヤ人軍人スパイ冤罪事件。ゾラの「弾劾す」は文学者の政治参加の先駆的現象、プルーストの参加有名。ヴァレリーは有罪説にて、無罪でも再審すべからずなど滅茶苦茶をいう。わが「ヴァ」嫌い、とまでは行かなくても「留保付き」傾倒のもととなりたる事件なれど、社会学者デュルケムの参加興味あり。

家に帰り、まず昏々と二時間眠りてより目醒めて読み始むるに、デュルケムの発言は、ゾラの有罪判決後、フェルディナン・ブリュンティエールが「両世界評論」一八九八年三月二十日号に発表した「公判をふり返って」に対する批判である。「ブ」はわれらの学生の頃必読の『仏蘭西文学史序説』（岩波文庫）の著者にしてアカデミー会員、カトリック教徒、彼は問題を奇妙なやり方で「一般化」していた。つまりスパイ事件とも反ユダヤ主義とも切り離し、知識人一般の問題としたのである。

人類学、民族学、言語学などの諸人文科学、その他「擬似科学」によって、人種に優劣を論証、偏見を生み出したのは、知識人ではないか。ところで国軍は民主主義の理念を守るために必要である。それに批判を加える知識人は「個人主義者」「アナルシスト」である。「商工業は軍の傘の下に入ることなくしては繁栄しない」などなど。

デュルケムは当時ボルドー大学にあったが、「ブ」の論文に「たとえドレフュスが無罪であっても、ドレフュス主義者は有罪である」という非論理（モリス・バレス）の反響を見て、「正義」と「人権」のみを武器とするドレフュス派のキャンペーンに危惧を感じる。彼は「ルヴュ・ブルー」誌七月二日付に「個人主義と知識人」を書く。地味な社会学者の論文で、当時の熱狂的雰囲気の中であまり影響力はなく、多くの事件の回顧、記録に現われないが、宮島氏は事件のその後の展開を予見し、当時の社会的、精神的危機を原理的に（傍点宮島氏）捉えたものと評価する。

デュルケムは大革命のいう「人権」が個人的、抽象的なものではなく、社会的根拠を有するとする。それは人間にかかわるすべてのことに対する共感であり、人間的苦悩と悲惨に同情し、それらを減じようとする欲求である。それはいうなれば社会化された個（傍点宮島氏）の個人主義で、共感を媒介として、無限に横にひろがり得るものである。

デュルケムは集団の個人への優越を説く社会学者と見られているが、ここでは個人の尊厳という価値の社会的定着を、社会の分化的発展の自然の帰結のように語っていて、近代個人主義の両義性を意識していたことに宮島氏は注目している。

デュルケムの論文はボルドーの地域社会で攻撃の的となったが、ジャン・ジョレースを再審派の陣営に引き入れるのに力があったという。なおエミール・デュルケムはロレーヌ生れのユダヤ系フランス人、ドレフュスはアルザス生れのユダヤ系フランス人であった。

夕食後、テレビは野球放送の終る九時まで、あとは寝床へ入って、眠るか本を読むか（大抵眠る）のだが、この月曜から十一時には目醒めていなければならないことになっているので、困っている。実は今日、「大理石の男」を三時間見るのが、おっくうになったのは、昨夜十二時すぎまで起きていたからなのである。即ちベルイマン「ある結婚の風景」を、月曜から連日十一時から見さされているからだ。これは二人の夫婦の対話からできていて、カメラは殆んど捉えっきりで、両人の大写しばかり、その表情とセリフだけでなり立っているのだが、これが面白い。筆者ら夫婦はこんなに何から何まで話し合ったことはないけれど面白いのだ。

「風景」という題がまた面白い。外界が映るのはオープンシーンにあり、ラストが荒涼たる象徴的風景とバロック音楽で終るだけで、「風景」はむろん「結婚」にかかるのだが、原題は Scene である。つまり「場面」、make a scene といえば「人前で騒ぎを起す」であり、フランス語の scène de ménage は「夫婦喧嘩」である。この連続物はむしろこの題の方がふさわしいのだが、「風景」というのが、なんとなく今日的なのだ。

なぜこうなったか。筆者には小説の題をつけるのがうまい司馬遼太郎『空海の風景』が思い出される。空海だから当然高野山の山岳風景が出て来るが、作者は空海を当時の歴史的環境の中におき、中国から帰った高僧が、当時の宮廷政治、文化的状況の中を動き廻るさまを書いているので、彼の歴史小説の中の異色作である。

つまり歴史と地理、時間と空間を、一歩下って「風景」として眺める視点に立つ、または人事のすべて、核家族の対話も政治家の生涯も、「風景」と見るフィーリングが一般化したことを意味する。現代人は多分あらゆる「事件」を風景化できる。三里塚闘争も政党人事も「風景」になるだろう。そういえば「選挙風景」はとっくに、新聞の見出しになっていた。

『空海の風景』は一九七五年出版、七八年に柄谷行人が「風景の発見」という文芸評論を書いて（『日本近代文学の起源』講談社刊所収）明治二十年代の言文一致的「風景」と写生文の発見から、小林秀雄のロマンチスムまで連続化することができたのは、こういう「風景」の一般化と関係はないか。少なくとも「風景の発見」という題の魅力は、この辺にありそうだ。

十月三日　金曜日　晴

本来ならば、今頃は夏より懸案の『青き光』訂正、岩波文庫『中原中也詩集』編集終りあるはずなれど、八月は寒く、九月は暑く、老人の仕事予定狂いて、両方とも終了せず。そろそろ新年号約束原稿の書き溜めにかからねばならぬのに、河上徹太郎追悼文のこと脳中を去来して、そっちにも取りかかれない。

岩波書店都築女史に電話して、「中原詩集」は年末までということに願いたし、作品をゆっくり選び、決定的解説書きたし、といえば、「どうぞお気がすむように」、との返事。流石《さすが》大岩波にてのんびりしたもの、且《かつ》篤実なる方針なり。

角川書店の市田女史にも連絡。「ゆきてかへらぬ」とか「私の上に降る雪は」なんてうまい題はもう種切れだ。昭和二年の論文の題「生と歌」ではどうでしょう、といえば、賛成とおっしゃる。中原中也の友人、研究者による解体、しゃぶりつくし、まさにオオゲツヒメを引裂くが如し。

新年原稿にて難物は、漱石『三四郎』論なり。これは一九七五年に成城大学教養課程にてやった一連の比較文学講座の二回分、故小林正《ただし》の企画せる講座にて、彼の急死による代理。小林はフランス文学をやるつもりだったが、筆者はその前から江藤淳の『アーサー王伝説』批判との関連にて、やりはじめていた漱石を選んだ。筑摩書房「展望」に連載予定にして、速記起しあり。本年一月は『草枕』と「オフィーリア」を発表した。『三四郎』の美禰子さんは『アーサーの死』のグウィネヴァーの延長とも見做《みな》し得るも、筆者は「トリスタンとイズー」の原型たるケルトの「駈落ち物語」と比べられるのではないか、とこじつけたのなり。『ハムレット日記』訂正に当って、ギルバート・マーリの「ハムレットとオレスト」を読返してみると、サクソの『デンマーク人の事蹟』のほかに、アイルランド伝承に関聯ありで、アーリー王のグウィネヴァーの原型と『ハムレット』のガートルードの原型とは同じものらしき節あり（この前読んだ時は、気が付かなかったがハムレットはガートルードの部屋にかくまわれるので、母子相姦の気配あり)。イズーも同類に入れられればうまい。要するにわれらが明治年間に西欧十九世紀文学より受取ったロマンチックな恋愛の観念はみな同根との見当、ますます強固となりて、わがスタンダールの「情熱恋愛」偏執に結着をつけんとす。

神山睦美《かみやまむつみ》『夏目漱石論—序説』(国文社)は漱石の青春の沈黙と初期作品の成熟過程を追究せる異色ある研究。氏もまた『三四郎』にて止む。即ちこの作品をもって明治二十～三十年代に摂取せるロマンチスム、特に世紀末ヴィクトリア朝のそれの決算とせる説に賛成なり。その秘密は鏡子未亡人ほか関係者の回想に欠けたる熊本時代にあるべし。

しかし思いは、河上徹太郎へ行き勝ちだ。河上には夏目漱石論なし。漱石の思想の基底は「自然」なれど、河上には有名な「自然人と純粋人」の区別ありて、自然は絶えず純粋に憧れるとす。少なくとも、そこに二十世紀文学の特性を見ていた。この態度は終生変らなかった。この奇妙な偏執の発生について、証言を残しておく必要あり。

十月四日　土曜日　晴

暖、少し風邪気味。終日昏々。ベルイマン「ある結婚の風景」の疲れ積る。今夜で終りだ。娘鞆繪、嫁ぎ先親類の結婚式あり。孫の暸子をあずけて行く。暸子も風邪せきひどし。うつされてはたまらぬ。なるべく離れている。

午後七時ニュース、イラク・イラン戦争、イラン捲き返し、一つの都市の攻防をめぐって、一進一退を伝う。こうなると戦線膠着《こうちゃく》状態となりて、長期戦となるものなり。戦況報告に興味を失う。興味あるは二つの石油産出国、軍事費を浪費して、商売物の油田のつぶしっこをしていることなり。前代未聞とす。

イラン革命、宗教的指導者の下に、三百万人民素手にて戦車を持つ五十万の常備軍を覆して革命達成せることまず奇蹟なり。西欧にては不成功証明ずみの宗教的信仰の効用をノーコーら再認識す。大使館員幽閉、西欧自称先進国の勝手にきめたルールに違反せるのみ、古代中世には西欧より先進国たりしアラブ遵守する必要なしという。互いに限りある資源を潰し合うも、西欧ルールにはなきもアラブにては理あり。石油あるは却って不幸のもとともいえる。気がすむまでやったらいいだろう。困るのはアラブの犠牲において、消費生活を勝手に放縦化せる大国なり。

私たちは新しい生活形態を考えなければならないが、目先に捉われたる政府は、八年前に石油ショックを受けながら、状勢分析不十分、その日暮しの番頭政府に何も期待も持てず。これまたアジア的対応の一つなるか。勝手にしやがれ。

七時三十分〜九時四十八分、仮眠。「ある結婚の風景」、昨夜はインテリ夫婦、なぐり合いのケンカして離婚す、あとはどうなることかと思ったが、「還流」と題せる最終回は、三年後にはそれぞれ新しき結婚相手あり。相手の旅行中に年に一度くらい「裏切り」として、ベッド中の秘密に「還流」しある皮肉な結末。男は「愛なんてわからない」といい、女は悪夢にうなさる（四肢の先端を失いたる悪夢）。まったくの安定した心理に還流したわけでもなかった。

日本人はこう割り切れそうもないが、とにかく面白かった。特に女優は、あまり美しくないが、表情豊かにして、説得的に感情表出す。新聞のコメントによれば、ベルイマンの離婚した妻という。私小説的映画なり、とのこと。そういえば夫婦喧嘩のセリフ多弁にして、迫真的すぎる。

ところで加藤周一によれば、ベルイマンとは美女イングリッド・バーグマンと同じスペルにて、むりにスウェーデン風に読もうとしておかしくしてしまった。大正年間、劇作家ストリンドベリイに、ベルヒ、ベルクなど七通りの読み方あって、論争があった。加藤氏は奥さんに「ベルイマン」ということを禁止しありという。そのうちに来日して、テレビにでも出ることになったら、いまのままでは困るだろう。せめて、「ベリイマン」と改めておくべし。

とにかくこれにて十一時よりテレビ見る義務より解放され、生活のリズムもとにもどるだろう。いつも続いてニュース、スポーツ・ニュース。そのあとの囲碁番組まで見てしまう。十二時半となりて、眼疲れ、ベッドにもぐりこんでも、しばらく本読めず。新書判か推理小説を読む。

推理小説はイギリスの女流P・D・ジェイムス、このところひいきにして、アダム・ダルグリッシュという詩人・警視像、面白し。どんな詩を書くか、サンプルにお目にかかったことなけれども、犯罪全体の構造をつかむまで、じっくりやるやり方、メグレの直観土観とは一味違っている。

篠田一士の推薦で読み出したのだが、あまりていねいに書き込んであるので、読むうちに自然と眠くなり、睡眠剤の代りとなる。

『女には向かない職業』（小泉喜美子訳、ハヤカワ・ミステリ）は前に読んであった。女性の私立探偵が依頼主のために行ったトリックを、ダルグリッシュに見破られる話で、むしろ番外篇。ところがこの番外篇の方が受けて、テレビのシリーズ番組になるというから、そのうち輸入されるかも知れない。女性探偵の名はコーデリア・グレイ。

「こんな謙虚な作家はなかった」との植草甚一の評語を「あとがき」に引いてある。「いままで読んだあらゆる推理小説とその作家がナマイキな存在だと思わないではいられなくなったのである。彼らは例外なく、オレの手並はどうだいと言って書いたのではないだろうか。ところがP・D・ジェイムスにはそんなキザッぽさが全然ないのだ」

これは正確な評言だ。先月『ナイチンゲールの屍衣』を読んだが、病院の内部と人間関係が克明に書き込んである。犯罪捜査に関係のないことまで書いてある。くどいなと思っていたが、捜査の進行もそれら描写と同じテンポで進む。彼女は事件のすべてを書いているので、途中で眠ってしまうにしても、目が醒めて、少し前を読み返せば、それまでの記述が甦り、あとが読みつづけられる。そして全部を読めば、犯人の性格と事件の全体の構図が、それを把握する詩人探偵の人間像と共に浮び上る。

クリスティの後継者と目されているそうだが、動機を遠い過去、遠い国へ持って行くアンフェア癖あれど、クリスティ流のケレンがないから、好意が持てる。一九七五年までに六作あり。前記二作のほかに『女の顔を覆え』（一九六二）、『黒い塔』（一九七五）あり。『黒い塔』が『ナイチンゲールの屍衣』に続いて受賞作だが、まず処女作の『女の顔を覆え』（山室まりや訳、ハヤカワ・ミステリ）の方を読む。ダルグリッシュも初登場で、その風貌と捜査方法の特徴を、ていねいに書いてあるからだ。近頃の文芸雑誌の小説や批評で、「オレの手並はどうだい」と言っていないものは少ない。わが発表用「日記」にその気味なきや否や、と反省せらる。

十月五日　日曜日　晴

暖、しかし風邪気味、はな水が出る。瞭子からうつったらしい。終日、うつらうつら。三時目醒めれば、仲貞一、ゆかりさん、春《はじめ》、茜《あかね》来ている。春、二ヵ月の間に言語明瞭となり、物を名前で呼ぶ。テレビ、メガネ、自動車などを指さしていい、「鳥の勝手でしょ」を歌う。当歳の茜ようやく立つ。ただし風邪うつしてはいけないので、寝室から出て行かない。三六度九分、これは老人には熱発なり。熱さまし、抗生物質を飲むことにきめる。明後日は河上徹太郎の告別式が関口町東京カテドラル教会である。先月二十三日の密葬には、寒い日だったので欠席したから、こんどは出なければならない。それまでに風邪を直さないといけない。

十月六日　月曜日　晴

寒し。講談社、垣内氏と約束の『神話』折込み原稿の期日過ぎている。書斎に坐ってみたが、寒気して仕事にならず。明日の河上葬儀出席絶望。綾夫人に電話、あやまる。無理しないでもいい、体調悪いのは戦争に行ったせい、とあたしたちは思っているといって下さる。九日は岩国へ帰って市葬となる。岩国市名誉市民だからである。小林秀雄がずっと附合う。昨年十一月「文学界」五〇〇号記念号の対談では、「お互いに葬式に出るのはよそう。君子の交りは水の如しで行こう」といっていたのに。

それから第二次「文学界」の出版元の文圃堂《ぶんぽどう》元主人野々上慶一が行く（彼は呉市出身、地元の人間なり）。多くの友人に守られて郷里に葬られる徹ちゃんは仕合せといえる。

十月八日　水曜日　曇

暖、むし暑いくらい。風邪引きの身には助かる。東京新聞夕刊、河上葬儀の模様伝える。

司式の井上洋治神父は、遠藤周作、曽野綾子氏の系列の方なる由。ただし小林葬儀委員長の挨拶の中に、「二人でイッパイやった時、これが今生の別れの杯だと言ったのだが、その時の河上は実に穏やかな顔をしていた」とあるのは誤報なり。いくら親友でも、面と向って「これが今生の別れだ」とはいえやしない。故人は築地の癌センター入院中も、夕食は銀座の行きつけの店で食っていた。それは病状に基づいての医師の勧告だった。小林はその頃の一夜、さり気なく会食したのだが、「あれがもう別れだな。仕様がない」とあとで電話でいっていた。同席の編集者に訊くに、やはりこれで別れだとはいわなかった由。河上がずっと穏やかな顔をしていたのは、その通りだったが。

各誌届きつつあり。ウイリアム・ギャス「ブルーについての哲学的考察」(「海」)の如き面白そうな長尺物あれど、このところ書くもの読むもの多くして目を通すひまなし。寺田博君の「作品」創刊さる。二百ページ以下、百枚以上の作品は載せずとの方針賛成。女流作家のメルヘン風の当選作、かわゆし。

吉本隆明氏の文芸時評、諸作品の「書き出し」を比べたのは新工夫。中村光夫「小説作法」と副題して、自らの明治文学史観の再検討を再開せるは賛成。終戦直後の正宗白鳥との会見挿話を枕にして、逍遥夫人に及ぶ。たまたま話は文学賞に及びて、中央公論の故嶋中雄作社長から、正宗白鳥賞の話あり、自分の名を嫌いな作家の顕彰に使われるのはかなわないから、といって断った話を紹介す。文学賞辞退相次ぐ現在、白鳥という人の偉さをそれとなく示す手口は憎し。

本誌は二百頁以下なれど、挿込み小付録ありて、地方文壇との連繫を求む。地域主義が議題に上っている今日、趣旨には賛成。方法に工夫がいるだろう。

各紙の先月文芸時評に河上徹太郎追悼記事あり。文芸雑誌にては「文学界」のみ、本月号に間に合わせる。

十月十日　金曜日　曇

午後三宅艶子《つやこ》女史来訪。近くの令息の家を訪ねての帰途なり。筆者の遠い遠い親類に当り、成城学園在学中は、文化学院生徒、駅向うに住んでいて、成城駅より乗車す。われわれ成城の悪童の目より見ればまだ十四歳だから、受け口のかわいこちゃん、みそっかすの部類に入っていたが、悪童共の混雑する九時頃を避け、十時すぎホームに小柄の麗姿を現わす。筆者は成城の遅刻王なれば、丁度その頃到着して、よくその姿を見た。母堂三宅やす子さんが、成城の悪童と会わせぬために、時間をずらして出したんだろう、と思っていたが、事実は然らず、艶ちゃんその頃から寝坊にしてなんとなくその時間になったという。

文化学院の第五期生にして、一級上に戸川エマ、二級上に入江たか子、その後あまり名を聞かないがKなる美少女あり。成城も最初は文化学院同様、文部省規格外の学校だったから、自然と学院とは仲がよかった。

いっしょに芝居をしたことあり、富永次郎、Kに惚れてしまった。貰った手紙を見込があるか、と鑑定を頼まれたことあり。「髪をすいていると、だんだん緑色に光って来て、気が静まって来ます」とあり。「この女は、ちょっと気をつけろ。ナルシシズムを見せつけるのは、お前さんに気があるのではなく、気を持たせてるだけだから」と忠告す。果してその通りとなる。「白痴群」に次郎の失恋詩の多きはそのためなり。しかしこの手紙の文句悪くなかったから、拙作中に二度使った。最初は昭和九年の「青春」にて、次郎不愉快だったろうが、折柄結婚し立ての奥さんの手前、事を荒立てるわけに行かず、泣き寝入りになったのはおかしかった、などなど昔話す。

入江はわざと窓枠に片脚を立て腰かける。「窓際の脚線美」と当時より仇名あったとうわさがあったが、艶ちゃんいうには、在学中はあまり目立たなかった。「滝の白糸」で名が上ってから出来た伝説だとのことなり。「東城坊さん」と入江の本名使う。

とにかくその頃の文化学院は美少女学校にて、男女共学、アベックと称して、腕を組んで駿河台の坂を降りて来る、今日の竹の子族の如き存在なりしなり。

往時の竹の子、今は七十近き婆さんとなりて、新著随筆集『ハイカラ食いしんぼう記』(じゃこめてい出版)を貰う。大正昭和の名ある料理店の食べ歩き、母堂やす子女史に連れられて幼少の頃よりの食堂車の回想など、今や稀少価値あるべし。母やす子女史より聞きし、文壇の昔話。さらに雪嶺兄の父君、大叔母三宅花圃《かほ》の回想などあり。もっと詳しく書き残すことをすすめる。

折柄「海」の高橋善郎君来る。谷崎賞賞状にサインのためなり。なお風邪気味にて十月中旬の夜間外出はやばい。ここ数年出席し非ず。こんどは最後なれど最後に出て風邪引いてはつまらない。

女流文学賞選評、果して辞退者曽野氏に対し、侮辱的言辞を弄せる者あり、いかんじゃないか、といえど、高橋君係りが違いますので、と逃げる。

だめだと思ったけれどやったのに、辞退するとは生意気だ、ほのめかせるもの醜悪なれど、一層無責任なるは、賞け出すのも、受ける、断るのも、それぞれの自由としたる、公平めかしたる評なり。賞とけそれにふさわしき人と作品に出すべきものにして、自由ではない。それぞれの作者のキャリア、作品にふさわしきものに出すべきで、賞を授けるのが侮辱となることとあるを自覚し非ず。だから辞退が出るのだ。

女流文学賞は大体作家経歴五年か十年の間に貰うべき新人賞と中堅賞の間の賞と、世間では見ているのを知らない選考委員の自惚《うぬぼ》れなり。昨年は恩賜賞受賞作家を、他の新人作家と抱き合わせたることも侮辱にして、このところ女流文学賞は作者を侮辱するために出しているのではないか、と疑いたくなる。

もっともこの二つを除いて、各委員の選評思いやりありて、筆者先月一概に選評を発表するのを不可としたのは早合点だった。女流文学賞はもともと仲間同士の寄り合い賞にて、候補作品と選ばれること自体、女性同士の親愛の情の表現にて、よろこばしきことなり。評言を加えることも同じ感情的含みあり。筆者が他の出版社賞を基準として、既成作家の作品を勝手に候補にひっぱり出し、落選作の欠点をあげつらうのを不可としたのとは、少し性質が違うのだった。選考委員諸君によろしくいっといてくれと依頼す。

ひとりでしゃべり、しゃべり疲れて、両氏辞去の後、五～八時まで昏々と眠る。起きてビール小瓶二本、「こわいですね」のおじさんにだまされて「エイリアン」なるＳＦ愚作を見てばかを見た。

十月十三日　月曜日　曇

午後三時、二度寝より目醒れば、曇なれど、案外あたたかなれば、谷崎賞授賞式に出ることにする。吉野作造賞、選考委員臘山政道《ろうやままさみち》、中山伊知郎《いちろう》二委員急死により不選考、新人賞該当なし、女流文学賞曽野辞退にて、谷崎賞河野多恵子氏のみにて淋しいけれど、それだけ演説少なく、出席者は助かる。

佐多、丹羽、佐伯委員に、選評思やりといたわりあり。女流文学賞の性格について勘違いしていた、とあやまる。案外、腰かけずに、立っていられるのにわれながら驚く。選考委員諸氏のほかに加賀乙彦、磯田光一、金井美恵子氏などと、文学談する楽しみあり。そのうち曽野綾子氏が来られたのは、御立派というほかなし。薄色の眼鏡をかけられ、ますます美しくなられる。二十年ばかり前、東北に講演旅行したこと憶えておられたのに感服した。武田百合子さんも来ている。八月の「日記」にて武田山荘訪問の条に、「紅茶ミルク濃い目一杯半、カステラ厚目一切れ」で『富士日記』の仇取った、と威張る。男でも出された食物の詳細報告の能力ありという。

ドナルド・キーンさんいる。最近「太陽」別冊グラフィック特集「夏目漱石」を出す。漱石自筆書画のほかに各種写真多数。ほかに各界の意見五十五を集めたる中に、キーンさんの「〝嫌漱石派〟はつらい」あり、「外人」であるために、潜在的アンチ漱石派から代表格に押し出された「つらさ」をいう。われらとしても、「外人」に任せておいては面目なし、谷崎潤一郎、吉田健一をはじめとするアンチを結集して、「外人」一人を淋しがらせておきませんからとなぐさめる。

昨年夏、吉田凞生《ひろお》、『道草』の「貧乏」めかした大学教授の収入額を、当時の米価と比べて算出してより、この八月の毎日新聞には磯田光一氏の漱石山脈の人格者としての祭上げに対する疑義出ず。日露戦役後のデビュー時のほかに、筆者の経験にては大正十年代、昭和十年代に流行あり、それは政治的激動がしずまりかけか、もしくは近づく危機ありて、大多数安定無事を求めつつある時期と一致す。当節の流行もその気味なきにしもあらず、そして青少年は教科書にて読むのみにて、漱石屋が騒ぎ立てるほど、読まれていない。むしろ回想的老人と、生活安定志向的に中年者が読む。われらも近く一斉蜂起しますからという。筆者もともと『明暗』失敗作論者なれど、少年時を回想して、『三四郎』までのロマンチックな恋愛観念、漱石に吹込まれたる気配あり、再検討の必要あるのだと弁解す。

七時半、新潮社坂本忠雄君と「きよ田」寿司へ。パーティにては、結局なんとなく料理食えないものにて、却って腹減る。

岩国にての河上葬儀の模様を聞く。九日、岩国市体育館にて市葬会衆五百名、こぢんまりとまとまった葬儀だったという。小林秀雄ずっと立会う。翌十日菩提寺に納骨。病身の綾夫人は移動椅子にて列席。井上洋治神父同行して、墓前でなんかおまじないすれば、カトリック信者の綾夫人もあとで同じ墓に入れる由、同日昼は広島のふぐ料理にて慰労宴、夜、全日空にて帰京、小林さすがに少しくたびれていたとのこと。

昨十二日中、汽車に乗って来ての今日なれば、坂本君大酔し、十一時やっと腰上げる。こっちもその間に、ビール小ビン四本、料理だってうまいからつい食べてしまう。しかしこれくらいの暴飲暴食、年に一度や二度はいいだろう。パーティの席ではじっと立っていられたが、歩くとふらふらする。

十月十五日　水曜日　晴

順天堂超音波検査予定日。朝日新聞朝刊社会面に大西巨人対渡部昇一氏の論争の記事あり。新聞持って出て、タクシー内で読む。十月二日付「週刊文春」の渡部氏のコラム「古語俗解」に載った時から、気になっていた問題だった。渡部氏は先月中旬、「週刊新潮」に載った無署名記事に基づいているのだが、『神聖喜劇』を完成するまで前借り生活していた大西氏が、次男野人《ののひと》君が血友病で入院手術中、生活保護を受け、千五百万円の医療補助費を受けたことに関してである。大西氏の長男赤人《あかひと》氏が同病であることは周知のことである。渡部氏は、遺伝（?）性とわかったら、第二子をあきらめるのが、多くの人が取っている道である。「未然に」（傍点渡部氏）避けるのが理性的処置であり、社会に対する「神聖な義務」である、と大西氏を難じているのだが、これは第二子を儲けるに当って、大西氏が医師に相談したことが、週刊新潮に掲載されているのを、故意に無視した、不当な攻撃である。大西氏は激怒して「社会評論」（思想運動編集）に反論を書くという。

ヒトラーが戦争中、精神病者、ユダヤ人、ジプシーなどを断種した。これは一般に彼の残虐行為の中に数えられるものであるが、渡部氏は西独へ遊学中会った西ドイツの医学生から、この非人道的犯罪の功績の面を考えているドイツ人の数は、必ずしも少なくないだろうと想定されることを聞いた、という。医学生からの見聞など根拠にするのは学者として不見識であろう。氏はまたノーベル賞受賞者の名をあげているが、ノーベル賞は最近値打が落ちている。一九一二年頃なら第一次大戦直前であるから、好戦的論文でも賞貰える。

渡部氏はベストセラー『知的生活の方法』によって、データカード式整理法なんて、素人にはどうせ三日坊主になる作業をすすめたタレント学者であるが、故意に歪曲したデータに基づく人身攻撃となるとおだやかでない。

大西氏の激怒は当然であり、多くの身障者の反撥を招くであろう。障害の児が生れたら、あと子供を生むのをやめるのが「常識」であり、「神聖な義務」であろうか。筆者は不安の裡《うち》に、次に正常児を生んだ例を聞いている。精神病者、精神病質者に至っては、その範囲は予想できないほど広く、現在の医療はヒトラーをなつかしんでなぞいないのである。

第一、すでに一人の難病を持った長男を持った大西氏が、自分たちがいなくなった後に、長男を助けるべき弟妹を儲けようと思うのは、健全な子供が生める確率が高いならば、親として当然の人情ではないか。それを無視して気の利いたらしいことをいっていればいいと思うラウドスピーカー精神こそ、異常であろう。大西氏はなんでも徹底的にやる人であるから、この際デモ学者を退治しておいてくれるのが、望ましい。朝日の記事には、大西氏が予め医者に相談したことが、抜けているから、為念。ただし遺伝学者のコメントを載せて、現在病気を起こす遺伝子は二千あって、持っていない人はいないとある。渡部氏は他人のことをいう暇に、自分の遺伝子を勘定してみたらいいだろう。

あまり気分晴れず。十一時順天堂着。三年前入院した時の主治医村山先生の検査受く。あとで写真を見せてもらう。筆者の病名は心臓弁膜症より来る僧帽弁（肺より血液流入口）狭窄、閉鎖不全及び動脈弁（動脈への流出口）閉鎖不全疑いより、狭窄、閉鎖不全へエスカレートせしもの。心房細動といって、心搏不規則に一分間に百五十ぐらい打つ、血液肺へ逆流して成分たまり肺の機能を害す、いわゆるうっ血心不全なれども、僧帽弁閉鎖不全はやや好転しあり、という。心臓全体の脈動どんな指数かわからねど、0.71より0.75に増加しあり、とのこと。今月なんとなく体調よきことと一致す。心臓病といえども、よくなることもあるのなり。これは七六年五月、心房細動発見されて以来、はじめての恢復の徴候なり。

十二時半、老妻と共に、神保町角に到る。体調恢復の今日こそ「大理石の男」を見る決意にて、スナックにてトーストとコーヒー、角のゾッキ本屋にて、木村毅『ホセ・リサールと日本』など二冊（各三〇〇円）を買って、岩波ホールに入る。

八分の入り、カメラマンに扮する主演の女優、脚が少女マンガのように長く、心臓病には圧迫感ある早足で歩く。その長い脚を生かした演技、例えば椅子に肱《ひじ》かけあれば、必ず片足をひじに乗せて坐り、開いた戸口にては足を対面ドア枠に突張って遮断的抗議を表明す。

筋はすでに新聞雑誌にて十分承知している。スターリン時代、住宅建設に煉瓦積能力英雄にされたる労働者、工程変更によって、熱せる煉瓦をつかまされて役割解かれる。その人物のその後の追求が主筋なり。ラストは先頃ストライキをやったレーニン造船所にて、英雄の息子を突きとめて、片側開けたる通路を歩く移動撮影のラスト、オープンシーンの編成者と歩く移動撮影と呼応す。その歩行映像にタイトルバック重なり、すべての映像消えた後、暗い場内に、哀調を帯びたしかしセックな音楽続き、場内灯つかないまま幕降りて来る演出、原作者の指定なりやいなや。息子は「父は死にました」という。この映像を欠くラストの間に、七〇年の造船所の労働者蜂起にて、保安警察との銃撃戦にて父が死んだことが語られる含み（そのシーンをワイダが撮ったのか、撮らなかったのか忘れた。いずれにしても映写されず）。

四時半、外に出ればまだ明るし。神保町東側裏通りの喫茶店にて、少憩。この通りは、もと神保町本通りにて、筆者年少の頃、文房堂、東京堂、三才社などと、電車通りの古本屋の間を、ぐるぐる廻ったものなり。いまでも同じところに東京堂の看板が見えて、のぞいて見たい気が起ったけれど、読むべき本は家にたまりあり、下らぬ感傷だと思い直して、すぐタクシーを拾って帰る。

「世界」が「大理石の男」に関係して、ポーランド特集しあり。藤村信氏の六二年、七〇年、七六年、八〇年のストライキについて詳報あり。チェッコ、ルーマニア、ソ連のストライキについても報告あり。労働者自主管理のユーゴにもあり。みなストライキとはいわず、作業一時停止とかなんとか、ほかの名で呼ぶのだが、要するに党員と、官僚、保安警察、ドル売買許可獲得者、「商業店」と名づけられた特権店と、労働者との収入格差大きくなりすぎた。モスコー・オリンピックの影響にて食糧の40～60％値上りを機に、レーニン造船所に発したるストライキ、シレジヤ炭礦《たんこう》地帯に及びて、政府屈服す。されどソ連の対応習癖と睨み合わせれば、状勢は楽観を許さず。このような事態にソ連が軍事介入しなかった例はないからなり。

中国の文化大革命失敗し、米国と同盟して危険な国となっている現在、もはや社会主義とその輝かしき未来を信じさせようとしても、むりなり。

「大理石の男」は七七年度の作品にして、造船所労働者の家畜の如き出勤風景イメージ化されあり、スターリン時代の英雄の末路を追求せる実験映画は映写不能となり、編成係はスパイと化せんとす。元保安警察員、キャバレー主人となりて、「資本」を持っていると誇りある現状を告発す。

日本の映画製作者、文士共はなにをしているのか、といいたいところだが、そんならお前は何をしているのか、といわれれば一言もない。老廃心房細動、立ちぐらみ元兵士、暗殺者となることもできない。

十月十七日　金曜日　晴

去る八月、新宿バス放火事件の被害者の五人目、昨十六日夕死去の報あり。傷ましきことなり。午後、ギャラリー・ユニバースの村上政之氏、魚河岸の車海老を届けて下さる。今日亡くなった方は氏の知人にて、後部座席に坐っていた三人の真中にいた。早く前に倒れたので、火傷の程度やや軽く、二ヵ月もったとのことなり。しかしそれだけ苦しみが長かったことになる。最後は敗血症となる。二十九歳の歯科医にて、すでに両手火傷ひどく、退院しても仕事は続けられなかったろう、という。

犯人は精神病者なれども、医者との連絡悪く野放しとなっていた。過激派爆発その他の捲き添え補償法案、やっと議会を通ったが、施行は一月一日となっているため、二百万円程度の見舞金しか出ない。ああいう法律は、公布と同時に施行とすべきものなり。ところで政府は例の法相、却って犯罪予防のための保安処分をいう。精神病医の反撃あり。

静岡地下街災害の補償、その後どうなったかもわからず。死者十五名、入院患者九月十五日現在で二十五名いる（十月九日付「週刊新潮」）。警察の見解は第一次爆発メタンガス説にて、都市ガス会社を免罪するもの。されど「被災者の会」の調査によると、メタンガス説の根拠となる道路の盛り上りや床の穴は、第一次爆発時にはなかったとの目撃証言多し、という。そういえば当時の新聞報道にても、当然すぐ出るべき盛り上り証言は、二、三日経ってから出た、と記憶する。現在警察庁科学研究所が、現場で収集した資料を分析中の由だが、結果は年を越さなけりゃ出ないという。この間多数の被害者中、消防署員や現場の勤務者で災害補償の受けられる者のほかの、多数の捲添え通行人に就ての補償は、原因決定まで持ちこされるのではたまったものではない。官僚はこんな時、必ずガス会社の利益を考え審査するから長びくのである。そして全国の地下街のガス爆発時の処置については、消防署と通産省でまだ揉めている。つまり最も早く現場に到着した消防署員は、まだガス栓をしめられないのだ。

この夏、起ったもう一つの大事故、富士登山路落石事故も揉め続けている。観光客誘導について山梨県に責任があるのはたしかだが、崩壊した岩は、静岡県にある。山梨、静岡県境は、富士山噴火口を横切って、東西に通ってると思っている人がいるかも知れないが、実は八合目以上の山頂は、富士宮浅間神社の所有であることが、古文書によって確定している。山梨県側から国有地だとの訴訟を起したが（むろん観光利益ぶん取りのために）、負けてしまった。するとこんどは富士宮浅間神社所有地内の岩石の崩壊によって、山梨県予算で警戒救済措置を取らされるのはいやだというのである。

山小屋を山梨県に持っているので、山梨県の肩を持つわけじゃないが、富士山体の崩壊が急速に進んでいる今日、山頂は国有にして、国家予算で管理すべきである。現在西側の大沢崩れを中心に進んでいる崩壊は、富士宮浅間神社がいくら金持でも、とても手に負える規模ではない。

なんやかんや、おかしなことが続いているが、万事中東の石油危機以来の政府の財政不安定から出ているだろう。今年の冬は省エネで、暖房十八度にしろ、ということだが、いくら体調恢復しても、低血圧の老人には寒さがこたえるから、遵守する気はない。

イ・イ戦争は、長期戦の様相を呈し、アメリカの大統領選挙はタカ派のレーガンの方が優勢だとすると、日本へのしめ付けはきびしくなる。自動車は買わないが、軍備を増強しろ、と勝手なことをいう。ソ連はアフガンに居座り、世界各地で、クーデタ、革命が起っている。地球的規模の危機は、増大する一方である。

このあしくなり行く世の中に、近くおさらばする身は、どうでもいいが、いたいけな孫の顔を見ていると、彼等がどんな生涯をすごさねばならないのかと思うと、可哀そうになる。気が狂いそうになる——というのは大袈裟だが、本屋で目に付く本は精神病の本である。荻野恒一氏『分裂病の時代』（朝日出版社）がある。現存在分析という面倒な手続きで、厚い本は敬遠だが、新書判で、要領よくまとまっている。

荻野氏にはビンスワンガー『現象学的人間学』（みすず書房）の訳著があるが、これは分裂病の各症状を、その病自身だけではなく、状況との関連で捉える立場である。都会へ出て来た農村地方の人が被害妄想になる、といって同一人が帰郷すると自閉症になる、というような例が観察されている。氏は多くの具体的な症状をあげているが、状態に関するのだから、分裂病もしくは分裂病質を断種すべき遺伝ときめ、子供は作らず、保安処分にして監禁してしまえばいいというわけに行かない。大きくいえば現代社会は人間を孤立させ分裂病的にする、共同感への希求は、例えば日本でいまや年末行事となった「第九交響曲」の演奏をあげている。一般に宗教的なもの求める傾向を指摘する。

たしかにホメイニ革命では、宗教に団結した人民が、素手で戦車にかかって行った。90%カソリック教徒のポーランドのストライキは、ポーランド出身の教皇の像を掲げることで成功している。筆者は午少の頃から、宗教と合理主義の間に揺れ動いて、ふらつきのまま生涯を終ろうとしているが、どうやら現状は、デュルケムの昔に戻って、個人の利益追求を両義的にとらえ、集団志向を考えなければならない時になっているようである。

後記

「文学界」一九八〇年一―十二月に連載したものです。見開き二頁の予定で出発したところ、だんだん長くなり、一年の間に、これだけの分量になりました。

私は若年の一時期と、旅行中のほか日記をつける習慣はなかったのですが、四、五年前、物忘れがひどくなったのを自覚してから、出版社のくれる当用日記に、簡単に日録をつける習慣ができていました。文体もほぼこの通りの文語交りで、スペースを節約するためでした。それを少しふくらませればよい、と気楽に引受けたところ、つい長くなり、連続エッセーみたいになってしまいました。

案外評判がよくって、十二月号コントロールタワーで匿名受評頻度による「匿名文学大賞」を貰いました。しかし署名原稿に出たのは、私の目についた限り二度だけでした。一つは「連峰」という新聞記者OBが出している随筆誌の古谷綱正の「日記」、もう一つは「青春と読書」(集英社)の山本容朗《ようろう》氏の年間回顧でした。ただし綱正さんは、私の五十五年来の古い友人――兄綱武と同級で、彼は三歳年下ですが、半分は個人的メッセージみたいなものです。山本君は一九六〇年角川書店版「中原中也全集」の担当者で、これも古い馴染です。

東京新聞「大波小波」十二月二十七日付太安万侶氏に「'80珍書」の一つにあげられただけが慰めで、暗きより暗きへの途をたどることになりました。いわば署名入りの匿名批評だったかもしれないので語呂は合っています。それだけに気ままに書かせてくださった「文学界」編集長松村善二郎氏に対する感謝の念は大きいのです。もっと続けろとのお話でしたが、一回分が長くなるに従って時間を取られ、懸案の仕事「富永太郎全集」ができませんので、一年休載さして貰いました。それらの仕事を片付けて、まだ余力があったら再開の予定です。ただしこの次は単行本が一月から始まるように、多分三月号から始めることになるでしょう。

一九八一年一月

著　者

作家の日記

昭和三十二年十一月十三日

三社聯合の新聞小説の最後の二回を送る。とにかくすんだ。まったくの時間の空費だったが、とにかくこの小説のお蔭で、書斎が出来、税金が払えたのである。次の税金の問題が切実になるまで、書かずにすむ。

新年号から『文学界』に『小説作法』というものを連載することになっている。『小説作法』なんて柄じゃないが、僕も小説家と人にいわれるようになってから、そろそろ十年だ。「何が小説か」「何が文学か」という問題を自分に出したことはない。小説は何かを知らなくても、小説は書けたからだが、そろそろ自分に答えが出せるかどうか、たしかめてもいい頃だ。

この『日記』も、同じ目的に添っている。日記をつけるのは、十年前疎開先で退屈して、自問自答していた時以来のことだ。

ただこんどは発表するためのものだから、純粋に「日記」ではない。つまり普通日記の目的である、書くことによって、うっぷんを晴らしたり、気をまぎらわす効果はない。「日記文学」というものは、主として才智ある婦人が、生前或いは死後、出版されるのを見越して書き誌《しる》した、飾られた自己の記録であるらしい。つまり貴族的形式、閉された社会のものだ。

こういうものを現在の日本のジャーナリズムが要求するのは、文学が閉されている証拠なのか。それとも作家の腸まで見たいという要求が、読者の側に増大したためか。

どっちにしても、僕はこれを自分に役立てなければつまらない。一日二時間ちょっと立ち止って考えるのは、無益ではあるまい。

夕刊で宇宙犬ライカ薬殺が確認され、雑誌類はそろって「宇宙世紀の開幕」特集をやっている。ばかげた推測記事ばかりである。

僕自身は天文学にはうとい人間だが、人工衛星がまず兵器であると推測するぐらいの常識はある。この兵器に人間を乗せることが出来るかどうかは、実際的というよりは、実験的なものだろう。大陸間弾道弾をコントロールするためなら、人間より機械の方が間違わないだろう。

生命が生れたのは、地球上の非常に幸運な状況によったと、我々は理解している。この幸運はまだまだ続きそうだが、生憎《あいにく》我々の共存形態は満足すべきものとは、はるかに遠い。しかしそれを改善するのは、月や火星に生存の可能性を探すよりはやさしそうである。

大陸間弾道弾が究極兵器という説がある。しかし歴史の示すところでは、究極兵器は戦争を不可能とするという前宣伝にもかかわらず、戦争の結果を一層残虐なものにするほか役立ったためしはない。

鉄道が発明された頃、スタンダールは、迅速な軍隊輸送は、戦争を不可能にするだろうと書いた（『漫遊客の覚書』——彼は一八三〇年頃のサロンの未来戦談義を写していただけだろう）。しかし一八七〇年のフランスの敗戦は、プロシャの鉄道による補給力の優秀のために起った。

一九三〇年代の爆撃機の発達は、やはり戦争を不可能にするだろうといわれていた。開戦後四十八時間以内に、交戦国の基地、工場は破壊されるということだった。しかしそんなことがちっとも起らなかったため、どんなひどい目に会ったか、我々はよく知っている。

究極兵器という考えは、我々の希望的観測の典型的なもので、買収された軍事評論家がそれを利用するのである。

人類が最後の破滅的ショー・ダウンへ向っていることは間違いのないことだ。造られた兵器が使われずすんだためしはない。労働者がこの兵器を製作することを拒否することが出来る日まで、だめである。

幸いにして我々人類はこの悲観的予想を持っても生きられるほど愚鈍である。ただ地球上の一大陸が他の大陸を攻撃するために、月を前進基地にするなんて余計な手間を誰もかけるはずがないのに、地球上で生活に困った人達が火星に新天地を開拓するなんて出来もしない相談なのに、宇宙論にうつつを抜かすまで、ばかになる必要はない。

十一月十五日

小林秀雄、今日出海とゴルフ。「相模」十時スタート。

新聞小説を持ってると、ゴルフへ行く日は、早起きして、一回書かねばならぬ。ものを書く神経を、ゴルフをやる神経に切り替えるのがむずかしい。だからこの一年さっぱりだめだったが、小説が終りかけてから、当りが出て来た。なんのうれいもない今日は、特別にいい当りだった。

四六、四六、四六、という、僕としては珍しくコンスタントな当りで、相棒を完全にノックアウトした。

なによりうれしいのは、四百ヤードまでのホールなら大体セカンド・ショットでエッジまで来るようになったことだ。つまり悪くて五しかかからない（もっとも大抵その悪い方だったが）。やっとゴルフらしいゴルフになったのである。

他人はどうか知らないが、僕にとって、ゴルフの興味は、自分をコントロールする興味だ。長い棒をふり廻して、直径一寸ばかりの球を打つのだから、容易な業ではない。

身体は年のせいでなまっているし、我々の精神は到って欠陥の多いものだから、正しく身体を動かせないのではないかという怖れ、打ち損うのではないかという怖れ、などなど、球に向って我々の克服しなければならない敵は無数である。

筋肉だけではなく、精神もコントロールしなくてはならない。というところが魅力である。

しかしこれが少しかっこうがつくまで、僕は二年かかっている。それもどうやら筋肉の方をコントロールすることが出来たというだけ、或いは筋肉を動かす神経に、習慣的な系が出来上ったというだけのことらしい。

この頃になって、やっと時間の空費ではなかったかという気がして来ている。結局この二年間は逃避であった。なにから逃げていたか、自分では知っている。仕事の目標を失った空虚。使い道のない精力のはけ口、疲れを得る手段だった。

しかしこんなことはゴルフが当り出してから、考えるのである。夢中の時は、こうは行かない。

十一月十六日

ゴルフの疲れか、朝からうつらうつらしてすごす。按摩を取り、午前中仮眠。

昼の郵便で丸善から Patrick F. Quinn: The French Face of Edgar Poe が届いた。二カ月ばかり前、註文してあったものである。南イリノイ大学出版部、キン教授の何者であるかは知らないが、最近は各種の専門的研究は進歩しているから、丸々損をすることはあるまいという考えで、目録で註文してあったものだ。

直ちに寝床の中で読み出す。平板なアメリカの学者の筆だが、別にポーの伝記もある模様で、なかなかよく調べてある。ポーがアメリカより先にフランスで認められた理由として、ボードレールの翻訳が原文よりも明晰《めいせき》であったことなど、例をあげて説明してある。

マリ・ボナパルトの『エドガー・ポー』を今日まで現れたポーの評伝中、最良のものの一つとしているのは、わが意を得た。

ボナパルト女史はフロイトの弟子で、本はフロイディスムによる、ポーの生涯と作品の解釈である。アッシャー家を女体に、「湖」を子宮とする解釈は、承服できる人はいないだろう。しかし、キンも指摘しているように、ボナパルトはポーの作品の注意深い読者だった。

『ベレニス』の歯、アッシャー家の影を映した池が、どうしてそのエッセンスを吸い取ると考えられたか、などについて、彼女よりよく解釈を与えた者はいない。『モルグ街』の犯人が何故人間ではなくゴリラであり、何故被害者の一人が、頭を下にして煖炉に突込まれていたか——これらの探偵デュパンすら合理化することが出来なかった詳細に、意味を与えたのが、この初期フロイデヤンだったのである。

ポーの『渦巻』は僕の一番早い読書の中に入っていた（多分中学一年の頃だったと思う）。感銘は大きく、以来僕はずっとポーの影響裡にあったようだ。スタンダールを読み出してから、ほかを顧みるひまはなかったのだが、小説を書くようになってから、ポーの影響が出て来るのに、自分で驚いていたのだ。

僕がマリ・ボナパルトの本を読んだのは四年前アメリカにいた時で、偶然エール大学の図書館にあったからだが（ポーの研究書は二対一でフランス語が優勢だった）、僕は啓発されながら、戸惑いの恰好だった。

本は一九三三年の出版で、著者の使っている精神分析が機械的で幼稚なのは、僕にもわかった。それでも面白いことは面白いのが不安だったのだが、注意深い読者という指摘で安心したのである。キン教授は精神分析学の国アメリカの学者だから、安心してボナパルト女史の線で「ポーのフランス的相貌」を辿っているようだ。女史の本の九百頁に対して、これはたった三百頁だから、迫力において劣るのは止むを得ない。

それにしてもボードレールの翻訳の態度は立派である。My name is Arthur Golden Pym を Je m'appelle……とせず、Mon nom est……としたところなど、気に入った。これは二葉亭の立場だった。日本のポーの翻訳ももっと頭のいい人間がやりかえる必要がある。

「ポーには山師的なところもあったようだった」なんて解説附の、翻訳が流布しているのは歎かわしいことである。

良心的な訳は日夏耿之介《ひなつこうのすけ》先生の『ポー詩集』だけだが、研究が進まない頃の訳業だから、欠点が残ってるかもしれない。

午後一時、隣の大磯高校で講演。聴衆は百五十人ばかりの女生徒で、主に柳田國男先生の『桃太郎の誕生』について、一時間気持よく喋った。ただ、火の気のない控室が寒いなと思ったら、帰る途中からどんどん寒気がして来た。

三時、福田恆存来訪。奥さん同伴で九州から京都へ講演旅行して来た由。土産に生麩《なまふ》と千枚漬をくれた。

中村光夫の新作戯曲『人と狼』について語る。

大岡「よく出来たファルスだと思うけれど、少しセリフがおどりすぎやしないか。もう一丁、作意のはっきりしないとこがあるな」

福田「しかしこれは今そこらにある作品では、よほどいいものなんだよ」

大岡「それだけ戯曲界が下等だってことか」

福田「どうせ、そうでしょうよ。しかし僕は中村さんが戯曲を書いてくれたことがうれしいんだよ。淋しいからね」

大岡「ガンだと思われていた人間が、実際はガンじゃなかった。すぐ死ぬ人間扱いにされ、その間の周囲の人間の動きに絶望してガンでないとわかっても、自殺してしまう。――なにも自殺することはないじゃないか。中村が批評するとしたら、主人公はただの馬鹿にすぎません、というにきまってるんだ」（笑声）

福田「意地悪な見方だな」

大岡「我々の友情が悪意の上に成り立っているってのは、だれの説だっけ」

福田「それは表向きのことだけです。ほんとは善意なんだ」

寝床の中で『人と狼』を精読した。正直をいえば、まだ飛ばし読みしかしていなかったのだ。雑誌が来た時、すぐ読み出したのだが、最初の会話が「幕開き」として、間のびがしているようだったので、「中村は失敗したんじゃないか」と思って、あとが気の毒で読めなかったのである。

「作者の言葉」もまずい弁解をつけたものだと思った。処女作は黙って出すのが賢明である。読者が判断してくれる。

多分編輯部の註文でつけたのだろうが、断れなかったのは、やはり中村の几帳面さである。自分の作品が間違って取られやしないかという懸念は、批評を商売にしているだけに強いことわりである。『人と狼』の題にもその惧《おそ》れが出ている。

再読しても会話の筋を見失いがちである。諸人物があまり相手を見抜きすぎるのだ。

「ややこしい、言い方だね」

こういう台詞は、ほんとは相手を見抜いてない時の方が、効果があるのだ。『タルチュフ』に例がある。

みんな見抜き合ってる中で、主人公だけ他人が自分をガンと思ってることだけ見抜けないというのは、多分執着の喜劇だろうが、執着はいわば逆説的に、影としてしか現れていない。

しかし読み終って、僕はこの作品は隅々までよく注意が行き届いた、当節珍しい芸術品という結論に達した。シニシスムは大体アヌイのものだが、アヌイほど無意味に残酷ではない。時々人間中村が尻尾を出していて、それを出したり引っこめたりするのを、楽しんでいるようにも見える。これを書いた中村の気持は明るかったろうと思い、お目出度うといいたい気持だった。

十一月十七日

雨。やたらに寒い。明日は拙宅で「鉢の木会」がある。昼間は「相模」へ行って、こないだの当りをかためておきたいところだが、この分では天気の方がだめらしい。風もある。

それに風邪気味である。終日寝床で、うつらうつらする。やはり新聞小説の疲れが残ってるのかもしれない。とにかくあれは毎日三枚半ずつ、二百八十二日書いたのだ。とても自分のしたこととは思えない。

キンの本を読み終る。『ゴールドン・ピム』をポーの百科全書的傑作とすることに賛成だ。この本が日本で受けた運命は、フランス的なものだった。

僕の記憶に間違いがなければ、このポー唯一の長篇が翻訳されたのは、昭和になってからで、ちゃちな春陽堂文庫本である。英語の本は手に入りにくかったから、みんなボードレールの仏訳で読むほかはなかった。

『野火』の人間食いの細部は、この本からかりている。うろ覚えで換骨奪胎したが、よく考えて見ると、全部の構成も『ピム』によっていたのだ。主人公の受動性、彷徨、副人物が交替して出現消滅すること、それから最後の幻想。

これらのことは、五年前「野火の意図」について、弁解めいた文章を書いた時も、気がつかなかったことだった。ポーはもっとたしかめてみる必要がある。

夜中村より電話。明日の「鉢の木」、風邪にて来られない由。悪口が聞えたのかなときっとして、「お目出度う」をいうのを忘れた。

十一月十八日

依然として、外は寒く、こっちは風邪気味である。ゴルフへ行くのをやめたら、すぐ眠くなってしまった。

ボナパルトの『ポー』を出して来て、拾い読みする。パリの河岸の古本屋で買ってあったものだ。フロイディスムは依然として退屈だが、「風景＝母」「母のサークル」などは、やはり魅力的な着想だ。ユーレカの天体幻想を、「父との妥協の試み」としているのも諾《うなず》ける。

しかし結局フロイディスムは文学に適用するのは危険なことである。ボナパルト女史が、ポーの作品の見逃し勝ちな意味を教えてくれたことは感謝しなければならぬ。しかしそれはポーが自分の落ち込んだ性的な迷宮から、整然たる文体で表現したということとは、別の面の出来事なのだ。「昇華」がこういう場合、フロイディスムが好んで使う美辞麗句の一つだが、文学はそんなに美しいものでも、機械的なものでもない。

まず性的な無意識（或いは潜在意識、前意識、なんでも結構）があり、それに芸術家の「昇華作用」が加わって、芸術作品が生れる――この図式の機械的単純さは驚くべきものだ。

窃盗狂患者がなん度捕まっても、窃盗を繰り返すのが、性的衝動発現の一つの型であり、「犯意」とみることは出来ないと指摘したのは、前世紀末の性学者の功績であり、その結果或る種の狂人が監獄でなく、病院へ送られるようになったのは、慶賀すべきことだ。

しかしトーテミスムや文学について、まずいこじつけを繰り返すのは、余計のことだ。原始人も文士も狂人ではないからだ。

先頃大抵の小説より、症例の方が面白いといった心理学者がいた。たしかに今の雑誌小説の大半は、心理学者が「面白い」と選り出した症例よりは、面白くない。簡単な心理学的ケースをゆがめて、気取った嘘にしてることが多いのは事実である。

しかし「症状」というものは、元来面白がるためのものではあるまい。それが面白いのは心理学者にだけで、当人には切ない、やり切れないことにちがいないではないか。

小説家は無智だが、症状をただ面白がっているのではない。彼が誤るには、それ相当の理由があるので（偏見とか、コンプレックスとか、思い違いとか）、そこに面倒な表現の問題があるわけである。

かりに小説が「症例」の一つとしてそこにあるとしても、患者と共感する努力がなければ、医者は見抜くことも出来ないし、癒せもしない理窟である。

夜、「鉢の木」。吉川逸治《いつじ》は東京に急用が出来た。中村はやはり風邪がなおらず欠席。福田恆存、吉田健一の三人になった。やむを得ず中村を欠席裁判。しかるに吉田健一曰く、

「僕、読んでて、なんだか淋しい気持になって来た。人生って、こんなもんかなあと思って、やり切れない気がして来たなあ」

それならば大丈夫。読者或いは観衆と感情的な関係が成り立つなら万歳だ。夫の自殺をきいて妻は「そう」という。この呟きがよく響けば成功だろう。即ち祝って曰く、

「中村屋石に声あり新戯曲」

「心して聴け身に秋の風」と福田がつけた。「おれにゃかなわねえ」の意なる由。

以下略す。誰がいい出したのか知らないが、「鉢の木」には前衛連歌にいそしむ迷惑な癖があったが、中村の新作につき、我々の善意を記録に止めることが出来たのは倖せであった。

席上、在アメリカの三島由紀夫より「鉢の木」宛の手紙が披露される。彼の『近代能楽集』の一つが、ニューヨークで公演されることにきまり、一月まで帰らない由。これも目出度い便りである。日本人の新作が、外国で上演されるのは、はじめてだろう。

「そちらの様子は、雑誌を送つて貰つて、大体承知してゐます。中村さん、縄張りを荒さないで下さいよ。外国へ出て来てよかつたと思ひます。今頃日本にゐて、『よろめき座談会』に引つぱり出されるさまを思ふと、ぞつとします」

しかし一月になっても、彼は座談会や漫画からのがれることは出来ないだろう。身から出た錆《さび》というべきである。

十一月十九日

今日はP・G・Aの月例ゴルフが登戸である。天気はやっと恢復したが、風邪は恢復せず。微熱。気分すぐれぬ。とにかく疲れているのである。終日臥床。

井上靖『氷壁』と生沢朗《いくざわろう》『氷壁画集』がいっしょに届いた。夕方までに読み終る。

なるほど評判だけのことはある小説である。新聞は茶の間へ配達されるものだから、新聞小説は現実の表面をなでるほかはない、というのが僕の先入見だった。書き込めばわからなくなるし、ひろげればさしさわりが出て来るような気がしていたが、才能がある人はどこからでも主題を見つけて来るものだ。

書き出しの「理由のない恋」は『トリスタンとイズー』を感じさせられる。主人公魚津は山から帰った時の「人なつこい」気持の中で、友人の小坂とその恋人美那子に会う。彼は女から目を離すことが出来ない。

「相手が人妻であることで、魚津は多少落胆している自分を感じた。そしてその落胆の気持の中に、小坂という親しい友人の立場が全く無視されていることに気附くと、おれはどうかしているなと思った。自分だけが見た穂高の星の美しさが、まだその呪文を解いていないと思った」

小坂は美那子に捨てられようとしているところだった。四五日後穂高東壁の、魚津の目の前で小坂はスリップする。ザイルに手応えはない。小坂は谷に落ちる。

ザイルはなぜ切れたか。ナイロン・ザイルは果して切れるか。もし切れないなら、小坂が自分で切ったのだ。この場合自殺である。

魚津も自分の身体を守るために切ったのではないかと疑われる立場にある。彼は美那子に恋し、小坂の妹かをるは魚津に恋する。ザイルはなぜ切れたの疑問とからんで、劇は進行し、魚津は人妻美那子から逃れるためにかをると婚約し、穂高で死ぬ。

　これが外面の劇の輪郭だが、劇の下にもう一つの劇が隠されているのを感じる。それは魚津と小坂との友情の劇だ。

　筋の進行につれて「なぜザイルが切れたか」が問題になるごとに、魚津は切れたザイルを手に、友が谷へ落ちて行くのを見る瞬間に立ち帰ることを強いられる。

　挿絵はこの瞬間の魚津を色々な姿で描いている。待っていたかのように、挿絵は筋を離れて、瞬間の魚津の顔を、姿勢を大写しにする。

　これは万人の共感を呼ばずにはいない場面だし、この時生沢朗の筆は特に生き生きとしている。構図は魚津という特定の人物を離れて、普遍的なパセチックに達しているのである。友情のピエタである。

　魚津と小坂の友愛は、魚津とその上役常盤との親子的友愛と二重写しになっている。支店長と平社員の関係として少し異常だが、全然あり得ないことではなさそうである。常盤を描く作者の筆も、この親子関係に焦点をしぼられて、例えば彼の家庭生活は、妻がいるということが、一行示されているにすぎない。

　魚津は小坂の妹かをるへの愛情によって、美那子へのあてのない恋をあきらめようとする。理由のないことだ。もともと彼が美那子に惹かれたのは、小坂の恋人だからではないのか。二人の女は、小坂の影にすぎないからだ。小坂の死体を焼く場面で、かをるは当然背景に退いてしまう。

かをると婚約した魚津は、再び山登りを夢みる。二人の女の間に引き裂かれると錯覚した彼は、感情の平衡を失っている。無謀な前進の末、彼は落石に打たれて死ぬ。こうして彼は小坂と合致して一篇は終る。

これは美しい山と友情の物語で、姦通も純愛も添え物にすぎない。成功は、そのためではないだろうか。

雪山は登山家によって、郷愁に似た感情をもって、想起されるという意味で「母」であり、意地悪な危険な挑戦者としては、父である。しかし涸沢《からさわ》はたしかに女性的象徴である。落石にうずもれた死——これも自然への没入だ。

感情的原因は小坂にも働いていたと見做すのが正しい。登山という微妙な作業の途中、彼の心が恋愛のためでもなんでもいいが、混乱していれば、スリップすることも起る。その時、彼が現在にしがみつく執着が弱ければ、或いは落ちようと願っているならば、彼は落ちるのである。彼を待っているのは、フロイト流にいえば、永遠に母なる大地である。

夕刊でジラード判決を読む。執行猶予は軽いようだが、判決理由書が奇妙に文学的に活写している、射撃場内のアメリカ兵と、日本人弾拾いとの間の悪ふざけの習慣が事実なら、或いは相当のところかも知れない。

この元占領者と元被占領民のなれなれしさがないとすると、ジラードと結婚した日本娘の心理もわからないことになる。ただ遺族に対する慰藉料の金額は、少なすぎるようだ。アメリカ人の標準で払ってもらうといい。それからアメリカ兵はやはり早く国へ帰って貰わないと困る。

十一月二十日

風邪はやはり去らない。今日は『新潮』の「同人雑誌賞」の銓衡《せんこう》会だが、東京へ行く気がしない。こんなところへ流感につけこまれてはかなわない。

正午菅原君に電話して、意見を銓衡会に伝えてもらう。意見はずっと前からきまっている。

「乾いた土地」を推したいのだが、結びの「志乃はかちんと音をさせて、ガラス窓を閉めると、倒れかかるように松吉に近づいて行った」の一句が、許されないのではないかと思った。

この一句がなくても、二人が近親相姦の関係に入るのはわかっている。小説は道程を早く書いているのだから、沢山ではないか。近親相姦は閉された環境で時々起ることで、それを文学の対象にすること自身、異議はない。ただ表現はやはり社会的行為であるから、許される範囲で行うのが、正しいというのが、僕の考えだ。ポーは屍体破損？や近親相姦を、暗示する効果的な方法を考案したのである。

「子どもの火」と「闘牛」は同じくらいの出来で、どっちが当選しても、異存はない。

十一月二十二日

岩田豊雄、今日出海、横山泰三、松島雄一郎と「相模」でゴルフ。この前少し当ったのに気をよくして、大きなことをいったのは、全然誤りであった。ショットは荒れ放題、どう苦心しても直らなかった。肉体の問題について、理窟をこねたのは、間違いだった。

十二月九日

「保土ケ谷」で『日本』発刊祝賀ゴルフ。十八ホール・メダル、グロス九十六で優勝した。本邦の南に接して寒冷前線あり。アウトを四十四で終って、インにさしかかった頃、一天にわかにかき曇り、雷が鳴った。異兆である。動揺してここで七、八、七と叩き、危く優勝を逸するところだったが、ハンディが二十もあったので、助った。今年は十二月になってはじめて優勝したのである。

毎日の仕事を持っていたから駄目だったのだ。

十二月十日

「相模」で大磯ゴルフ会。二十七ホール・メダル、四十八、四十三、四十八、トータル百三十九で、またもや優勝した。大磯ゴルフ会は文壇ゴルフと違い、浅野、井上、小川さんなど、ハンディ十五ぐらいの若手が揃っているから、ここで優勝したのは、一段と気持がいい。僕はオフィシャルの八掛、十九である。

明日は平日会員のコンペッションがある。井上さんに出場をすすめられる。東京にオフィスを持っておられる方だが、試合だけ附合って下さる由。クラブのコンペッションは参加人員も多く、いわば他流試合である。僕の腕では柄じゃないと思って、これまで出たことはなかったのだが、この勢いだと可能性なきにしも非ず。明日七時半の上りに乗ることを約束して別れた。

夜、テレビを見ながらビール。漱石の『坊っちゃん』。テレビ劇はあまりいい出来ではないようだが、誰がやってもこれは楽しい芝居になる。

これは僕がたしか小学六年の時、生れて初めて読んだ大人の小説だった。河出版小説大系を出して来て読み出したら、ゴルフの疲れも眠気も吹っ飛んで、一気に読んでしまった。多分五十回目ぐらいの再読である。

なるほどこれは傑作である。徳川夢声がラジオだけでも、二十何回やったというのも、無理がないことである。あらゆる人間の中に「坊っちゃん」は住んでいる。或いは「坊っちゃん」を理想型とする心が住んでいるのである。

「親譲りの無鉄砲で、子供の時から損ばかりして居る」これは世の中の多くの失敗者——或いは自分でそう思っている人間の胸に、触れる言葉なのだ。

「若し近代の日本文学で典型的な日本人を描いた作品をと求められることがあれば、私はこの作品を挙げる。主人公の楽天性、その同情、その無邪気さ、そして他の人物にある日本的な薄汚なさ、みみっちさ、卑劣さ、弱小さ、豪傑ぶり、それは実に完全な日本の性格である」と伊藤整が解説に書いているが、全く同感だ。

少年の僕はこの本によって、大人がどんなものかということを知った。世の中へ出て見ると、少し違うこともあり、「坊っちゃん」みたいに暢気では、とても今日まで生き永らえることは出来なかったろうが、『坊っちゃん』を読み返すのは、僕にとっていつも最大の喜びだった。

僕一個人の思い出がからんでいるだけではなく、多分この明治末期の一地方都市における「坊っちゃん」の冒険には、我々を取り巻く日本的環境の、いわば永遠の縮図が示されているのだ。

「坊っちゃん」に敬意を表して、誌しておく。

十二月十一日

クラブ・コンペッションというものは、いいものである。みんな真剣だ。コースはまるで人がいないように静まり返っている。文壇ゴルフで宮田重雄なんかと、冗談口をたたきながら廻るのも愉快だが、どうもあれは邪道のようだ。

アウトは七番でアウバンを一つ、四十九にとどまった。

インは十六番まで五平均より二つ下だったが、ここのバンカーで四つたたいて八、十七番も六でボギー。

競技方法はトム・ストーンといって、ネット・パーで球が来たところへ、墓石のしるしに旗を立てるのである。十七番グリーン周辺に、夥《おびただ》しく旗の立つのを見る。同行の井上さんもここで標準打数を使い果した。僕はまだ通計九十二打、ハンディが二十四あるから、もう四つ打てるのである。

十八番のティーショットを右のバンカーに入れたが、金の六番で軽く出して、次のバッフィーがエッジまで飛んだ。ただし寄せを過って、十五呎《フィート》ピン・オーバー、そこへ旗を立てた。

十八番ホールには、クロス・バンカーのあたりに四、五本の旗を見るのみ、どうやら僕の旗が一番先に来ていそうである。一番のスタートできいてみるに、通り越して行った人はいないということだ。

クラブ・コンペッションでは、大体アンダー・パーでないと優勝出来ないものだが、平日会員はベントの本グリーンでプレイする機会はほとんどない。まるでよそのクラブでやってるみたいだから、スコアが平均して悪いらしい。

食堂で昼飯を食べていると、続々後続の組が上って来るのが見えるが、十八番グリーンまで到着する人はいない。みんな僕の名前を書いた旗を読み、首を振って上って来る。いい気持である。

顔見知りの人々に「お目出度う」をいわれる。井上さんは「優勝していたら、こんどの日曜、飲みに行きます」といって、東京のオフィスへ行かれた。しかし後続の組がいくつあるかわからない。決定発表は四時半だそうだが、いくら文士が時間に縛られない職業でも、三日つづけてゴルフをしていては、僕でも少しは用がたまってしまう。三時に家に二組約束を持っているので、優勝してたら、カップの受領は、知合いの方に頼んで帰って来た。


三時、『群像』の大久保君と松本君来る。新設の文学賞について、打ち合せのためである。小説、評論年一篇の賞、ただし小説の賞金十万円に対し、評論五万円と半額なのは、意味のないことである。

再考をうながす。これは他の銓衡委員とも相談して、是非平等にしなければならないと思う。小説百枚より、評論五十枚の方がむずかしいともいえるのだ。

もうひと組の予定の来客は、『新潮』の小島君と写真の田沼君である。「思索の場所」というグラビヤ写真だそうで、陽のあるうちにということなので、優勝の決定も聞かずに帰って来たのだが、四時になっても、四時半になっても、現れない。

四時半、相模へ電話してみると、僕が帰ったため問題が起きていた。僕の旗が一番先まで来ていたのは、たしかなのだが、十七番グリーンに立てた井上さんの旗に、アテストした僕のサインが、プレーヤーとも見える位置にあった。つまり第三者から見ると僕の旗が二本出て来たことになったのである。

「それは井上さんの誤記ですから、僕には関係しないと思いますがね」と抗議すれども、事務所の人は「カードが提出されていないので、それを立証する材料がないのです。いま競技委員の方に報告していますから、いずれ決定し次第、お知らせします」。

東京の井上さんのオフィスに電話して相談する。「それはおかしいですね。旗にアテストしてあるんだから、カードは要らないはずですよ」すぐクラブへ電話してくれる由。

僕が残ってさえいたら、こんなことにはならなかったのだ。カードが要るなら、すぐ提出も出来たのである。クラブの競技に優勝するなんて、またいつ来るかわからない。千載一遇のチャンスを逸したのは、ひとえに『新潮』の小島君のせいである。

二人は五時頃やっとやって来た。福田恆存が裏山の分譲地に登り、「ここを買いたいもんだ」と「思索」している写真を撮ったり、菊池重三郎さんの家へ寄ったりしていたのでおそくなったのである。僕は全然御機嫌が悪い。

「僕が考えるのは原稿用紙に向った時で、ほかの時はてんで考えないよ。僕はもうそろそろ五十だ。人生について今更思索することなんてないよ」

机の上の原稿用紙をにらみつけて、うろうろしている写真を四、五枚撮ってもらう。どうもこのグラビヤという奴も、損する時の方が多いものだ。ほんとはあまり気乗りがしないのだ。

先般「作家の二十四時」とかいう企画で、御愛嬌にパチンコ屋で写真を撮ったら、カッパ・ブックスの『小説家』に無断転載され、「パチンコに耽る堕落小説家」という説明がついていたのにはくさった。

ゴルフも一昨年、まだコースへ出ない前、海岸でドライヴァーを振ってるところを、参考のために撮って貰ったら、『週刊新潮』に僕のゴルフがゴシップの種になるごとに、その見ちゃいられない恰好が出るのである。

しかし雑誌が写真を撮りに来ると断ることは出来ない。編輯者は永年の知合いだし、そう偏屈を気取る根拠は、僕の生活のどこにもないからである。

しかし今日は特別だ。てんで御機嫌が悪いので、小島、田沼両君は用がすむと、倉皇《そうこう》として引き上げて行った。

自棄《やけ》ビールを飲んでいると、相模から電話がかかって来た。優勝は保留、競技委員会へかけることになったので、決定は四、五日先になる由。その時カードは提出してもらうことになるかもしれないから、保存しておいてほしいということである。カードが要るんなら、すぐ提出を求めるべきである。保存しておいてほしいなんて、中途半端ないい方だ。

まだおこっていると、七時、井上さんがオフィスの帰りに、わざわざ寄って下さったのは恐縮であった。ウイスキーを飲みながら、色々相談する。井上さんはカードが要るなら、自分のを洗面所の紙屑籠へ捨てたから探してくれといったのだが、カードは生憎、井上さんが旗を立てた十七番までしか書いてなく、無効に近いとのこと。

ゴルフは紳士の遊びだから、当人のいうことを信用するのが原則のはずだが、一方手続を間違いなく果すのもゴルフのうちであろう。井上さんと話しているうちに、僕の気持も収って来た。いくら用があっても、決定を待たずに帰ってしまったのは、それだけでも優勝の資格はないともいえる。わざわざ委員会を開いて貰うのは、気の毒である。事実上優勝なら、僕の虚栄心は十分満足させられているんだから、この際いさぎよく辞退してしまうことに相談一決。早速競技委員長の渡辺さんに電話する。

ただしハンディだけは上げていただきたいと願い出る。相模では今日出海が二十二、横山泰三が二十三を取っていて、彼等の下に札がかかっていることが、一番気になるところだった。幸いハンディは二十までは辞退出来るそうで、二十一にお願いして電話を切った。

井上さんとロンドンの思い出など色々話す。井上さんはコースでいっしょになるだけの仲だが、故井上準之助の令息で、流石《さすが》言語動作なんとなくおっとりしていて、甚だ気持がいい。

「やっぱり文士の方と、どっかちがうわね」とあとで家人がいった。

十二月十二日

「保土ケ谷」にて、P・G・Aの十二月例会。すでに実質的に三日連続優勝、四連勝の新記録を打ち樹てんと、はり切って、家を出た。

身体は疲れ切っているが、試合前の練習では、まだいい球が出た。しかしコースへ出ると、だんだんくずれ始めた。

疲れた体で、連日のフル・スウィングをするので、よろめくのである。アウトは五十二で、まあまあだったが、インに入っては、てんでクラブ・ヘッドが球に当らず、六十三と半年ぶりの崩れ方で、ビリになった。

試合後全員東京に集って、忘年会の予定である。優勝したらシャンパンを抜くつもりで、金を余分に用意して出たのだが、夢であった。一ラウンドで切り上げて、同じ思いの小林秀雄といっしょに、三時という時間に、まだ明るいコースを見棄てた。

十二月十三日

天城山《あまぎさん》の学習院生徒の心中について、論議盛んである。若い男女が前途を悲観して死んだのを自民党内閣のせいにする論者もいる。しかし僕の経験では人生嫌悪は第二のハシカみたいなものだ。保守党時代でなくても、大抵の思春期の男女は、自分がこれから入って行かなければならない大人の世界の門口でおびえるものである。

理窟づけはいかようになされようとも、彼等はみんな感情的理由で死ぬのである。犯罪型の人間がいるように自殺型の人間というものもいるもので、ほとんど生得といってもよい。しかしそれが実行に移されるかどうかは、大抵偶然の事件の組み合せにかかっている。新聞や週刊誌が誇大に扱わないのが望ましい。

天城山以来、各地の小心中事件が洩らさず報道される傾向にあるのは遺憾である。僕が自殺型であるのは自分で知っている。十八歳の頃は、人生はたしかに生きるに値しないと確信し、自分を生んでくれた両親を怨んでいた。

しかし半年ばかり自殺のことばかり考えていたのは、丁度芥川龍之介が自殺して、新聞雑誌に記事が出通しだったからである。自殺流行の防止手段は、大人が講じてやらなければならないはずだ。

平塚の映画館へ『地上』を見に行く。映画は僕のような外へ出るのはゴルフ場だけという人間には、ほとんど見る機会がない。先般今日出海の附合いで『戦場にかける橋』の試写を見て以来である。

色は僕の見た限りでは、外国映画よりは、すぐれているように思われた。微妙な色調を見つける日本人の眼は、自慢する値打がある。

しかし大正の地方の兵隊に第一礼装を着せ、田舎芸者に現代風の幾何学的デザインの着物を着せ、現代の陶器工場の作業を丁寧に写すのは、どういう神経なのか。

日本映画の国際進出も結構だが、こう観光的に整頓された画面ばかり見させられるのは、日本人には馬鹿馬鹿しい。ツーリスムは世界的風潮だし、為替管理でロイヤリティが凍結されている今日、輸出のチャンスをねらうのは経営上の必要だろうが、それはまあ国際的合作映画に限るということにして貰えないものか。

劇は平凡である。大正のベストセラーの古さは、吉村公三郎の才腕をもってしても、箸にも棒にもかからなかったのである。

僕がこれを見に行ったのは、文学史的興味からである。僕が小説を読み出した大正十二、三年頃には、島田清次郎はもうスキャンダルに捲き込まれていて、文学的偶像ではなくなっていた。中学の友人にひどく感心しているのがいたので、借りて読みかけたが、当時でもおわりまで読むことは出来なかった。

しかしこの頃中原中也の伝記を調べていて、彼の文学志望に『地上』の成功が刺戟として働いているのではないかという疑いが生じた。

宮沢賢治の一九二一年（大正十年）の上京の動機に、『地上』の影響を指摘したのは、中村稔である（ユリイカ版『宮沢賢治』）。年譜にあるように、「昼は筆耕、校正等を働き、夜は田中智学《ちがく》氏の国柱会に奉仕し、時には街頭布教をなし」しかも「創作欲最も旺盛、或る月は三千枚も書く」ことは、肉体的に不可能であると、中村君は指摘する。

『地上』は中学四年生の僕に、読むに堪えなかったのだが、その二年前には蘆花の『思出の記』に泣き、有島武郎の『カインの末裔』にも倉田百三の『出家とその弟子』にも感激した。僕の場合こういう素朴な感動は、主として漱石や龍之介を耽読することによって圧殺されたのだ。

失われた青春を歎くにはあたらないが、中原中也の生涯がよくわからないのでは困る。僕が二十歳頃影響された人物の伝記を書くのは、自分自身の伝記を書くことにほかならない。五十にもなって、自分がわからないので、困っているのである。

中原は自分を世界最大の詩人の一人と信じ、他人がそう思わないのに不服だった。彼はそこで世間の方が間違っているのだと考えた。世間か中原か、どっちかが間違っているのにきまっているから、この論理が間違っている確率は二分の一である。そして青春というものは、いつも自分が正しいという方へ賭けるものだ。若者が自殺し、コンミュニスムが小児病と結びつくのは、いつでもこういう感情的根拠からだ。

島田清次郎は文学で、「我れ世に勝てり」と思っていたところ、簡単なスキャンダルが彼を葬るに十分だった。彼が最初から世間体の中で泳いでいた罰である。文学という手段が珍しいだけで、ここにあるのは、旧態依然たる出世主義だからである。
出世主義は社会に受け容れられるのを目標にしているから、社会が間違っているなんていいはしない。社会の不当を鳴らすのは、表向きだけである。妥協の一手段として、反抗するのは、子供の通癖である。蘆花も武郎も百三もみんなほんとうは妥協主義者なのである。ただ彼等の文学が、文壇の主流からは無視されながら、ひそかに若者に影響を与えていたことは無視出来ない。少くとも大正末期、中原中也が詩を一生の仕事とすることにきめた頃の、文学的雰囲気は、心境小説の終焉、新感覚派の擡頭という図式では、理解出来ないのだ。

青春文学は多分透谷のロマンチシズムから、独歩、蘆花、明治末の社会主義を通り、『死線を越えて』『地上』『出家とその弟子』など大正のベストセラーに続いているので、浅学にして、系譜を辿ることは出来ないが、真面目な研究家の手によって、明らかにされるのが望まれる。

石丸梧平《ごへい》、江原小弥太など大正末の宗教小説も多分同じ系統に入るだろう。昭和になっては、初期プロレタリヤ小説と『綿』『煉瓦女工』など弁証法的創作方法時代の小型作品だ。当時の青春は恐らくプロレタリヤ小説にしか、素朴な表現を見出せなかったのだ。

戦争中の青春小説が、『オリンポスの果実』一篇だったのは、スポーツにしか青春のはけ口はなかったからだ。戦後生れた『死の影の下に』『ある晴れた日に』『風土』の感傷主義は、戦争中の抑圧の回想で、青春を逆説的に証明しようとした点で、転向文学と同じく非力なものだから、（つまり過去に向いていたので）スポーツマン石原慎太郎と姦通少女原田康子に、流行をさらわれた。

今のうちに大正以来の文学史を書き替えておかないと、ますますわかりにくくなるのではないだろうか。

映画のかえり、新版『地上』を買って帰ったが、やはり読めない。

「得も知らぬ感激が彼のうちに高まって来た。ふと彼が『あやしい』気になって下を見下したとき、彼は威厳のある深い力に充ちた少女の瞳を見出した。先刻から彼を視つめてゐたその瞳は、彼の認識を認め感じて、暫くたじろいだが、再び燃え立ち彼を襲ふのであった」

オナニストの文体だが、どうも人間は誰でもここから文学をはじめるものらしい。今でも夥しい同人雑誌の小説が、似たような文体で書かれている。

十二月十四日

少し寒い。夜は鎌倉の吉川逸治の家で「鉢の木」があるので、午後から新設の茅ケ崎ゴルフ・クラブに出掛ける。九ホールだが、なかなかいいレイ・アウトだ。オーヴァー・ゴルフで、まだ腰がふらふらするが、気をつけて、少しよろめきを直すことが出来た。

「鉢の木」は福田恆存欠席、前夜暖冬に油断して、オーバーなしで、湯河原へ行き、そのまま十国峠《じっこく》へ上って、風邪を引いた由、相変らずの突貫小僧である。

吉田健一が『日本について』で、新潮社文学賞を取ったが、お祝いはしないぞと申渡す。中村が『人と狼』で、福田恆存が『一度は考へておくべき事』で、読売文学賞を取りそうな形勢なので、いちいちお祝品を買っていては、破産してしまうのである。「鉢の木」の仲間の、受賞と外遊は一切祝わないことを決議した。

それにしても中村の顔がすっかりおだやかになったのに驚いた。『地上』論を一席打つと、大体賛成してくれた。

「君はほんとは批評家かも知れないね」

批評家で悪うござんした。そして自分は戯曲家のつもりなんだろう。まったく人間なんて勝手なものである。これまで僕が自分の書いたもののことを喋るのに、散々文句をつけながら、一つ芝居が出来たと思ったら、喋るのは自分のことばかりである。

しかし人相はほんとに円満になったんだから、作品を書くのは、やはりいいことなのだ。

十二月十五日

文藝春秋新社の忘年会で熱海行。例年のごとし。明日は有志で朝八時伊東へ出発、ゴルフの予定だから、九時半就寝。

十二月十六日

伊東国際コースまで、バスで行く。丹羽文雄、生沢朗、宮田重雄等々。バス嬢の案内にて、伊東祐親《すけちか》の墓のあり場所を知る。川奈の漁師が、岩屋に日蓮上人をかくまったのを知る。これまで何十度か伊東川奈へ来ながら、これくらいのことを知ろうとしなかったんだから、ゴルフぼけである。

伊東国際コースは火口湖一碧《いっぺき》湖の北の高原にあり、富士、天城を見晴して、いい眺めである。当りは依然としてだめだったが、インは少し恢復して連続五ホール、パーで突破、六等にもぐり込んだ。優勝、生沢朗。

十二月十七日

雨。平塚の映画館で『雌花』を見る。日活映画、阿部豊監督。自分の作品の映画化というのはやり切れないものだ。原作料は大きいし、何百万人の人の眼に触れるのは虚栄心に快いが、映像はどうせこっちの考えているものと一致しっこないから、見るのは辛いのである。『武蔵野夫人』の時は原作につきすぎていて辛かったから、こんどは拙作にかまわずに勝手にやって貰いたいとわざわざ阿部さんに頼んだのである。脚本は飛んでもない方へそれているようだが、僕はまあ満足である。主人公のデザイナーが有閑夫人を誘惑するのが、金のためということになっているのに、さばさばした。

結婚を目標とする恋愛は、大抵は金のためと考えることが出来るのだ。『武蔵野夫人』の勉君の純愛だって、道子の財産のことが、一瞬も考慮に入らなかったなんて、思ってもらうわけには行かない。

作者はそんなことは書かないし、実際そんな下心はないつもりだ。しかし「ほんとうはそうなんじゃあるまいか」と思うのは読者の自由で、作者にその自由を妨げる手段はないのだ。強弁すればうたがいは深くなるばかりだ。

『パルムの僧院』のような傑作でも、無垢なファブリスは結局はうまくやっているんだから、『赤と黒』のジュリヤンと同じ出世主義者と考える研究家だっている。

『雌花』は例によって、主題分裂の失敗作である。最初の考えでは、デザイナーと有閑夫人の関係は同性愛のつもりだった。デザイナーは男だから、本物ではないが、シスター・ボーイ流行の世の中だし、女の着物なんかいじっている男なら、フェチシズムで当然女性化しているはずだから、恋愛は男の女性的部分が、女の同性愛傾向に気に入って、姦通が成立すると考えた（彼女は夫を恐怖している）。

ところでカッター里子も同じ傾向からデザイナーに惹かれているのだが、本物のレスビアンたる有閑夫人に会うと、その方の魅力が強い。有閑夫人の恋人だから惹かれるのだと考える。しかし結局は愛より憎しみの方が強く、デザイナーを殺す。これが『雌花』という題の意味だった。

この主題はどの本でも読んだことはないから、書くに値すると思っていたのが、連載をはじめてみると、自分が女性の同性愛について、何も知らないことに気がついた。少しぐらい参考書を集めても無駄である。知らないことに妄想をたくましゅうするほど、僕は悪趣味ではない。デザイナーは殺されるにふさわしい奴だから、少年を登場させて、天罰を下してケリをつけたまでである。これは元来ほかの小説に考えてあった筋だった。

書き出してから、主題が分裂するのは僕の癖で、僕の作品は全部失敗作なのである。元来小説なんて書く柄でないことは、自分でよく知っている。

ただ僕がやっておけば、次の人は失敗しないですむだろうから、参考までに失敗作をお目にかけているまでなのだ。


家へ帰ったら、「相模」から「従来の慣習を尊重して」僕を優勝者とする由、手紙が届いていた。やっぱり実質優勝より正式優勝の方がうれしい。

テレビで『坊っちゃん』。少し引き延しにかかってる気配で、だらけ気味である。坊ちゃんになる若手は柄にはまっているが、山嵐がだめだ。赤シャツがイギリスの下男みたいなかっこうをしているのはどういうわけだ。『坊っちゃん』再考。これは漱石の青春文学だが、発想は『地上』とはちがうようだ。これは計算されたアンファンティリスムである。

諷刺がスイフトに似ているのは表面だけで、実質はディケンズやサッカレーのヴィクトリヤ朝文学である。『猫』の成功で、何が人に喜ばれるかを知ったのだ。自信がなければ、ひと月に二百枚は書けない。

坊ちゃんは両親から愛されず、兄とは財産を分けた日以来、会っていないことになってるが、これは普通の家庭では考えられないことである。天涯孤独の架空の英雄である。何が読者に喜ばれるかを探して、漱石は複雑な人間関係に入って行ったので、典型的な新聞小説作家だったのだ。

女ははっきり描くと差障りがあるから、美禰子や那美さんのような「謎の女」しか描かなかった。『明暗』のお延やお秀は男である。

『坊っちゃん』や『猫』に対置されて、辛うじて意味を持つだけの空疎な人物群なのである。『行人』の兄や『心』の先生は、坊ちゃんに思想らしいものを附け加えただけで、全くの子供ではないか。

十二月二十三日

「相模」で「吹きだまり」ゴルフ会。獅子文六、宮田重雄、益田義信、小林秀雄、今日出海など、グロス百近辺に吹きだまったと自認する連中が、スクラッチで争う。スポンサー、角川書店。

当りがとまったのはわかっているから、無理はしないで、ヘッドだけポンポン当てるようにしていたら、九十六で軽く優勝した。

ゴルフ・マガジン社寄贈のカップ、副賞、皆勤賞などなど、賞と名のつくものはみんな貰い、クラブ月例の極月杯といっしょにタクシーに積んで凱旋した。わが生涯最良の日であった。

昭和三十三年一月七日

右腕が痛い。暮から正月にかけて、連日ゴルフの罰である。

昨日、今日出海と相模を廻ってるうちに、下膊《かはく》内側の筋肉が痛くなって来た。ホーガン理論に従い、右の中指と薬指をしめて、内側の筋肉に力が入るようにしていたら、そこが過労になったのである。

一ラウンドしたら、パットをしても、ひびくようになったから、勘弁してくれといったのだが、今日出海はこの日珍しく当っていて、「まあいいじゃないか。にげる気か」と一向に無関心である。止むを得ず、もう半ラウンド附き合って、風呂へ入った時は、桶が持ち上らなくなっていた。

家へ帰ってよく見ると、手首から肱へかけて、むくんだようになり、色が変っている。取り敢えず、エキホスで湿布して寝たが、今日になっても、はれは引かない。この日記をつけるのも、少し辛い仕事になっているのである。

近所の整形外科の先生に来て貰ったら、肉ばなれだということである。つまり下膊内側の何とか筋というのが、肱の関節にとっつくところで、炎症を起しているのである。

先月の三日から昨日まで晴天続きで、三十五日の間に二十日ゴルフをやった。レコードだといい気になったが、齢は争われない。筋肉の方が参ってしまったのである。医者に見せると一週間は駄目だろうということだった。

去年から借りになっている『あまカラ』に原稿三枚。ヤガラについて書く。大磯の漁船が伊豆の方で獲って来る細長い魚で、チリにするとうまい。

一月八日

天気は相変らずいいが、腕は相変らず痛い。ゴルフへ行けないのは残念なような気もするが、たまにはこれもいいだろう。実のところ、朝起きて、空は青く、枯芝に陽が当ってるのを見、それじゃ今日もゴルフに出掛けなければならないと思うのが、少し苦痛になって来たところだった。肉ばなれになってしまえば、ゴルフなんて人工衛星と同じで、こちとらとはなんの関係もないことだ。あきらめがつく。一種解放の喜びである。

『芸術新潮』原稿二枚。LPに関聯して、アレック・ギネスの芝居について書く。先達『戦場にかける橋』で、何とか賞をもらった役者だが、わけはわからなくても、大変耳に快い英語を喋る。わが国に聞き惚れるようなセリフをいう役者がいないのに気がつく。新劇だけではない、歌舞伎だって、そうなのだ。狂言の方に少しいるだけである。

家にいれば、やはり疲れた身体になっているのである。午後は寝床へ入って、仮眠。ハヤカワ・ミステリーのウールリッチ『黒衣の花嫁』を、平塚の本屋から取って読む。『喪服のランデヴー』と同工異曲。探偵小説も殺人の動機に困って、近頃は復讐譚が多くなった。『野獣死すべし』『プレード街の殺人』みな然り。読者が進歩して、金や痴情の動機はすぐ見抜かれてしまう。復讐は動機としては単純だが、怨恨には殆ど無限の個人差があり、新しい小説の発明の余地があるわけだ。

復讐される方では、何故害を受けるのかわからない。『プレード街』は無実の罪で刑せられた人間が出獄して、十二人の陪審員を一人ずつ殺して行く話である。『喪服』『花嫁』は、事故で死んだ人間の恋人が、事故を起した無辜《むこ》の人を殺戮《さつりく》する。

犯人は従って狂人だが、復讐は同情を惹く動機である。司直の眼をくぐって、次々と困難な仕事を続ける犯人は、一種の超人である。犠牲者の恐怖は、サヂコ・マゾヒスチックな筆で細叙される。ウールリッチのセンチメンタリスムが流行の原因らしいが、これはやはり衰弱した小説だろう。

十八世紀末イギリスの恐怖小説は、リチャードスン、フィールディングの市民小説の頽《たい》廃《はい》の結果現れたと僕は了解している。十九世紀のレアリスムは、事実との一致という、大変小説的でない理想を立てることによって、こういう架空性から脱却したところに功績があったはずなのだが、スチブンスンあたりから理想は再び失われたらしい。読者の怠惰と商業的ジャーナリズムのせいで、よき時間潰ししか要求されていないのが現状である。

アメリカではウールリッチ流の本格小説めいた探偵小説が殖えたのが、去年から今年へかけての趨勢だそうである。探偵小説が普通の小説に向上しようとしてるのか、普通の小説が探偵小説まで低下してしまったのか、多分その両方だろう。どっちにしてもいい気晴らしを作ることが、一番金がもうかる仕事になってるのは、たしからしい。

グレアム・グリーンはエンターテイメントと称して探偵小説を書き、ニコラス・ブレイクと詩人ルイスは同一人なる由。高級なことのように考えたがる人もいるようだが、無論これはルイスの詩やグリーンの真面目な小説が、それだけよいという保証にはならない。才能とはいいものを書けるだけではなく、つまらないものが書けないということにあるかもしれないではないか。

一月九日

腕は夜の蒲団の重さに、痛みを感じなくなったという程度に恢復した。『旅』の岡田喜秋さんから電話。大磯附近の地誌を書く約束をしてあった、その催促である。

大磯に住むようになってから、足掛け五年。大磯町の東を限る花水川《はなみず》を遡って秦野《はだの》へ入り、西行して松田へ抜け、尾崎一雄の住む下曽我《しもそが》を経て、国府津《こうづ》へ出る。大磯地塊一周の旅行は一度やってみたいと思っていた。

大磯のこゆるぎ浜は万葉時代からの歌枕だが、街道が海岸を通るようになったのは近古に属し、古くは足柄峠から秦野、伊勢原、厚木の内陸を通って府中に到るのが本道であったと了解している。

秦野盆地から二宮へ向う二つの川が、大磯地塊を貫いて典型的な風谷を作っていて、その谷を北上するのも、僕の地理的夢である。

遺憾ながら三年前ゴルフにつかまってからは、球を打たずに、自然の中を行くという習慣を失ってしまった。肉ばなれを機会に、是非実現させたいのだが、今日明日ではあまりに急である。

今年はひまな正月だったから、一挙に方々の随筆の借りを払ってしまうつもりだったが、この原稿は少し手間がかかるので、事情を説明して、ひと月の猶予を願う。岡田さんは快く承知して下さった。

夕刊で「二俣事件」無罪確定の報を読む。「八海事件」といい、この事件といい、昭和二十五、六年頃の日本の裁判はどうかしていた。最高裁が盛んに差戻しをやるのはいい傾向だが、気になることが一つある、被告の数からいっても、政治的背景からいっても、問題なく大きい「松川事件」だ。小さな虫を助けて、大きな虫を殺すつもりでないか、という予感がないでもない。

三権分立の今日、いくら内閣がインチキでも、裁判は別と確信はしていても、こう世にも珍しい物語ばかり見せられつけていると、こっちも頭が変になって来る。杞憂に終ることを祈る。

一月十日

三島由紀夫が明日羽田着の飛行機で着く由、福田恆存から連絡があった。腕は大分いいが、電車の中で、人にぶっつかられたりしてはかなわないので、出迎えは勘弁して貰うことにする。

去年の六月発って行った時は、僕は肋骨を折って送りに行けず、こんどは肉ばなれで迎えに行けない。その間、東雲《しののめ》で隣りのホールから飛んで来た球が向う脛《ずね》にぶつかって皮下出血を起し、五日ばかりびっこ引いてたことがある。暮には茅ケ崎で文春の上林《かんばやし》吾郎《ごろう》にゴルフの手解きをしていて、ドライヴァーで、頭をぶんなぐられた。

スタートを待って、二人で一番のティーグラウンドに立っていたところ、せっかちの上林のいきなり振った奴が、こめかみに当ったのである。力を抜いた練習スイングだったのが、不幸中の倖せである。それでももし眼に当っていたら、軽くつぶれていた。万一力一杯ふられていたら、命はなかったろう。

十年前フィリピン以来の命拾いで、いまだに時々思い出して、ぞっとしている。よほど怪我っぽい男に出来上っているのである。

夜、テレビ・ニュースで傷痍軍人大会の実況を見る。労働争議なみに首相官邸前で検束《けんそく》される者も出ている。軍人恩給の増額反対、そんな金があるんなら、傷痍年金を増額せよというのである。これは当然の要求だろう。

戦争不具者の全部に満足な給与を与えるなど、余裕のある国家は世界中にないが、汚職軍人共に泥棒に追銭的な恩給をやるよりは、電車中の物乞傷痍軍人を無くするのが先決問題である。

しかし煽動者がスローガン通り軍人恩給増額に反対なのかどうか、明らかでない。そっちを上げるなら、こっちも上げろというのが、見当ではあるまいか。

テレビの画面には「傷い軍人大会」の字が現れる。相変らずの制限漢字の不便さである。いつになったら終るのか。

一方高校三年のうちの子供が、目下勉強しているのは、「難読語」という新発明品である。齷齪、恵方、晩稲、色代等々、うっかりするとこっちも読み損いそうな漢字が千二百ばかり並んでいる。

これまで子供が習得したのは、制限漢字だけなのだが、こいつを仕入れないと、大学の受験がかなわぬのである。子供は無論丸暗記している。

英語も僕が三十五年前にやったのと同じ種類の難問が並んでいるのに一驚した。こんなバカな英語を使う人間は、世界中どこにもいない。十八世紀以来の気取り屋、偉がり屋、もったいぶり屋が残した悪文の見本である。

何の必要があって、現代の日本の子供が、こんなものを学習しなければならないのか。試験問題がクイズ化したからだ。低能な試験官が古い問題集を図書館で写して来ただけなのだ。

難問が関門として必要なら、中学校から徐々に子供の頭を準備すべきである。勉強は頭の訓練になるし、いやなことをすることに馴れるのは、子供の将来のためである。一夜漬けの難問処理法を覚えることこそ、有害なのだ。

一月十二日

曇っていて、大分寒い。肉ばなれしているうちに、秦野へ行って来ようと思っているのだが、どうやら暖冬はおしまいらしい。

寝床から出る気がせず、相撲の放送が始まるまで、うつらうつらして過す。

文芸雑誌が到着しはじめる。今月の『文学界』は「現代詩の展望」を特集している。若い詩人十人の作品に、若い評論家の論文。山本健吉、中村真一郎、安西均、鮎川信夫、嵯峨信之諸氏の座談会「現代詩のわからなさ」、それからアンケート「詩人に望む」七氏。

通読して、現代における詩作のむずかしさが感じられた。このむずかしさに比べれば、読者の側のわからなさなど問題でないと思われる。わかろうと努力しない人間は、縁なき衆生である。わからす仕事は小説とかラジオとかテレビに任せておけばいいのである。

アンケートでは亀井勝一郎の意見が正しい。

「言葉は時代とともに変化し、また乱れるものだ。……旧漢字、旧かな、当用漢字、新かな、英語、日本語化した英語、方言、俗語、略字など、少くとも九種類に通じてゐなければ、現代で用をたすことは出来ない。現代日本語は大きく変貌し、或は一種の壊滅を辿りつゝあると云つてもいいだらう。国民の胸底にひゞいてゆく共通語といふものはない。私は焦慮してゐる。絶望的に思ふこともある。詩人が真先にこれを味つてゐるにちがひない。……まづ日本語とは何か、それを考へ、まづ日本語でものを書くことから始めようではないか」

言葉は雨や風同様、人間の力ではどうにもならない自然力みたいなものではないだろうか。屋根を造り、防風林を植えるのが、多分我々に出来る唯一のことである（国語改革なんて運河を掘って、混乱を増大するやからに呪いあれ）。

詩人が害を一番受け易いのは、仕事の性質上、妥協が許されないからだ。小説の文章は事実とつながっているから、それによりかかることが出来る。その事実の変遷によって、害を受けるだけだが、詩は言葉だけが頼りだ。

噴火して　裁いたあとというものは
山姥のようにそくそくと寂しいので

山姥は大抵金太郎を連れていると僕は理解しているが、大正十五年生れのこの女流詩人は、そうは思っていないらしい。「噴火して　裁く」は痴話喧嘩の、新聞小説的美化にすぎない。「そくそくと」は耳馴れないが、「寂しい」と続くと、一種の感じがある。この辺に詩人の創造がありそうだ。

生れた時、まわりは星で一杯だった。それなのに俺は気違いにならなかった。

「それなのに」の意味するところは遂に理解することが出来ない。アイロニイらしいとわかるだけである。昭和以来この種の語法は進歩しているが、アイロニイは機械的になる傾向がある。これは詩人が言葉に引きずられた例である。

ビルとビルの間からのぞく空は
道の幅ほどもなく狭い

現代は変形レンズが発達していて、この一行でも僕が思い浮べるのは、週刊誌のグラビヤ写真である。してみると詩人は、言葉の混乱だけではなく、現代の文明の利器が生み出す、あらゆる詐術を敵として持っているわけである。芸術が手段自身の中で、解決が見つからないというのは不便なことだが、多分芸術は石器時代の洞穴以来我々の生活全体との関聯の中で生きて来たのである。詩人はみんな真面目だが、そこの兼合いがむずかしいのである。

一月十三日

「相模」で「吹きだまり」の月例会がある。腕はまだ痛いが、右手を使わないでゴルフが出来るものかどうか、ためしに出掛けて見た。

寒気ややゆるみ、無風。まず上々のゴルフ日和である。棒が球に当る瞬間、右手を離すという曲芸みたいな打ち方でも、九十八で案外スコアがまとまった。しかし片手で優勝というわけにには行かなかった。

時々右手が入ってしまって、ショックを受ける。下膊を気にしていたら、上膊の方が痛んで来た。やはりゴルフは当分駄目だということがわかった。

夕刊でフィリピン派遣遺骨収集船「銀河丸」の寄港地に、かつての駐屯地サンホセが含まれているのを知る。ショックであった。

晩酌のビールで酔払って行くうちに、いつの間にか、家族に向い、

「お父ちゃんもフィリピンへ行って来るぞ」

と呶鳴《どな》っている自分の声を聞く。

「銀河丸」出帆は二十日で、もう乗組みは頼んでも間に合いそうになく、また三千噸《トン》の練習船に二カ月乗っている暇はなく、身体も持ちそうもないが、二月二十八日の予定という

サンホセ慰霊祭には、立ち会いたい望み切なるものがある。

米軍はミンドロ島サンホセに立派な軍用飛行場を作ったから、飛行機が着くはずである。マニラまで旅客機で行けば、なんとか民間機をハイヤーすることは出来そうだ。金は新潮社からでも、中央公論からでも借りて行こう。明日は吉田健一の家で「鉢の木会」があり、どうせ東京へ出る。

どっかの新聞社で、収集団本部のアドレスを聞かねばならぬ。外務省へ行き、旅券が下りるかどうか、聞いてみよう。うまく行くかどうかわからないが、とにかくやってみよう。サンホセで死んだ友達をどこへ埋めたか、僕は知っているつもりである。何故俺にきいてくれないんだ。「銀河丸」があんなつまらない戦場へ寄ってくれるなんて、こっちは考えもしなかったんだ。

サンホセの地面にぶっ倒れて、わあわあ泣いてみたいんだ。あそこで俺達がじっと我慢していたことを、知っている奴がいたら、お目にかかる。あれはどうしても人に伝えられないことなんだ。自分だって忘れてるかもしれない。あれを思い出すには、身体ごとあそこへもう一度行ってみるより方途がないのだ。

酔いが廻るほどに、われとわが考えに興奮し、ゴルフの疲れも出て、寝床へ入り、蒲団のへりで涙を拭いて、寝てしまった。

一月十四日

目を覚して、雨の音を聞き、また寒気が帰って来たのを知ると、昨夜は結局酔払っていたのだということに気がついた。フィリピン行はどう考えても実現の可能性はない。かりにマニラまで行くことが出来たとして、それから一人でサンホセまでは、警察の保護がなければ、行けそうもない。よし行けたところで、形式的な慰霊祭に不愉快な思いをするのが、落ちだろう。

どうしても出来ないということは、僕のこれまでの生涯にも、いくらもあったことである。サンホセへ行く機会は、こん度をにがしては、もうありそうもないのだが、これもそういう出来ないことの一つだとあきらめることにした。

四時すぎ、福田といっしょに、東京へ向う。三島の歓迎会をかねていて、「鉢の木」全員集合。三島相変らず元気にて、もととなんのかわりもなし。マドリッドで買ったという、ゴヤの銅板画の複製を一枚ずつお土産にくれた。

ニューヨークの芝居は、なかなか予定通り行かないので、とにかく一応帰って来た由。再演『鹿鳴館』のステージで挨拶に間に合うように、大急ぎでヨーロッパを廻って来たというのだから、律儀な男である。

またもや律儀に書き始めるだろうから、暫く静かだった文壇も、さぞうるさくなることだろう。

一月十五日

田島博訳テネシー・ウイリアムズ『やけたトタン屋根の上の猫』を読む。なかなか喋りよさそうな訳である。癌になった地主の遺産をめぐって、家庭内のいざこざ。ちょっと中村の『人と狼』に似ているが、人物の扱いは、この方はずっと抒情的である。

諸人物の性格、動作について、小説みたいに克明なト書が入っていて、芝居を見なくたって、本を読んだだけでも、舞台は大体ほうふつ出来る。それに六頁の作者の前書までついている。作者は自分のいいたいことは、十二分にいい尽している。

なるほど戯曲には、こういう発表の仕方もあるものだ。これなら下手な小説でくどく描写するより、責任はないし、ずっと経済的な発表形式である。ウイリアムズの戯曲だけ、ポケット・ブックになっているそうだが理由のあることだ。

『欲望という名の電車』は、数年前映画で見ただけ。本も読みたくなった。平塚の本屋に、いま翻訳の出ているウイリアムズのものを全部註文した。

一月十六日

『ガラスの動物園』『欲望という名の電車』『バラの刺青』読了。日に三冊も読めるとは、経済的である。

成功の理由もほぼ推測出来る。芝居は南部を舞台としているが、これはニューヨークの観客には、まげ物みたいなものだろう。『バラの刺青』のような家庭は、いくらデルタ地方でも現代のアメリカにはありそうもない。だからどんな奇妙キテレツな性慾劇が演じられても、観客は安心して見ているんだろうと思われる。

抒情的といわれているが、これは詩ではなく、「詩らしきもの」である。現代日本の観客が、浄瑠璃劇に感じる詩情といった種類のものだ。

台詞は諸人物の魂の声という風に書かれているから、解説者が現代の新劇俳優には出来まいといっているのはもっともである。むしろ「落し」とか「きまる」とかをよく知っている、歌舞伎役者に向きそうだ。

「魂の声」といっても、人間の魂が言葉を出すわけはないから、無論作者の説明である。それが魂の声らしく聞えるのは、多分、牧師の説教の調子を取っているからだろう。

キリスト教社会では、一番人が集まるところは教会である。劇場はいつも教会から、聴衆を奪おうと心掛けていたわけで、反教会主義は、十七世紀以来一貫して劇場の方針である。坊主を舞台で笑い者にするだけでは飽き足らず、説教の調子まで取ってしまおうという寸法だ。

現代日本には宗教はないから、芝居には競争相手がいない。俳優に熱意がないのも無理はない。歌舞伎や人形浄瑠璃が、お寺と競争していたかどうか、調べてみてもよさそうだ。

一月二十日

「保土ヶ谷」でゴルフ。腕は大体なおっているのだが、暫くやらないと、調子がつかない。百十七という大量生産で、ビリから三番目だった。

夜、テレビで「銀河丸出帆」を見る。波止場で、見送りの遺族が泣いている光景を見て、ショックを受けた。詩みたいなものを書いた。

おーい、みんな、
伊藤、真藤、荒井、厨川、市木、平山、それからもう一人の伊藤、
そのほか名前を忘れてしまったが、サンホセで死んだ仲間達、
西矢中隊長殿、井上小隊長殿、小笠原軍曹殿、野辺軍曹殿、
練習船「銀河丸」が、みんなの骨を集めに、今日東京を出たことを報告します。
あれから十三年経った今日でも、桟橋で泣いていた女達がいたことを報告します。
とっくに骨になってしまったみんなのことを、まだ思っている人間が、いるんですぞ。
あの山の中、土の下、藪の中の、みんなの骨まで、行きつくことは出来そうもないが、
とにかくサンホセで、お祭りが行われます。
坊さんがお経を読み、サンホセの石を拾って帰って、

みんなのお父さんやお母さん、兄さんや妹や、子供に渡すということです。
坊さんのお経が長いことを祈り、
石が員数でないことを祈ります。
僕も自分で行きたかったんだが、
誰も誘ってくれる人もなく、
なまじ生きて帰ったばっかりに仕事があり、
仕事のせいで行けないんです。
ここでこうやって、言葉を綴り、うさ晴らしをするだけとはなさけないが、
なさけないことは、ほかにもたくさんあるんです。
誰も僕の気持を察してくれない。
なさけない気持で、僕はやっぱり生きている。
わかって貰えるのは、みんなだけなんだと、今日この時、わかったんです。
しかしみんなは今は、土の中、藪の中で、バラバラの、
骨にすぎない。骨には耳はないから、
聞えはしないし、よし聞えたって、
口がないから、「わかったよ」と
いってもらうわけにも行かない。

しかしとにかく今夜この場で、机の前に坐り、
大粒の涙をぽたぽた落し、
みんなに聞いてもらうんだ。
うん、あれはどうしてもおれ達のほかにはわからないことなんだ。
おれ達はみんな弱い兵隊だったし、戦争は負け色だった。
内心びくびくしていたが、
こんな遠いところへ来てしまっては仕方がないとあきらめて、
及ばずながら、兵隊らしく、弾を撃って死ぬつもりだった。
フィリピンの暑い陽の下で、
もっこをかついだり、水牛を引っぱったり、
作業に気をまぎらわしながら、そう思っていたんだった。
誰も口には、出さなかったが、みんなの気持はその辺のところだった。
米軍が上って来たら、案の定、ひとたまりもなく、
山の中でちりぢりになり、
酋長の娘と結婚するなんて運のいい奴は一人もなく、
鉄砲で撃たれたり、なぐられたり、
マラリアでやられたり、飢え死したり、

厨川は多分いつものように、口をひん曲げて倒れたろう。
真藤のメガネはかぎ鼻にひっかかったままだったろう。
伊藤がクリクリ眼をつぶったら、
伊藤らしくは見えなかったろう。
しかしそれは束の間、
真藤は死ぬ前に靴を脱いだろうか、
おれみたいにゲートルをほどいたろうか、
その足はだらりと投げ出され、
草の上にはだかの足は投げ出され、
踝《くるぶし》の方から色が変って行ったろうか、
蛆虫《うじむし》に食べられ、骨が出て、
水になって流れ出してしまったろうか。
その骨を「銀河丸」がかき集めに出掛けたんです。
あんな山の中の骨まで、どうせとどきはしないが、
サンホセの石だけは持って帰るということだ。
形式的でも、みんなうちへ帰れるんだ。
帰るのは、帰らないよりましなんだ。

そう思って、遺族は頼み込み、
みんな桟橋で泣いたんだ。
そう思って、みんなよろこんでくれ。
うちへ帰って、大威張りで仏壇へ坐れ。
そこでひとつ頼みがある。
ひとつ化けて出てくれ。
あれから十三年、
あんなひどい目に会わしておきながら、
また兵隊なんていやな商売をつくろうとしている奴んところに化けて出てやってくれ。
おれはなまじ生きているばっかりに、
神通力は利かないから、たのむ。
図々しい奴等は、みんな化けて出たって、驚きもしないかもしれない。
先刻承知みたいな顔をするかもしれない。
そんならもう少しわけのわかる人間、
みんなの骨に涙を流す遺族に化けて出ろ、
そしてこんな風に説教してくれ——
お前達がおれのことを思い出してくれたのは、ありがたい。

しかし軍人恩給の増額なんて、願い出るのはやめて貰いたい。
それはお国のためにならない。
恩給増額してやるかわりに、
一票頼みますなんていう奴んところへ行って、
恩給増額ありがとうございましたが、
あたしはやっぱりあなたに投票するのはやめときます、といってやれ。
軍人恩給つかないと、
自衛隊へ志願する者がなく、
アメリカに約束が果せないということですが、
そのやり方はどうも気に入りませんから、
あなたに投票するのはやめときます。
軍人恩給はせっかくですから、さし当っては貰っときますが、
ほかの困っている人達に気兼ねすることなく、
遺族でもうけたなんて、ひとにいわれる心配もなく、
平気にもらえるようにして下さる政党に投票します。
なまじ軍人恩給あるせいで、
可愛い倅《せがれ》に志願され、

オンボロ・ジェット機やクズ鉄軍艦に乗せられて、
事故死とやらを遂げられて、
悲しい思いをする人がないように。
人工衛星の世の中に、
役にも立たない兵隊さん、
強行軍に連れ出され、
割れ竹でたたかれ、ぶっ倒れ、
哀れな死に方した挙句
貰うは蚊の涙の軍人恩給。
そんないやな思いをする親御さんがないような
そんな世の中にしてくれる政党に投票します。
だから、一票は上げられません。
だからあなたもそのつもりで、
軍人恩給のまた上げなんか、おやめなさいよ。
第一何千万もいる有権者の中で、
遺族の数なんて知れたもんじゃないですか。
そんな一票を取りっこして、

議会に少しでも、議席を殖やし、
三悪政治を続行しようったって、
そうは問屋が卸さねえぞ、
昨夜、十三年前フィリピンで死んだ、
うちの人が化けて出て、
そういえっていいますから、いいに来ました。あばよ、
——とこういいに行くよう、命令してくれ。
おれもせいぜい努めているが、
遺憾ながら、力がない。
十三年前サンホセで、
もっこをかついでいた頃の、
おれ達みたいに力がないんだ。
みんなの幽霊だって、力がないかもしれないが、
とにかくなんでもしてみることだ。
みんなでコツコツやって行こうじゃないか。
二度とおれ達みたいな、あんな目に、
子供や孫は会わせたくない。

そうではないか、おーい、みんな。
おーい。荒井のチビ。
お前は米軍が来る前に死んだから、
お前の墓はおれ達が掘ってやったじゃないか。
なけなしのタバコを一本、
胸で合わせたお前の白い手にはさみ、
おれ達が掘った穴の中へ降ろしてやったじゃないか、
捧げえ銃《つつ》、頭《かしら》あ中《なか》、土を掛けえ。
ぱらりと土はお前の顔に落ち、
お前は眼ばたきしたようだった。
鼻だけにょっきり、土から出ていた。
そこで、西矢中隊長殿は、やめえといい、
自分で穴へ降りてって、
お前の鼻にハンカチをかぶせた。
それから、再び、土を掛けえ。
穴はだんだん埋められ、
土人が掘り返すといけないから、

土はおれ達がよく踏んづけた。
墓標を立てるわけには行かなかった。
あれはサンホセから、十里も入った山の中だった。
「銀河丸」だろうと、なんだろうと、
誰も行けない山の中だ。
もうどうしても、お前の骨には届きはしない、
しかし「銀河丸」が出るといえば、
お前のかみさんは桟橋へかけつけ、
「銀河丸」が沖へ小さくなって行くと、
桟橋でぽろぽろ泣いていたんだ。
そしておれだってこれを書きながら、泣いている。
ああわあ声を出して泣きたいのを我慢しているんだ。
ちょっと、中だるみで、理に落ちたが、
おれの言葉を受けてくれ。
たすけてくれ。

一月二十四日

川奈にてP・G・A月例ゴルフ。
九十二の破天荒の成績で優勝。サンホセの戦友の加護ならんか。心もとなし。

二月六日

貝塚茂樹編『古代殷帝国』を読む。『神・墓・帝王』『死海の書』など、一昨年あたりから流行の考古学的冒険談の日本版である。京都の人文科学研究所の共同執筆は、アメリカのジャーナリストの単独執筆ほど巧妙ではない。或る章は下手な探偵小説のようにもどかしく、別の章は学生のリポートのようにたどたどしく、また別の執筆者は日本的ひねくれ者の傲慢を発揮する。

全体として読みづらい本だが、やはり有益な読書であった。殷墟については、戦争中内藤湖南先生の『支那通史』？を読んだだけであったが、その後発掘が進んで、宮殿と墓が掘り出されていたことを知ったのは驚異であった。作業は戦乱に禍いされて困難を極めたらしいが、最近発掘品の整理がついたとは、目出度いことである。

支那の古代社会は甘粛《かんしゅく》省からバビロンの天文学を携えて中原へ下りた狩猟民が作ったもので、我々とは関係がないと簡単に考えていたが（我々は孔子も妲己《だっき》も宦官《かんがん》も持たない中世の民である）、滅ぼされた伝説的帝国の実際的遺物が、太平洋沿岸の農耕民の生活の跡を示しているのを知ることはうれしい。彼等が我々のように稲を持っていたことは、簡単には実証されないらしいが、とにかく支那南部から山東省、南朝鮮、琉球、日本に共通の古い地盤が想像出来るのけ、頼もしいことである。

僕は人並に戦争中の支那研究の啓蒙書を読み、先秦の都市国家の盛衰に興味を持ったりした。漢の儒教国家に統一されるまでの支那の歴史は、西欧古代社会の興亡の歴史より身近であるし、少年時代の物語によって得た先入見がこわされて行くのは楽しみであった。

韓非子など読む気になったのは、時代の政治過剰の影響だったろうが、この東洋のマキャベリ（と広告文にはあった）が、音楽が人民操縦に必要であると書いてあるのを見て驚いた記憶がある。モンテスキューも音楽の効用を認めていた。現代の流行歌統制と共に、大抵の賢明な統治者の採用する手段らしいが、孔子とちがって韓非子には、多分に呪術的痕跡が残っていそうだった。

その章は後世の挿入にかかわる疑いがあるらしかったが、荊軻易水《けいかえきすい》上の歌、項羽の垓下《がいか》の歌《うた》など、前漢の歴史は印象的な音楽的シーンを持っていて、悽惨な殺し合いの連続の中に、一脈の涼風を通わせて来る。

法家は老荘の流れを汲むと桑原武夫が教えてくれたが、『古代殷帝国』によると、亡ぼされた殷人は、強大な儒教国家の中で、反抗的な異分子として、存在を主張し続けていたらしい。

「殷の職能的氏族であった技術者・製作者たちの子孫は、その後も職人組合的な同業組織をもち、外からも排除され、またみずからも比較的閉鎖的な生活をつづけたが、内部の団結はそれだけに強固なものがあった。（中略）周の礼楽を基調とする儒学が魯に興るとまもなく、それはこれと対立的な、否定的な形をとってあらわれてくる。

兼愛非攻・尚賢尚同を説く墨子の学が、亡国の民である殷人の生活から生れてきたことは決して偶然ではない。（中略）老荘の思想・神農家の言のなかにも、殷人のおもかげは流れている。濡弱《じゅじゃく》謙下《けんげ》・小国寡民を説く老子の思想は、その思想的完成はさらに時代を下るとしても、やはりこの地域に生れた思想であった。殷神話の楚辞への流れ、また老子的表現の楚辞への流れ、そういうもののうちに、殷と楚との親縁がたどられる。傾向的な相違は大きいけれど、墨家と、老荘や神農の立場とは、東方の生活体験から生れたものといえる。特に彼らの反時代的傾向、非社会的性格のうちには、被圧迫者の、忍苦にみちた長い体験があったことは疑えない」（三一〇―三一一頁）

議論は歴史時代の文献によって立てられているのだが、発掘の遺物に現れた殷人の高い文化が推測の根拠になっているのである。

二月七日

井尻正二、湊正雄著『地球の歴史』。『古代殷帝国』で想いを太古に馳せた気分の続きで、読んでみる気になった。

成程、発掘も進歩しているが、地球物理学も進歩している。寺田寅彦先生の本を読んだのは、どれくらい前だったかしらん。シマの上にシアルの大陸が浮び、山が高ければ、それだけ深く根をシマの中に下しているとか、模型図に青年の夢想を快く刺戟された覚えがある。

海底には従ってシマが露出しているはずだが、そんな説は太平洋の海底に褶曲《しゅうきょく》構造が発見されて維持出来なくなったらしい。悠大な大陸漂移説も誤りということになった。最新の科学の成果がこういう安価な解説書になって流布されるのは結構なことである。

文士共が地質学の用語を不正確に使っているという注意も同感である。僕も『武蔵野大人』で誤用を連発したので、あんまり大きなことはいえないが、新しい小説家や批評家の文章に現れる「断層」という字を見ると、顔が赤くなるのである。

文士共が「断層」が「断崖」となって蜿蜒《えんえん》と平原中に聳《そび》えているように空想するのは、全く正しくない。断層は断崖になるとは限らぬし、侵蝕で平坦になり、土や植物でおおわれて、散歩したぐらいではわからなくなっているのが普通なのである。「世代」とやらを異にしたばっかりに、異人種になり果てた日本人同士が、敗戦という「断層」を境にして、「懸絶」したり「呼応」したりしている珍説を読むと、臍《へそ》のあたりがむずがゆくなるのである。

ジャーナリストという職業は適度に学をひけらかすことを必要とするものであり（チボ

ーデは「騎行するペダンティスム」といった)、つまり予め読者の信頼を得ておくのが、その説くところを信頼さす便があるのだが、あまり専門家の物笑いになるような文字はつつしむべきである。「断層」に限らない。

しかし本が読まれるということは、学者にとっても誘惑的なことらしい。近頃言語学者、心理学者の新書判の啓蒙的媚態もまた眼に余るものがある。

『地球の歴史』の著者は篤実な学者らしいが、面白くおかしく書こうとして、文士の眼から見れば、噴飯的文字が随所に見られるのは遺憾である。例えば中世代の爬虫《はちゅう》類が死に絶える件《くだ》りは、次のように書かれている。

「その巨大な体だけ見てもわかるように、適応の度が過ぎて、特殊化から定向進化にまでうつってしまうと、わずかな環境の変化に対しても、かじをとることができなくなって、みずから爆沈するか、『ねむれる獅子』となって、哺乳動物のえじきとなるのほかはない」

「爆沈」の比喩はもう少し実際的に説明して貰わないと困るが、それはまあいいとして、「ねむれる獅子」は滑稽である。眠れる獅子はいつ目を覚すかわからないから、恐怖の表象であると我々は理解している。眠っている間に、小動物にちょいと喰われてしまう獅子がいるはずがない。

「『ザルツブルグの塩の結晶』といえば『ははあ』と思いあたるむきもあるであろう。それは、恋する若者の頭の中で、恋人のイメージがしだいに美化されていくさまを、塩が昇華して、木の技に美しい結晶をむすんで行くのにたとえた、スタンダールの恋愛論の言葉であるからである。

一方、当時のドイツの科学者たちは、スタンダールによって、人の世の美しい愛情にたとえられたザルツブルグの塩が、じつは、地質時代の砂漠にたまった岩塩だ、と断じたのであるから、このコントラストは恋愛論にまさる面白味をもっている」

僕には面白くもおかしくもない。スタンダールの比喩と、科学者の推理は全然別のことがらである。それを対照して悦に入るのは、俗耳に入り易くという企画者の要請に、応えようとする新書書きのさもしい料簡だけである。

新書はいい企画であるが、クセジュ、ペンギンなど外国の新書に、この種の滑稽な文章はない。少し気をつけたらどうだ。

二月八日

『小説新潮』の丸山さんより電話。恋愛小説をというかねての註文であるが、僕はほんとうは恋愛には興味を失っている。ただ先般丹羽文雄と名古屋へ旅行して、噂話を聞くうちに、「恋愛小説を書いてみようかという気になったよ」と、丸山さんに冗談をいったのが、間違いのもとであった。

「あれは冗談だよ」といっても「御冗談でしょう」と相手にしてくれない。丸山さんとは昨日今日の仲ではないから、その熱意に奮発しなければ、文士の責任が果せないわけで、「まあなんとかしようよ」と答えて電話を切ったが、実は恋愛小説を書く気はない。

「信田妻《しのだづま》」を書き替えるのが、四五年来の夢であった。「恋しくばたづね来てみよ」は、幼年の母から聞いてより、その母の声音と共に不思議に耳に残る歌であり、「麦つんで」の遊戯は、海水浴場で不良少女の手に触れるチャンスであった。

狐をトーテムと考えれば、葛葉《くずのは》は奪われて来た異族の妻である。機織と陰陽道が彼女がその氏族から携えた技術だったが、機織の技術は夫の氏族員（夫の先妻の娘とする）に習得されると、彼女は用なき女となる。葛葉は去られた妻第一号となって、信田森に帰る（或いは殺される）。子、晴明は成長して、信田森をたずね、陰陽道の極意を母或いは祖母より授かって、父と異母兄姉を殺戮する。

どうしてこんな変な筋を考えたのか、もとより不明であるが、多分『ハムレット』の復讐譚に興味を抱くコンプレックスのしからしむるところであろう。

晴明の信田森への道行が一篇の骨子となるはずで『蘆屋道満大内鑑《あしやどうまんおおうちかがみ》』に下敷きがある。『竹田出雲集』はこのため三島由紀夫の書斎との間を二度往復しているのであるが、小説は考証がむずかしく、ずっと放ってあった。丸山さんとの約を果すために、緊褌《きんこん》一番実現させようと思い定めた。

第一の蹉跌《さてつ》は書庫の創元社版『歌舞伎名作選』が「子別れ」しか載せてないことであっ

た。『出雲集』は手に入り難い本だが、創元社版が出たのを機会に、よく調べもせずに、三島のところへ返してしまったのである。締切は迫っているし、今から三島に送って貰ったのでは間に合いそうもない。

折口信夫「信田妻の話」（『全集』第二巻）を再読。狐をトーテムと解することは、どうも無理のようである。かりにそれが虚構として許されるとしても人物にどんな衣服を着せるか、どんな言葉を喋らせるか。場面は安倍野はあまり近世めくから、大和の岡寺附近とするつもりであるが、当時大和の勢さかんな氏族が山向うの職能的氏族と、どんな経済的関係にあったとするべきか。想像の根拠がないのである。

「信田妻」が四年来僕の空想裡に止まっていたのは、それ相当の理由があることだということがわかった。すぐ書き出せないような小説は、永久に出来上りっこがない小説なのである。既に『ハムレット日記』で、僕は同じ過ちを冒していた。

小説はあきらめ、『折口信夫全集』を拾い読みして過す。外は雨。寒い日である。

二月九日

『折口全集』十八巻「芸能史篇」（2）は既刊『かぶき讃』に洩れた先生の劇評を収録してある。大正年間執筆の劇評がなかなか攻撃的なのに一驚した。逍遥の『名残星月夜』なんぞ散々である。『古代研究』『死者の書』なぞから想像される先生は、やや偏執めいたところはあるにしても、既に功成り名遂げた長者の風貌であるが、やはり民俗学というものは攻撃的な学問だということを了解した。

フレーザーの『金枝篇』とフロイトの精神分析は、前世紀のヴィクトリヤ朝的偽善に対する攻撃であったとは、たしかユングの指摘だったと記憶する。

王様というものは、元来は用がすむと殺して食われたものという『金枝篇』の説は、イギリス王室に対するスキャンダルだったとは頷けることである。

南方熊楠も、やはり変なことばかりいう人だった。民俗学が世の中の歩調と合ったのは、戦時中の国粋主義時代だけで、当時局地発生説?を押し出した柳田國男先生の態度を、僕はいまだに遺憾に思っている。『金枝篇』がもっと早く翻訳されていたら、我々読者は民俗学的迷子になる必要はなかったはずである。

綜合を欠くのは、折口先生にも共通の欠点であるが、先生は詩人であるから、その空想が我々の耳に入り易いという違いである。

二月十日

小金井で新潮社招待ゴルフ。雨、後でだんだん雪になって来た。百七たたいて、十一等である。宮田重雄が優勝した。

『小説新潮』の原稿はこの日持参するはずであったが、無論出来てないから、社の人にクラブ・ハウスから電話で断ってもらったが無効。なお二日の猶予を与えらる。ゴルフに招んで貰った手前、断るわけに行かない。再び「なんとかしましょう」と答えて帰る。

夜、銀座で今日出海とやけ酒少々。

二月十一日

恋愛小説の種を探さんとして、『百六十の小さき真実』なる本を開く。戦後のヴォドワイエというスタンダリヤンがスタンダールの著作から、面白そうな挿話を集めた本で、こんな時のために買っておいたものである。

第一章は幸い「恋愛」のグループであった。フランソア一世の王妃の侍女は、恋人に愛されていないと噂されていた。間もなくその恋人は病気になり、なおって宮廷に現れた時、唖になっていた。彼女がそれでも男を愛し続けているのに、宮廷はびっくりしていたが、二年経った或る日、彼女はみんなの前で恋人にいった。「お話なさい」すると男が口を利いた。

これは『恋愛論』にある挿話で、「女の本当の自尊心は、男に起させる感情の強さに在るべきである」と註されている。この唖男の感情なら、恋愛と呼んでも差支えない。

四頁先のソメリイ嬢の逸話。恋人に現場を捉えられても、不実を認めなかった。恋人が怒ると彼女はいった。「わかりました。あなたはあたしを愛していないんです。あたしの言葉より、自分の眼を信じるんですから」

気の利いた話だ。その結果はどうなったかということで、恋愛小説が出来そうだった。

この女は多分二六時中、男の関心を自分に引きつけておかなければ、気がすまない女だったに違いない。男が本を読めば本に嫉妬し、うたた寝をすれば「あたしが目を覚ましてるのに、よく眠れるわね」という。しかし自分の浮気の虫を押える気なんて毛頭ない。男に見附かると「自分の眼の方を信じるの」と抗議する。無論彼女は男を愛している。

浮気の相手がそばから喧嘩に口を出す。「この人のいう通りだ。ぼくはきみとちがって、この人のいうことを信じる。きみより彼女を愛しているからだ」女はその男を蹴飛ばし、追い出す。「あたしは自分の言葉より、この人の眼を信じます」結局和解。

男の身分を何にしようか、女はお嬢さんとすべきか、ダンサーとすべきか。どうもあまり現代日本にいそうもないから、天保安政の熊さん八さんの長屋へ持って行ったらどうだろう、などと考えているうちに、馬鹿らしくなって来た。こういう風に自動的に動く空想には、元来真実はないものである。

『折口全集』十七巻「芸能史」(1)。「身毒丸《シントク》」。参った。これはほんとうの小説である。無論「作品集」に入れるべきものだ。

「この話は、高安長者伝説から、宗教倫理の方便風な分子をとり去つて、最原始的な物語にかへして書いたものなのです。

世間では、謡曲の弱法師から筋をひいた話が、江戸時代に入つて、説経節の題目に採り入れられた処から、古浄瑠璃にも浄瑠璃にも使はれ、又芝居にもうつされたと考へてゐる様です。尤《もっとも》、今の摂州合邦辻から、ぢり〳〵と原始的の空象につめ寄らうとすると、説経節迄はわりあひに楽に行くことが出来やすいけれど、弱法師と説経節の間には、ひどい懸隔があるやうに思はれます。或は一つの流れから岐れた二つの枝川かとも考へます。

わたしどもには、歴史と伝説との間に、さう鮮やかなくぎりをつけて考へることは出来ません。殊に現今の史家の史論の可能性と表現法とを疑うて居ます。史論の効果は当然具体的に現れて来なければならぬもので、小説か或は更に進んで劇の形を採らねばならぬと考へます。わたしは、其で、伝説の研究の表現形式として、小説の形を使うて見たのです。この話を読んで頂く方に願ひたいのは、わたしに、ある伝説の原始様式の語り手といふ立脚地を認めて頂くことです。伝説童話の進展の径路は、わりあひに、はつきりと、わたしどもには見ることが出来ます。拡充附加も、当然伴はるべきものだけは這入つて来ても、決して生々しい作為を試みる様なことはありません」

大正六―十二年の頃、先生が攻撃的姿勢を取っておられた頃の作品である。「身毒丸」は無論むずかしい読み物である。先生の「玉手御前の恋」「信田妻」「愛護若」を予め読んでおくだけでは足りないだろう。後に『死者の書』に結実する先生の創造の意志はここにはっきり形を取っているのである。玉手御前とフェードルについて、小説的論文或いは論文的小説を書くのも、戦後京都の南座で梅玉を見て以来の僕の夢だったが、小説「信田妻」といっしょに、きっぱりあきらめることにした。

丸山さんには悪いが、恋愛小説も勘弁して貰うことにした。「身毒丸」を読んだ後で、気が乗らないものを書く気にはとてもなれない。

二月十二日

相模月例会如月杯。アゲンスト・パー。テン・ダウンと問題外の成績である。あんまりひどいので、プロの棚網君に見て貰ったら、滅茶滅茶におこられてしまった。三カ月前の方がずっとよかった由。つまり盛大に優勝し始める前である。その段階以下に落ちてしまったとは情ない。

来月からは『中央公論』に百枚連載が始まり、当分はゴルフとはお別れの予定である。今月中に思い残しのないようにやっておくつもりだが、もはや絶望である。フォームは一度崩したら、取り返すのに三月はかかる。

雑誌が到着しはじめる。『文学界』で佐古純一郎が「鎮魂の文学よ、起れ」といっている。「鎮魂」が何を意味するか。折口用例に従えというわけではないが、佐古君もモオツァルトの鎮魂曲が好きだというからには、意味は知っているだろう。「飢えそして渇いている現代人の魂を鎮めて、そこに調和をもたらし、そして魂と魂とを結んで、人間を相互信頼にいざなってくれるような、現代における鎮魂の文学よ、起れ！」とは、何という安易ない方であるか。神との縦の関係を利用して、人間同士の連絡をはかり、お布施を集める坊主の論法ではないか。そんなら「調魂」の文学でも、「結魂」の文学でも、なんとでも好きなように呼べばいいのであって、鎮魂は余計なことである。

僕はかねて佐古君の仕事は「芥川龍之介」も「漱石」も尊敬している。「文学はこれでいいのか」という発言も適切であった。ただそれから後がなっちゃいない。君みたいな人が信用出来ないとしたら、一体誰を信用していいのか。

開高健『裸の王様』。成程受賞にふさわしい作品である。現代の児童画教育は立派な成績を上げているらしい。うちの男の子もしばらく近所の先生に通わしたことがあるが、絵だけでなく、性情も改善されて、感謝している。先頃人にすすめられて、宮武辰夫氏の『保育のための美術』（厚生閣）を読み、理由もほぼわかった。

書くに価するいい題材である。チョンマゲのアンデルセンもありそうな話だ。ただ慾をいえば、赤胴鈴之助流の勧善懲悪的ヒロイスムに終っているのが、難である。児童画教育はもっと理論を持ち、むずかしいものだと僕は了解している。

僕としては同じフランス文学で、大江健三郎の方が肌が合うのだが、実は僕はそろそろフランス文学が鼻につきかけている。何を読んでもイギリスの方が面白いのだ。齢を取って、珍しいものが好きになったのかもしれない。

二月十三日

中央公論社へ行く。連載小説の打ち合せを兼ね、『折口信夫全集』について問い合せのためである。全集第三十巻「雑纂篇」(2)に「博士論文審査要旨」があり、鎮魂説の支那起源その他について、興味深い項目がある。「日本芸能史に於ける鎮魂要素」の提出者、西角井《にしつのい》正慶《まさよし》氏の名を全集編纂者の中に見たので、それらの博士論文中出版されたものの有無、大学で閲覧を許してくれるかどうかを、中央公論社出版部員に訊いた。

藤野岩友《いわとも》氏『巫系文学論』が昭和二十六年池袋の大学書房から出版されているのを知る。電話してみると在庫ある由、明日出版部員が買っておいてくれることになる。

國學院大學も今すぐにでも見せる由だが、もう三時に近く、天気も大変寒いので、次の上京の折に延期する。

明日は夜三島由紀夫の家で「鉢の木会」があり、昼間はどうせ暇だから、我孫子《あびこ》で漫画集団のゴルフ会に出るつもり、この日は東京泊の予定である。

丸善の屋上へ行き、大久保アシスタント・プロに見て貰ったが、スイングはやはりなってない由。「御重態ですね」といわれた。

文藝春秋のクラブで夕食、酒場を経て、九時赤坂の旅館「大矢」へ。

ここの内儀お駒さんも最近ゴルフに熱中し、横山隆一の肝煎《きもい》りで明日の会に出るのである。朝七時出発であるから、按摩を取って寝てしまう。

夜半、今日出海大酔して帰り、自分は明日出ないものだから、やかましく騒ぐ。横山隆一もまたゴルフをしない友人に、引き留められて二時頃やっと帰って来る。これでは何のために前夜から泊り込んでいるのかわからない。

二月十四日

天気はいいが、風がある。七時出発。我孫子は一年振りだが、道はすっかりよくなっている。修理中の片側通行が終ると、「御協力を感謝します、建設省」の立札がある。近頃の役所は愛想がよくなった。

我孫子は由緒あるコースで廻っていて気持がいいが、こっちの当りはだめ。ゴルフの名残りは尽きないが、これでは全くしようがない。優勝大久保康雄。

緑ケ丘の三島の家へ直行する。福田は『人と狼』の演出のため、東京へ泊り切りである。初日は三月三日。僕はこのところ、新劇の悪口ばかりいっているので、文学座員と顔を合せるのはこわいのだが、福田にいわせると、向うはあれくらいでは悪口とは思っていないそうである。

三島からテネシー・ウイリアムズの新作の筋を聞く。伯母と姪の間の会話に終始するが、話の中に主人公がいる。ホモ・セクシュアル的傾向ある甥、南方の島へ行き、游泳中の上人の裸に魅せられる。捉えられて、八裂きにされる。女同士の会話で、処理されるところがミソなる由。

不在の人物が野蛮人の犠牲になった事実が、舞台で報告されるのは『カクテル・パーティ』にもあった。現代ではこの種の危険は減少しているはずなのだが、却って高級な芝居に流行の兆があるのは、いかなる理由によるものか。

茶の間舞台には衝撃である。『カクテル・パーティ』は、明らかに磔刑との類似による宗教的効果を覘《ねら》っていた。

三島はマヤの皮剝ぎの儀式の細目をよく諳記《あんき》している。太古の蛮風が尽《ことごと》く美と映るのは、異とするに足る。

二月十六日

『巫系文学論』届く。本がよごれているので、四百円の定価を三百円にまけてくれた。「楚辞」の民俗学的研究である。博士論文だから、引用の古文に註釈なく、岩波文庫本を参考にすれども、多く漠然たる理解に止る。

「楚辞」が歴史上の流謫《るたく》の貴族の自ら憂を払うために書いた書ではなく、祝辞、占卜《せんぼく》、招魂、歌舞等々の、民俗学的要素を含んだ文字であることを知ったが、これは『古代殷帝国』の記事から、ほぼ推察していたところである。それがどの程度まで、折口説の「たまふり」と関係があるか、どういう径路でわが国に将来せられたかを知りたかったのだが、これは「楚辞」そのものから解明出来る問題ではないようである。

小説家として興味があったのは「離騒」冒頭の屈原《くつげん》の自叙が、周公の祝辞に由来し、後世の太史公自序に系統を辿れるということである。これはキリスト教の懺悔とは別の自叙の発想法で、その特色が家系を叙し、自己の功績を叙し、神の前へ出るに当って、自分の資格を述べることだとすると、西欧近代の自叙伝の類いは、ルソーもゲーテも同じ型に入ることになる。スタンダール『アンリ・ブリュラール』の卑下の方が、キリスト教的だということになる。

朱熹《しゅき》が「易水歌」を「楚辞後語」に採っていることを知る。「悲壮激烈、非レ楚而楚」「送る者は、死者を送るの礼を具へ、送られる者も『不復帰』を期してゐる。『魂』にかけていつて居らぬが、遠心的なものとして列ねたのである」と藤野氏は説明する。「遠心的」と「求心的」は、氏が「招魂」「遠遊」を解釈するために立てた形容であるが、問題を徒らに複雑にする惧れがありはしないか。この観念に附着している近代臭は、問題の焦点を見失わせる危険はないか。

しかし藤野氏が書中に提示された問題は数多く、再読三読して考えねばならぬ。以前から気になっていた支那南方の詩想の輪郭を知ることが出来たのは倖せだった。

三月三日

家人と共に赤坂の砂防会館、『人と狼』の初日。所用に手間取り、六時の開演に二十分ばかりおくれた。受附の文学座の人に、

「この幕はいつごろ終るんですか」と訊くに、「さあ、それがわからないんです」とにやにやする。

中村光夫は昔からえんえんと書くので、我々の間で定評があるが、戯曲の第一作も、やはりいつ終るかわからないことになっていたのである。

それでは寒い廊下で待ってるわけには行かないから、莨《タバコ》を一本吸ってから中に入る。こぢんまりしたいい小劇場だ。

文野、岸田の諸嬢の細い声が、一番後までよく聞える。いつもは通りにくい芥川君のセリフがねばって聞えるくらい、音響効果がいいのである。

問題は例のシスター・ボーイになる役者が、怪我をしたとかで、研究生の代役がどうか、ということだった。ところがこれが演りすぎるくらいよく演る。

漫才めいた仕種が、いちいち観客の爆笑を誘う。どよめきがしずまるまで、ほかの役者は、セリフに取りかかれない。部員諸君はさぞクサッてるだろうとおかしかった。

セリフがなかなか気が利いて聞えているのに、また驚いた。脚本で読むと、もたもたしているようだったが、これは中村という人間を知りすぎているせいかも知れない。僕には

彼が例のまるまっちい手で、原稿紙の枡目を埋めて行く手附も眼に見えるし、厚ぼったい唇を動かして、ぼそぼそセリフを呟いてみる様子もホウフツする。そういう空想から、セリフが全部彼の口から出るよう勘ちがいして、もたもたしている——つまりタイシタコタアナイと思っていたのだが、舞台で諸人物に配分されると、ハツラツと火花を散らすのにびっくりした。

嫉妬の虫が胸の中で啼いた。僕だって、先年外国の芝居に感心してより、おれも一つやってやろうと思ったことがないわけじゃない。ただ三島由紀夫が、

「へーえ、大岡さんが芝居書くの？　いいでしょうね、アトリエ座ぐらいでやってあげますよ」

といったのがカチンと来て、以来三島の芝居と文学座の悪口をいうのに専念しているだけである。

『鹿鳴館』や『明智光秀』がいくら受けようと、物好きがやってるんだからかまわないが、『人と狼』がお客をゲラゲラ笑わしているのを見ると、心中おだやかではないのである。

電気がついたら、前の方へ行って、中村にお目出度うをいいに行く。沈着な中村でも興奮して、ベソをかいたような顔をしているのは、いい気味みたいだが、ほんとうは面白くない。僕だって、そんな目に会ってみたいのだ。

「若手がみんないいじゃないか。脚本がいいから、演り易いんだね」と賞めると、そばで

吉田健一が「うっ」と踏みつぶされたような声を立てた。

同じセリフが三島由紀夫に向っていうと皮肉になるのである。

「脚本がいいと、役者もよく見えますね」

僕は杉村春子の悪口をいったことがあるが、それは三島の『鹿鳴館』がいけないからだという意味になる。三島の笑いは少し苦しそうだった。

中村はしかしシスター・ボーイがのさばってるのが、不満らしかった。

「あんな奴に食われちゃっちゃ、形なしだ」

しかしあのニワカは中村の芝居と観客の間の有効な潤滑油だと思われるのだが。

「新劇節」に染ってない若い役者で芝居が出来るようになったのは、慶賀すべきである。ただ『人と狼』は底で覗ってるものがあるから、ほんとはもっとシンのある芝居をしなければならない。そうするとやはり見馴れ、聞き馴れた「新劇節」になってしまうのではないかと、それが心配である。

岸田今日子が彼女自身の最上の演技であった。

三月六日
川奈で三社聯合主催のゴルフ会。そろそろ『中央公論』の連載にかからねばならないから、欠席の返事を出したのだが、僕はもともとゴルフは断ったことがない男なので、連絡事務所の鬼頭さんは出るものときめていて、相手にしてくれない。これを最後ときめて、出席した。

ゴルフも情熱を持たなければ、面白くない。一打一打自分のベスト・ショットをしようという意慾に燃えてなければ、実際いい球は出やしない。

僕みたいに運動神経のにぶい男は、詰めてやらなければだめなのである。先に面倒な仕事を控えて、向う四カ月はそれが出来そうもない。降りてしまった方が早いわけである。

未練みたいなもので、なんとなくついて廻ったってだめだ。それでも十七番まではネット八十ぐらいで上れそうだったが、最後のホールで十たたいたのは、やはり情熱不足のせいであった。これで諦めがついた。今日が僕の誕生日であったことを負けてから思い出した。

三月八日

昨日から雪まじりの雨。寒さが戻って来た。もはやゴルフにならず。

「風谷」のオープン・シーンを三枚。留守番の少年の心理描写からはじめることは、前からきまっていた。

物音がない家の中。庭の枯芝に陽があたり、陽は天井に照り返し、少年は満足の吐息をつく。孤独を楽しむことを覚え始めた年頃なのだ。両親の過去から不幸が来る予定。

「風谷」という題がもう一丁、ぴったりしないのだ。wind gap の訳語だが、いかにも熟していない。題は「少年」で沢山なのだが、この題ではもう無数の小説が書かれているので、使う気にならない。

元来この小説は「教育」という題で、『野火』『ハムレット日記』と三部作として、八年前思いついたものだ。『野火』の狂人を、デンマークの宮廷で遊ばしてみたのが、『ハムレット日記』。ただし『新潮』連載中ゴルフに凝り出して（もう三年前になる）、オフェリヤが行方不明になってしまった。オフェリヤがいないハムレットなんて意味はない。大変な失敗作で、本にしないでほってある。

「教育」はハムレットとオフェリヤの間に子供がいたら、その運命は如何、というのが思いつきだった。彼もやはり不幸になり、狂人にならなければならないか。形態アメリカ、内容日教組の新教育で救うことが出来るか、が最初のイデーだったのだが、その後劇や新聞小説が教育ばやりで書く気がなくなった。劇を家庭に限ることにすると、題がなくなってしまったのである。

題名は読者の関心を誘うだけでなく、書く間、作者の気分も導いてくれなくては困る。風谷とは峡谷を作った河が、断層その他の原因で上流を奪われて、空谷となった部分を指す。少年のおかれた不吉な状態を暗示しているようでもあるが、少し思わせぶりでもある。wind gap は実際はよい交通路となる場合が多いので、不吉な感じは素人の錯覚ということなる。

いい題がみつからないと、小説は書きにくい。これまで僕は題名に苦労したことはない。題はいつもプランといっしょに頭に浮んだ。題材の意味がはっきりつかめてない証拠である。オフェリヤが飛んでしまったハムレットの続篇が書けるかどうか。この小説も難航しそうだ。

題は変えた方がいいかも知れない。一日、ノートをいじって、過ごす。

三月九日

晴。十一時半、北鎌倉東慶寺で神西清の一周忌。お墓が出来ていた。鎌倉らしく、こぢんまりまとまった谷の奥である。これは死後の住家としてよさそうだ、なんて考えが浮ぶのは、こっちももはや齢である。

『人と狼』の評判しきり。明日は中央公論社で総見する由。嶋中さんの話。だんだんほかの俳優も馴れて、シスター・ボーイに喰われなくなったそうである。

「ぼくも今年の十二月は芝居を書いて、読売文学賞をねらうかな。嶋中さん、載せてくれますか」

冗談めかしていったつもりだが、嶋中さんが案外まじめで、

「どうぞお願いします」

と答えたのは、内心困ったのをかくすためとも取れるし、三島にそばから、「文学座でお願いしたいところですが、なんしろ僕から勝手にお願いの出来ない立場にいるんでね」

なんて、鹿爪らしくいわれて、困った。どうも立おくれというものは、うまくない。

夜は福田の家で「鉢の木会」の予定だが、少し時間が半端だ。中村は原稿を書きに家へ帰り、三島は川端さんのお宅へ廻った。家人と共に近くの佐藤正彰の家へ寄る。

佐藤は三日、フランスから帰ったばかりである。三十すぎまで箱根を越したことがなかった男だし、胃潰瘍で胃袋を半分にしてしまったあとで、フランスなんかへ行って、どうなることかと友達は心配していたのだが、無事一年過して来たのは、目出度い。

顔色もよくなり、髪もちゃんと刈ってあるし、前よりずっと綺麗になった。いくら外国暮しでも、一年仕事をしないということは、健康にいいのである。

佐藤が方々で撮った天然色写真を見せて貰う。セートのヴァレリイの墓の前のポーズが印象的である。

芸のない河岸の写真は、どういう意味かと聞くに、これがヴァレリイの生れた家の前で、つまり少年ヴァレリイが毎日見ていたセートの港の景色にほかならぬ由。しかしその景色の中に佐藤がこっち向きに立ってるのは、いかなる意味にや。

写真は無数にあるが、眼は疲れ、映写機も熱くなってしまったので、五時半辞去。僕はトレドの紙切り、家人はパリの口紅をもらった。

「鉢の木会」全員参集。一周忌の延長で、みんなよく酔う。取りとめない話ばかり。

三月十日

『小説新潮』は恋愛小説でなければ、勘弁してもらえるのかと思っていたが、やはり書かねばいけない由。マドレーヌ・スミスの事件を三十枚。イギリスにはメリー・スチュアート以来、有名な裁判事件の記録が七十冊以上叢書になっていて、小説家にいい材料を与えている。

マドレーヌ・スミスは一八五七年、貧しい恋人を毒殺した（或いは、しなかった）少女である。判決は「証拠不十分」だったが、マドレーヌの父はグラスゴーの富裕な建築家で、一家は検察側から不当？に保護されていて、あまり陪審裁判の名誉になる事件ではなかった。

しかし裁判記録がそのまま読物となるのは、真実のすべてが公開されるからだと思われる。警察も検察庁も、判事という同業者の前ではなく、陪審員という第三者（「人民」といってもいい）に、犯罪を立証しなければならぬとすれば、原則として拷問もでっち上げも、入り込む余地はないわけである。

民主主義日本がどうしてこの方式を採用しないのかは知らない。多分証拠によって判断する能力を具えた陪審員が「人民」の間にいないというのが、反対の根拠だと思われるが、「松川事件」「チャタレー裁判」「八海事件」などについて、あれだけ本の洪水があったのだから、「人民」も裁判について十分教育されたと見做していいと思う。

判決が裁判長の「要約」によって支配されるとか、実際上控訴が不可能とかは末の末である。告発が最初から人民の前で行われていれば、近頃流行の差戻しは起らずにすむのである。

僕の眼の黒いうちに、日本で最初の陪審裁判が行われるのを見たいものだという、はかない望みである。

三月十二日

創元社より世界推理小説全集『消えたエリザベス』到着。リリアン・デ・ラ・トアという女のイギリス文学研究家の書いた探偵実話である。女史は最初はこの実話を小説的に脚色して、「意外の結末」を引き出すつもりだったが、記録を渉《わた》っているうちに、事件の真相を推理するのに興味をおぼえた由である。

エリザベス・キャニングはロンドンの女中で、一七五三年の一月一日夜、実家から奉公先へ帰る途中失踪した。二十九日ひどい身なりと健康状態で帰って来たが、彼女の申立によれば、郊外の娼家に監禁されていたらしかった。記憶は漠然としていたが、ハートフォード街道に沿った一軒の家が指定され、彼女に暴行を加えたというジプシイ女が逮捕された。

事件は最初は簡単に見えたが、このジプシイ女のアリバイが立ってから紛糾し、結局エリザベスが逆に偽証罪で有罪となった。

事件のあらましは僕も偶然イギリスの雑書で知っていたのだが、文士にとって興味があったのは、最初の裁判の陪席判事がわが敬愛する『トム・ジョーンズ』の作者だったことである。フィールディングはエリザベスが有罪となった後でも、真実を述べていたことを疑っていなかった。

文士の直感は、松川事件被告の「澄んだ眼」以来、芳しからぬ評判を取っているが、文士の直感だって、司法官の「心証」同様、当る確率は二分の一である。

今日フィールディング時代より、確実に進歩していると見られるのは心理学である。エリザベスの真実が疑われたのは、彼女の証言に混乱があったからだ。しかし逆行性健忘症などという言葉も出来ている現代では、ジプシイ女に着物をはぎ取られた瞬間から、二十数日間の記憶を彼女が実際失っていたと考えることが出来るのである。

僕自身もこの線に沿って、フィールディングの擁護を書きたいと思っていたが、ここにどうにもならないのは、ジプシイ女の持つアリバイである。双生児の存在は、探偵小説でなければ許されそうもない仮定である。

デ・ラ・トア女史がエリザベスの混乱した記憶を、健忘症と断定しているのは、大いにわが意を得た。問題のジプシイ女のアリバイについては、彼等が政府のスパイとして、強固な団結を持っていた事実が指摘されている。裁判には多額の金が動いていたのである。

当事者の一部をスパイと仮定することによって、古い謎の事件を解決するのは、戦後の流行といってもいい。今世紀の大戦は各国の諜報組織が、異常に発達したことにも特徴があるようだ。モームのような一流の文士が情報機関に徴用され、その回想録が出版されたことも、実態を明るみに出すことに役立った。

スパイの仕事は闇から闇へ葬られる運命にあるから、その活動が一般に関係すれば、事件は謎となるのは当然である。マーローがエリザベス女王のスパイであったことがわかり、その死の真相が明るみに出たのも、やっと二十年くらい前である。スタンダールのブラウンシュワイヒやミラノにおける任務を、ゲーテは「多分スパイ」といっている。『赤と黒』の「密書」の章は、経験者の筆のようにも見える。『消えたエリザベス』は周到な考証に基いた尊敬すべき本だ。ただスパイ因子の導入が、解釈に幾分恣逸《しいつ》の色をつけるのが、二十世紀解釈の弱点である。真実は結局はわからない。

三月十三日

「保土ケ谷」で朝日クォータリー。惰性ゴルフで意味はない。それでも五等だから、ほかの連中がどんなに、でたらめかがわかる。

三月十四日

「風谷」は進まない。プランをいじり廻しているだけである。スタンダールはプランを立てない流儀だったが、僕がスタンダール流でやれる人間でないことはわかっている。およその結末へ向って、即興で筆を進めて行って、悪あがきになるのは、こりごりだ。プランが出来るまでは、書き始めないつもりだ。

石田英一郎、岡正雄、江上波夫、八幡一郎の討論記録『日本民族の起源』を読む。

九年前に行われた討論の議事録が、今頃に単行本になったのは異例といっていいだろう。討論形式はむだが多く（例えば司会者石田氏の発言が、続いて述べられる意見をなぞっているに過ぎない場合が多い）こういう種類の本として、説得力が不安定なのが欠点だが、江上氏の騎馬民族日本征服説は大変大胆な仮説で、これが徹底的に検討或いは反駁《はんばく》されないで、九年もほっておかれたのは、いぶかしいことだ。

「歴史全般を見渡しても、外敵の圧迫もない時に、定着農耕民自身の盛り上る力で強大な国家を作るような例はきわめてまれである。すなわちヨーロッパにおいても牧主農副の民族たるアリヤンが侵入してはじめて国家らしい国家が出来た。中国でもその最初の王朝と認められる殷王朝は、前述のごとく外来者で、太平洋方面の沿海的な民族らしい」（一五

○頁）

江上氏は古墳時代の後期にはじめて馬具の副葬を見る事実、雄略天皇の上表文中「西に衆夷の六十六国を服し」の記載その他から、天孫民族は四世紀の末、南鮮を飛石として渡来した、大陸北方の騎馬民族であると断定している。

大変大胆な仮説だが、江上氏の所論は、我々素人には大変刺戟的である。騎馬は大和朝廷が朝鮮戦争の間に、輸入したというのが、従来の説だったらしいが、交戦中の敵から、そう易々と戦闘技術が習得出来るものかどうか。逆に朝鮮に根拠を持った騎馬民族が、日本を征服し、故国が危殆《きたい》に瀕するに及んで、出兵したと想像する方が自然である。

江上氏の挙げている根拠は、まだ色々あって、説得的だが、多分この説の欠点は面白すぎるということだろう。馬具の出土も多くないようだし、大和朝廷の歴史家が、故国への出兵を新しい征服と潤色しなければならなかった理由も、明らかにされているとはいい難い。

これらの諸点が疑問のまま残るとすれば、大和平野の住民が朝鮮戦争で騎馬闘争を学んだという不自然な仮定を受け入れておくのが、歴史家の態度かも知れない。

しかし江上氏の説は騎馬民族との接触によって、各方面の先住民の芸術が取り得た新風を明快に説明して、魅力的な説なのである。騎乗から来る感受性の変革が、（同時に馬上の装飾物を軽くするという実際上の必要からも出た）重苦しい周の銅器から、戦国時代の軽快な器物の推移を生んだと考えられれば、愉快である。さらに地中海やヨーロッパについても、同じ推論を押し進めることが出来れば、我々の知識は豊かになる。

残念なのは『日本民族の起源』の討論の隙に、一般の歴史家、柳田國男先生などとの疎隔がうかがえることである。専門家の党派というものくらい、素人にとって迷惑なものはない。同じ党派或いは賛成者の本が、いちいち「好著」とか「卓れた研究」とか、形容されているのはわずらわしいことである。

一九五〇年という内乱時代の雰囲気が反映しているわけだが、人工衛星、水爆実験禁止の時代ともなれば、各党派の歩み寄りが望ましいのだ。

三月十五日

大野晋『日本語の起源』。いわゆる「好著」の一つだが、これはいい本である。日本語についての新書判は愚著が多いので、毛嫌いして読まずにすごして、損をした。レプチャ語起源説の横行を、学者が黙殺しているのが不服だったが、反駁するためには、俗書に引かれた語彙の全部をあたって見なければならないとは、学者も辛い商売である。

「神」のカミと「上」のカミが、古代では別音だったということを知ったのが、最も有益。

テレビのニュースで久保栄氏の自殺を知る。原因は仕事の行き詰りとのことである。近頃新劇人の自殺する者多し。昔は聞かなかったことだ。閉鎖的な同好の士の間で満足し合っていたのだが、戦後なまじ新劇人口が増大したので、虚栄心の方も増大し、少しインタヴァルが長くなると、行き詰ったように感じるのだ。

新劇や演奏会音楽はどうせ大衆は獲得出来ないのだから、同好観衆の獲得と教育に専心すべきだ。党派的活動はやめなければならないし、相互的救済機関も必要である。

久保氏の「のぼり窯」は尊敬に価する仕事だった。あれが完成しなかったのは惜しい。

三月十六日

松村武雄『日本神話の研究』、恐しく古臭い学者の文章である。しかし内容は新鮮である。歴史家や民俗学者が党派的偏見に囚われて、意地を張り合っている中で、この明治的文章の書き手が、一番柔軟な立場を取ろうとしているのである。

本はまだ序論で、博士の仕事はこれから始まる。戦争だ水爆だと騒いでいるうちに、いつの間にか二十年近くたっている。戦争科学にかぎらず、学問は各方面で進歩しているのだ。戦争中することがなかったので、学者は専門に打ち込んでいたという話だった。その結果がようやく出て来たのである。

文学や美術の理論も戦前とは比べものにならないくらい広くなったし、スタンダール研究も一昨年やっと、極東の老書生を納得させる本が出た。

各分野で専門化は進む一方だが、整理統合の方も忘れないでほしい。

若い頃わからなかったことが、わかる時まで生きていられたことに、幸福を感じている。

三月十九日

小説は依然として進まない。

春場所は珍しく上位陣が勝っているし、オープン戦には、長嶋なんて選手が出て来るし、オール・ブラックスは破壊的なラグビーを見せてくれるという有様で、朝から一日テレビの前へ坐っている始末だ。六時間チカチカしたブラウン管の光に当てられると、頭がぼーっとして、夜はなにも出来ぬ。

朝、寝床の中で真先に開けるのは各紙の運動欄で、長嶋と若乃花の勝利の記録を三度も読み返せば、一時間は軽く終ってしまう。『報知新聞』を隅から隅まで読むなんてことが、日課になろうとは思わなかった。

それにしても、長嶋なんてテレビで観るだけでも、胸がすくような選手が出て来たとけ、意外なことになったものである。僕は職業選手のこづら憎いプレーが嫌いで、原則として六大学野球贔屓なのだが、長嶋が学生野球の空気を職業野球に持ち込んでくれたのはありがたい。ただし時間潰しで困る。

野球評論家の解説というのが、また困ったものである。浜崎とか南村なんて連中は、批評すればいいと思っている。長嶋が本塁打をうってこっちがいい気持になってるところを、聞えてくるのは、いまの投手の球がいけなかったという批評である。

彼等が野球はもうあきあきするほど見ていて、目前の変化がさして珍しいものでないことはよくわかる。解説も御苦労様だ。しかし折角お客がよろこんでるところへ、水をぶっかけるようなことをいって、よろこんでるのは、どういうわけだ。

そこへ行くと中沢とか小西とか苦労人は違う、お客といっしょに野球を楽しんでいるように、少くとも、おもてむきはそう見える。これが同時解説の秘訣じゃないのか。

――と憤懣やる方ない思いのうちに、文学の方にも似たようなことがあるのに気がついた。批評家とはもう作品を読むことに、何のよろこびも感じることが出来ない人種である。野球評論家同様、小説はあきるほど読んでしまったのだ。作者の意気込、下心、小手先の芸、その他なんだって、手に取るようにわかるのだが、それをみんな言ってしまっては、実は身も蓋もないことなのである。

従って大抵の批評家には、中沢さんや小西さんのように、読者の感興をそがないように、芥川賞作品は美点を挙げ、ベスト・セラーは賞めちぎるという風にやっておくのが、礼儀というものであり、保身術ともなるわけだ。

もっとも近頃は少し中沢流の批評が多すぎるようだが、これも文運隆盛の兆として、慶賀すべきことかも知れない。浜崎流は翌日の新聞で読むと、成程とうなずけることが多いが、その時その場では、聞きたくないようなことばかりなのである。ベスト・セラーを読んだばかりの読者だって同じことだろうではないか。

東京新聞から文芸時評を頼まれている。来月連載がはじまってからだと、あまり自分のことを棚に上げたようなことも書きにくい。この際、少しいやなことを、いっといてやるのも悪くないかも知れない。ただし僕は浜崎流で行くつもりである。中沢流は専門家に任せればいいのだ。

四月六日

「風谷」はさっぱり進まず、東京へは先月三日『人と狼』を観に行って以来、もうひと月以上出ない。週に一回惰性で近辺のゴルフ場へ出掛けるだけ、とにかく閉じ籠ってはいるのだが、さて、朝起きれば、スポーツ新聞を精読し、昼はテレビの実況放送を見、晩酌にビールを飲んで、寝てしまうだけである。

小説を書くのを遷延しているだけの生活だ。むずかしい仕事になるのはわかっているので、その面倒を回避する気持。或いはほんとは書けないので、「不能」を「延期」におきかえて韜晦《とうかい》する気持か――ここは早く脱け出さなければならない。

しかしスポーツ新聞耽読になんの不都合がある？　政治は選挙気構えの茶番劇にすぎないし、私鉄ストに対する市民の意見は、「第三者に迷惑をかけてはならぬ」一点張りである。かわり栄えのしない紙面の連続だが、スポーツは毎日決定的に違った結果が出るのである。

ストライキは傭主と被傭者の間の私闘である。道傍の喧嘩の飛ばっちりで、横面の一つもぶんなぐられるのは迷惑な話にはちがいないが、道傍で喧嘩をはじめるには、それ相当深刻な理由があると解すべきで、横面の一つぐらい勘弁してやるのが人情ではあるまいか。労務者の要求を通す合法的手段がストライキよりない以上、われわれは我慢するほかはない。行楽客は平均労務者より生活条件にめぐまれていることはたしかである。

通勤者は乗物の不便を忍び、会社も事務の停滞に不服をいわないように馴れるのが望ましい。近代社会に労資の暴力的対立が、嵌め込まれているからには、止むを得ないではないか。

四月七日

平野謙『芸術と実生活』。薄気味の悪い本である。作品と作家の生活との関係を取り扱った本は外国にもあるが、これほど迫真的すごさを持っているものはない。

多分西欧の作家の生活がわれわれの生活ほど湿潤でないこと、死後百年ばかりは遺族その他に制約されて、平野氏が鷗外、藤村、秋声について行ったような、アクチュアルな研究は、発表の機会がないからであろう。

まったく日本的な本だが、こういう洞察力を鍛えた平野氏の実生活は、一体どうなんだろうと失礼な空想が頭をかすめた。私小説発生について、中村公式、伊藤公式などの存在を知ったが、私小説が日常茶飯的でない危機意識をモチーフとしているという平野説には賛成である。いろいろなことがわかって来るのはうれしいことである。

四月八日

相模で「吹きだまり」月例。グロス八十八で優勝した。益田義信が八十九、中野好夫が九十一で、われこそ優勝と鼻うごめかして上って来たのに気の毒であった。特に中野のがっかりした顔が観物であった。

これで「吹きだまり」は三回優勝。六カ月出場停止といううれしい処分をうけた。「吹きだまり」はわれわれの仲間で、獅子文六や宮田重雄の如く、技も拙く、年もとり、下手なりにかたまったと自認した者が形成した会であるが、身の程知らずの彼等は、いやがらせに部外者を勧誘する癖がある。しかも勧誘を受けた者は断ることが出来ないという規則まで勝手につくって、僕も到頭引きずり込まれたのだが、八回のうち三回優勝して、彼等に兜を脱がせたのは、痛快この上なし。

益田義信が二回優勝しているから、次回の出場停止は多分彼であろうが、こういう会は最初に脱出しなければ値打がない。あとでいくら優勝したって、それはもう僕がいないからだといわれても仕方があるまい。実に実にいい気持である。

実はこの日は三時から東京で「鉢の木」の連中と寄り合う予定があった。しかも新雑誌創刊の打ち合せという大事な会だったのだが、優勝したらおそくなると福田恆存にいってあった。おそくなれて倖せだった。

打ち合せは夕刻までに終り、夜は出版元の丸善側との顔合せである。七時、中洲の料亭に到着、丸善側より社長の司さん、編輯担当の本庄さん、その他「鉢の木」全員が揃っている。優勝の報告をすると、縁起がいいと吉田健一がよろこんだ。

「優勝した人の顔っていいもんだな」なぞとうれしいこともいってくれる。

雑誌をやってみたいという気は、二年来われわれの間に動いていたのである。「鉢の木」はまあ発表機関にはこと欠かない連中ばかりだが、やはり註文原稿だから、好きなところへ好きなことを書くというわけには行っていない。

僕の場合なら、中原中也の伝記を書き出してからもう九年で、ライフ・ワークとまで自惚れているくらいだが、連載さしてくれる雑誌はないので、やむを得ず小説の名目で、散発的に方々の雑誌へ発表したまま中絶している。

連載小説の註文があったから、小説は種切れだが、中原の伝記なら連載出来ると答えると、

「あれから一体どうなるんですか」

という挨拶には恐れ入った。スタンダール伝だって、やらしてくれそうなところはどこに

もない。

そういうものを「鉢の木」の連中はめいめい持っている。いや、今の文壇生活をしている人なら誰でも持っているんじゃあるまいか。みんなのそういう原稿と、われわれのを合わせて、地味な季刊誌を出したいという気持は、ずっと前から話に出ていた。

ただ実際問題として、文芸雑誌並の原稿料が出せなくては、結局長続きがしないから、やはりスポンサーがいる。それが偶然のことから、急に丸善で引き受けてくれることになったのである。

この日の打合せは、雑誌の名前をきめることだった。僕はおくれた場合は、他の連中に一任ということにしてあったが、それは「芸術」がよかろうということになっていた。雑誌は文学だけではなく、吉川逸治の担当で美術も対象とする予定で、なるべく広く具体的な名前が望まれたのである。ただ敗戦直後八雲書店から、この名前で文芸雑誌が出ていたから、それが登録されているかどうかが、残された問題となった。

丸善としては義侠的行為であるから、鷹揚なものである。われわれとしてもこんな雑誌を計画するのは二十年振りで、若返ったような、いい気持である。九時散会。福田といっしょに大磯へ帰る車中も、雑誌の話ばかりしていた。

四月九日

選抜高校野球準決勝で、朝からテレビの前へ坐っている。眼が痛くなるので、サン・グラスをかけて見るようになってはおしまいである。テレビとゴルフ場のない土地へ行かなければ、「風谷」は書き出せっこないということがよくわかった。

去年テレビを扱った小説を書いたことがあるので、大体の見当はついている。松本盆地である。少し不便で、まだ寒そうだが、上高地まで入ってしまえば、ほかにすることはなく、いやでも仕事をするにちがいない。旅に出て仕事をする習慣は、ゴルフに凝り出してから廃止しているが、この際復活しなくてはどうにもならぬ。

夜ハウザー『芸術の歴史』1（高橋義孝訳）を少々。原題は「芸術と文学の社会史」、文学の方は少し御粗末のようだが、明快な本である。こんな本を持ってる今の若い人達は倖せだ。ハウゼンシュタインを読んで、「ほんとうにこの通りだろうか」と考え込まねばならなかった我々の世代とは、大変な相違である。

こんな立派な書物を訳す一方、あんな空とぼけた随筆をものされる高橋義孝さんは、なかなか油断のならない御仁だ。

四月十日

菅生《すごう》事件、検察側の実験が取り上げられなかったことを新聞で知る。警視庁捜査研究所とやらも、ばかな実験をしたものだ。ねらって投げれば、六割ぐらいは望み通り、ビール瓶が破れずに乗るのはあたりまえである。陪審裁判ならこんな鑑定を出せば、それだけで評決は無罪に傾いてしまう。

二十六、七年の日本は内乱状態にあったと考えていいのではないかと思う。火焔ビンと人民艦隊があったんだから、警察でもオトリ捜査ぐらいやらずにはいられまい。ただ平和共存の今日ともなれば、罪は双方にありとして、当時の裁判は一度全部御破算ということにしてみたらどうだろう。犠牲者には気の毒だが、意地や行きがかりで、無辜が追及されるのは、見ている方が辛い。

正午より、産経会館東京グリルにて、「小高親氏をしのぶ会」。「新外映」の鈴木崧《たかし》氏の提唱で集る者四十人。

故人は僕が戦時中勤めていた神戸の帝国酸素に住友資本を代表しておられた方である。フランス資本が八割であるから、名目だけの常務、小高さんもそこはよく心得ておられた。住友から派遣されるにしても、役不足というところだったらしい。飄々としてつかまえどころのない風格は、都落ちした文学青年には、大変頼もしく感ぜられた。

戦後は東京の街頭で一度お目にかかっただけだったが、

「大岡は会社員になっても、文士になっても、ちっとも変らないから、見込みがある」

といわれた由、大変ありがたく聞いた。もっとも、あんまり変らなすぎるのに飽きが来ているこの頃ではあるが――自分に癌が来ているのを知らずに、友達の癌ばかり心配しているうちに、先に逝ってしまったのも、小高さんらしい、というような思い出が、各方面から出て、なかなかいい集りであった。

二時半散会になると、この集りのために上京した僕には夕方まで行く所がない。そこで真直に後楽園へとは、僕の野球の毒も、かなり廻っていると見なければならぬ。巨人対大洋。春の驟雨《しゅうう》が来て試合開始が三十分おくれても、帰る気にならないのだから、どうしても上高地へ行かなくては駄目だ。十四日に小金井のゴルフ会で出て来るから、そのまま立川から乗ってしまおうと思い定めた。長嶋が風ホームランを打った。

銀座一丁目の「福喜ずし」で腹をこさえてから、七丁目方面の行きつけの酒場の集合地点へ歩いていると、路傍の地下映画劇場の『マダムと泥棒』の看板が眼についた。

アレック・ギネスは最近『戦場にかける橋』で惚れ直しているので、早速入った。悪漢が五人かかっても、たった一人のヴィクトリヤ朝生き残りの婆さんを殺すことが出来ず、たがいに殺し合って全滅、戦利品は婆さんのものになるという喜劇。役者はみんなうまいが、アレック・ギネスはオーヴァー・アクテッドである。映画はこんなに芝居をする必要はない。

「ブンケ」「二十五時」と廻って「エスポワール」へ行くと、今日出海と中野好夫が酔っぱらっている。マニラのアジア映画祭に審査員として、とっくに出発したものと思っていた二人である。僕も今ちゃんからちょっと声をかけられ、フィリピンへ行きたいのは山々だが、重い「風谷」を控えているので、すべて犠牲にしたのである。

「なんだ、おめえら、まだ銀座でまごまごしてんのか」

「大きなお世話だ。おめえこそ、いままでどこにいた。三等バーばかり歩きやがって」

十一時近く、双方すっかり酔払っているのである。湘南電車の終発は十一時半だが、今ちゃんはタクシーでいっしょに帰ろうといってきかない。なお二軒廻ってから、タクシーに乗ると、ぐっすり寝てしまった。僕だけ藤沢の路上で休息中の東京のタクシーに乗り継いで、大磯へ帰ったのは四時であった。

もとの上役を偲ぶ会、野球、映画、酒場と、ひと月ぶりで充実した東京の一日であった。

四月十一日

『芸術の歴史』を読み終る。旧石器時代の洞穴の壁画の自然主義が、近代美術史の発展段階のすべてを含んでいるのは、驚くべきことだし、それが幾何学的模様中心の芸術より先行しているという点も大体において間違いなさそうだ。

ただ細かいところで、リード『イコンとイデヤ』キューン『人類と文化の誕生』などの記述の喰い違いがあるのが、素人には迷いの種である。例えばリードの本に載っているラスコー洞窟の狩猟の図は、旧石器時代前期と推定されるらしいが、そこには明らかに幾何学模様が見える。

動物は自然主義的（リードの用語ではヴァイタリティ）人間は符牒的に描かれると、リードは論じているが、キューンの本の挿画では、呪術師は稍〻自然主義的に描かれている。みんな資料の混乱から起っているように見えて、もどかしい。

四月十二日

松本へ行くことにきめると、かえって安心して、テレビの前へ坐ってみたり、なっていない。遠藤周作『海と毒薬』を読む。第一部、生体解剖に参加した医師の現在の状態から描き出す部分が、少し思わせぶりでたどたどしいが、舞台が戦時中の九州へ移ってからは、潑剌として来る。人物を個別的に書き分けて、一つの異常な集団行為にまとめて行くのは、シンフォニイ作曲家の手腕である。これは傑作だ。

それに引き替えて、ふがいないのはわが身である。さっさと出掛けてしまえばいいものを、（松本は今頃桜が咲いてるだろう）金の工面がつかなかったり、丁度その十四日に約束が出来たり、義歯をかいたり、故障だらけである。こんなおれじゃなかったのだが——

四月十三日

雨。明日は小金井。十時スタートに間に合うためには、大磯を七時に出ねばならぬ。二時間半電車や自動車に乗った挙句のゴルフでは、三打か四打損だ。その日暮しのゴルフでも、「吹きだまり」の余勢をかって、あわよくばと思っているから、獅子文六といっしょに明朝出発と、一応主催者の読売に連絡ずみだが、今日のうちに東京へ行っとこうか、どうしようかと迷ってると、正午下曽我の尾崎一雄から電話がかかって来た。

彼が編輯している雑誌『風報』の原稿の連絡なのだが、碁の話が出ると、つい「一丁やるか」ということになってしまった。

こんどはこっちから彼の家へ押しかける番である。タクシーで三十分。一時戦闘開始。定先に打ち込んだばかりだが、不思議にするすると二番負けた。

関東は雨でも関西は晴れていた。テレビで甲子園の巨人阪神戦を見るために、碁盤を茶の間に移して、尾崎が画面に気を取られてる隙に、やっと一番返したが、次はこっちが気を取られて負け。野球が終ったので、また一番返して、カド番にされずにすんだ。

それでも仕事が気になり、タクシーは六時に来るようにいってある。尾崎も奥さんが丁度、同窓会で雨の箱根へ登っていて、落着かず、気の乗らない勝負であった。

しかも早く引き上げたというだけで、家へ帰っても仕事にかかるわけではない。明日の早起きに具えて、さっさと睡眠剤を飲んで寝てしまった。変な一日であった。

四月十四日

獅子文六と七時十四分発の上りに乗る。曇天。ただし雨にはならないという天気予報だったと文六の話。

八時二十七分新橋着。間もなく鎌倉から着いた横山隆一と三人で小金井へ向う。泰三はやはり昨夜は東京に泊った由、心掛けが違う。

小金井の桜はほとんど散り尽していた。九時半ゴルフ場に到着。直ちに練習にかかる。川口松太郎、佐佐木茂索の怨敵の面々、みな張り切って、練習場はいっぱいだ。

横山泰三、原四郎、石坂洋次郎夫人と共に第二組で出発。三番あたりまでまあまあだったが、四番で五十ヤード先の池へ落としてから、くずれ出して、アウト五十五。昼食後、インは四十ぐらいまでがんばる予定のところ、最初十番でパーを取りそこなったのに、身分不相応にがっかりして、あとはボギーばかり。十六、十七、十八番にダブル・ボギーまで出して、やっと四十九、合計百四ではとてもお話にならない。

この日は六時から赤坂の支那料理店で「鉢の木」の例会だが、その前に新雑誌打合せのため、四時に丸善集合の予定。またもや「優勝したらおそくなるよ」といい気なものだったが、これではおそくなる理由がない。時刻が二時半、このままタクシーで帰ればいいのだが、泰三も早く帰らなければならないそうで、もうハーフ廻って、いっしょに帰ろうよ、ということになり、予報に反して、雨もぱらつき、寒くなって来たコースへ出て、上って来たのが四時。風呂にも入らず車に乗った。

もう丸善へ行っても間に合わないが、赤坂の支那料理には早すぎる。バッグだけその店において、泰三と銀座で軽く一杯。

この月の「鉢の木会」は、故神西清に捧げて、われわれの自宅ではないところですることになっていた。百合子未亡人、一番先に故人の遺作集を出版してくれた中央公論の嶋中さんをゲストにしてあった。

料理は上乗、未亡人もうれしそうだった。僕はぺらぺら新雑誌のことを喋ったが、これは挨拶状を出すまで秘密なので、嶋中さんの前でいってはいけなかった由、あとでみんなにおこられた。

「鉢の木」の連中は晩食後酒場へ行く習慣を持っていない。中村、吉田と烏森《からすもり》の「新宮ずし」へ寄り、健坊が支那料理のあとですしを喰うのを見る。中村は十時すぎの電車で鎌倉へ帰った。健坊はますます酔って来る様子なので、失敬して銀座の酒場へ廻ったが、今日出海がフィリピンへ行って留守なので、なかなか知った顔にめぐり会わない。「二十五時」でやっと横山隆一に会ったが、これは昼間の成績を思い出させる顔なので、うれしくもない。変に半端な気分で、赤坂の旅館「大矢」へ帰った。

四月十五日

七時半に眼が覚めた。按摩を取り、風呂へ入り、飯を食ったら、また眠くなって午後二時まで、寝てしまった。『新潮』の小島さんより電話。「作家の兄弟」というグラビヤで、弟と写真を撮りたいという。

弟辰弥は池袋の奥の要町《かなめちょう》で、本屋をやっている。四年前僕が外国にいる間に、公務員をやめた退職金で小さな店を出したのである。相談を受ければ無論とめたのだが、パリにいてはどうにもならぬ。それからスクーターが自動車にはねられて怪我をしたり、四苦八苦で、いつつぶれるかと随分はらはらさせたものだが、石の上にも三年で、どうやら日販から配給を受けるようになった。

僕より七つ下だから、それだけ早く親父に死なれてる勘定で、若い時から苦労のし続けである。別に自慢するほどの弟でもないが、グラビヤになれば宣伝にもなり、仲間の顔も良くなるかもしれない。小島さんの申出を、僕は感謝して受けた。

ただし僕が東京へ泊ったのは、主として欠けた義歯の修繕のためであるから、まず銀座の河辺歯科に行かねばならぬ。それから池袋へは新潮社が順路だから、タクシーで写真屋さんを拾って行くと約束した。同時に前借若干を申込んだ。松本行の旅費の足しである。今日は発てなかったが、十八日に朝日のクォータリー・ゴルフが保土ケ谷である。その晩こそ発ってしまう固い決意である。

万事予定通り行って、五時要町の弟の店に着いた。姪の啓子はまだ学校から帰っていなかったが、甥の浩幸を入れたりして、三十分ほど撮って貰う。予め電話してあったから、弟も少しはさっぱりしたなりをしているかと思ったら、きたないジャンパーのままである。

「働く人間はこの方がいいんだ」

ということである。弟はだんだん死んだ親父に似て来る。

用が済んでも、ゆっくりもしていられない。小島さんは別の用で世田谷へ廻った。写真屋さんを新潮社前で降し、銀座へ向う途中、ふと新小川町の創元社へ寄って見る気になった。

しかし小林茂さんも秋山君も留守。社員に松本附近で仕事の出来そうな所について情報を求めた。この陽気では上高地は寒そうだし、浅間温泉は賑かすぎるのである。

一人で銀座へ出て、何を食おうかと迷っていたら、幸い文藝春秋の花房、鷲尾両君に会った。花房君は近く渡仏の予定。天麩羅を食おうといってくれたので助かった。愛宕《あたご》警察前のお座敷天麩羅を御馳走になり、大酔して方々歩いてから、十一時半の終発で大磯に帰った。

二つの悪い報せが待っていた。一つは家人の父が、肺浸潤で姫路の病院へ入院したということ。一つは庭の前方の土地が売りに出たということである。

わが家は僕が外国へ行く前、借家ではいつ追い立てを食うかもしれないから、留守宅に工合のよさそうな家を、獅子文六の親戚の方から買ったものである。庭先は松が低く見通しなので、前方の四百坪ほどの空地もついでに売ってくれと頼んだのだが、元別荘番が老後の楽しみに百姓をするために取っておいてやらなければならないということだった。

では売る時は、まずこっちへ声をかけるのを附帯条件として、売買契約が成立した。その土地を売ることにしたから、買うんなら買ってくれと支配人から電話があったのである。

しかしその後土地は値上りしていて、今の僕にはおいそれとは買えない額になっている。といって書斎が張り出してしまった今となっては、そっちへ近くなり、どんな人が来て、どんな家を建てられるかわからないのではかなわない。

今年は僕は稼がないつもりで、金になる連載はみんな断ってしまったのだが、いろいろ考えてみるに、生活のコースを急に変えるのはよくないようだ。税金だって払えやしないのだ。

考えられる唯一の救済策は、誰か金持に頼み込んで、その土地を買って貰い、それをまた貸して貰うことである。

水野成夫は酔払うと「おい、原稿紙の枡を埋めて暮すのもしんが疲れるだろう。監査役にならんか」なんてことをいう男である。こんな時にたよりになって貰わなくては困るが、実業家はその時々の必要を持っていて、大言壮語をいちいち実行していては、たまらないだろう。

文藝春秋の佐佐木社長は、いつか忘年会の席上で「文春は発行部数の割に原稿料が安いという声もありますが、いつもお世話になっている方々の生活の御役に立つ方法は、別に考慮中であります」と演説をぶったことがあったから、頼み込む筋もありそうだが、僕の前方の空地はいわば贅沢である。こんなことまでいちいち附合っていては、文藝春秋の屋台が持つまい。

義父の入院の方は、健康保険があって、さし当り金の問題はないが、前方の土地の方は金だけである。だからこの方が悪い報せだ。

四月十六日

旧友坂本睦子《むつこ》の自殺を知る。十四日中に薬を飲んだのだが、発見が二十四時間以後になるよう処置が取られてあったので、手当が出来なかったのである。

先頃『婦人朝日』で和田芳恵さんが書かれたように、拙作『武蔵野夫人』の主人公は、故人の俤《おもかげ》を一番かりている。僕は自殺は罪悪だと書いたつもりだったが、それはまったく故人の知ったことではなかった。

故人の親友石田愛子も脳溢血で入院中で、再起の見込はない。若い二人がビヤホール・ミュンヘンのカウンターに並び、愛国行進曲がホールに鳴り響いていた頃は一つの時代だった。それから銀座も変り、二人は年をとった。一つの時代の終焉と人の噂も七十五日だろうが、親族へ宛てた遺書に、誰にも知らせないで、検屍が辛いと書いてあった。

四月十八日

「風谷」がどうもうまく行かないのは、人間がいないからかもしれない。その谷を人が歩いているという心意気で、谷という字に人を添えてみたらどうだろう。そうすると「俗」という字になり、全体は「風俗」になる。これにきめた。「風俗」という題は最初から気に入らなかったのだ。

題がかわれば話もかわって来る。中央公論にさらに一カ月の延期を申し出る。

四月十九日

日蝕。谷中瑞輪寺《やなかずいりんじ》で坂本睦子の告別式。

四月二十四日

新雑誌の編輯会議のため上京。電車で獅子文六といっしょになる。前の土地が売りに出たが、値が上って困っていると話すと、

「そうだろう。今にきっと上るから、取っておけって、おれが義弟にすすめたんだ」という。

「そんならお前が張本人だ。金を貸せ」

「お前みたいな貧乏人に貸せるか」

「誰にも貸しやしねえ癖に、より好みしやがるな。工面してみるから、ちょっと待ってく

れっていってあるんだが……」

「工面なんか出来っこねえよ。義弟によくいっとかなくっちゃ……」

ひどい奴は藤沢で降りてゴルフに行った。

三時より丸善五階で編輯会議。「芸術」はやはり登録されていて駄目。次案は「声」で行くことになっていた。「声」は登録されてない。挨拶状発送済の由、本庄さんから報告があった。編輯方針、事務細目について打合せ。六時散会。

「福喜ずし」へ行ったが、生憎休み。どこでなにを食うか、あてがなくなった。面倒臭いからなにも食わないことにして、方々の酒場の借金を払って歩く。当分銀座へは来ないつもりである。

『文学界』の連載の締切が迫っているので、「大矢」へ泊る。

四月二十六日

朝、「大矢」で「現代小説作法」第六回十四枚を渡す。手探りの恰好だった講座も、「エヂプス王」でやっと「人物」に辿りついた。あとは楽だ。

午後筑摩書房社員が家へ来ることになっているので、正午帰って、昨日建設省が庭を測量に来たことを知る。国道大磯二宮間の押切橋で事故が多すぎるので、この辺から海岸を走って、橋の先で合せるプランが、五カ年計画に入ったのである。新築の書斎はすっぽり道路にはまってしまう。

貧乏文士が家を買ったり、書斎を建てたり、柄じゃなかった。天の配剤と申すべきである。路線は多少変更になるとしても、東海道に沿ってちゃ、この家はとても仕事にならない。前の空地のこともこれで考えなくてすむ。これでさっぱりした。

巻末付録

大岡昇平『成城だより』書評

小林信彦

『成城だより』は、「文学界」の一九八〇年一月号から十二月号まで連載された。

この期間、ぼくは、「文学界」が送られてくると、『成城だより』だけを読んだ。「文学界」編集部のTさんに、そう話したこともある。これは、ある意味では失礼なはなしなのだが、Tさんは声を弾ませていた。

初めは、〈老文学者の日録〉風だったが、この本でいえば七十五頁〔本書八二頁〕の「地獄の黙示録」研究の辺りから、著者も〈たちまち浮かれ出した〉と書いているような騒ぎが始まった。一回の枚数が長くなり、ひとごととはいえ、病気に障りはしないかと、ぼくは心配したほどである。〈老文学者の日録〉どころか、地の文にまで〈やばい〉などという俗語があらわれ、よくいえば知的好奇心、はっきりいえば野次馬精神が躍動する。

中島みゆきのLPをきき、「地獄の黙示録」のダイアローグまで点検するのめり込み方は、明らかに血液B型人間の特徴である。ぼくは自分がB型だからよくわかるのだが、じつは、これは〈知的好奇心〉でも〈野次馬精神〉でもなく、やむにやまれぬ生理的衝動によるのである。そうでなかったら、「地獄の黙示録」のサントラ二枚組レコードを買い、コンラッドの『闇の奥』を読み、訳者（中野好夫）に電話で問い合わせるなんて真似はできやしない。ぼくが、一面識もない著者の身を案じたのは、血が騒ぎ、浮かれ出したあと、どのくらい疲労するかを知っているからである。

しかしながら、衝動の根底に、おどろくべき若々しさがあるのは確かであり、それゆえに『成城だより』は、いよいよ閉鎖的になってゆく文芸雑誌の中で珍しく〈ひらかれた〉印象をあたえた。多くの人に愛読されたのは、この〈ひらかれた〉感性のためだとぼくは思う。（ちなみに、ぼくは送られてくる新劇雑誌の対談をよく読むが、仲間うちだけに通じる符牒・方言で喋っているので、まことにわかりにくい。好意的に読んでいるぼくに理解できないのだから、ふつうの読者に通じるはずがない。俗化すまいという姿勢はわかるが、しかし、ふつうの日本語で喋れるはずだ。そして、文芸雑誌も、外部の眼で見れば、似たようなものだと思う。符牒だらけの高踏的評論と俗耳に入り易い俗論の二つしかない〈状況〉は、困ったものではないか。）

ぼくは、この書評のために、本書を二度読みかえしたが、連載中の〈浮かれ出した〉印象は消え、意外なまでに静かな日録であった。むかし、堀辰雄が亡くなったときに、ひどい罵言を吐いた、著者のああいう毒が散らばっているように思っていたのだが、そうではなかった。思うに、連載中は、周囲の頁に生彩がないために、『成城だより』が、あたかもツービートのような元気と毒を感じさせたのであろう。

　さて、連載中に、ぼくがもっとも驚いたのは、ＹＭＯの坂本龍一が、坂本一亀さんの息子さんだというくだりであった。まったく意外である。ぼくの処女長篇『虚栄の市』をひろって下さったのは坂本一亀さんであるから、びっくり仰天し、改めてＹＭＯに注目するようになった。〈教授〉という綽名《あだな》の人が坂本龍一で、そういえば、父君も〈教授〉といった雰囲気を漂わせてはいた。）

　カート・ヴォネガットの『母なる夜』の訳者が、福永武彦氏の遺児というのも初めて知ったことだ。

　もう一つの興味は、亡くなった方たちに関してである。一冊の本になって改めて感じたのだが、著者にショックをあたえた数々の死が、なぜか、ぼくにも関係があるのだ。

　一月二十五日に、「海」編集長塙嘉彦《はなわよしひこ》さんが亡くなった時、ぼくはシンガポールのホテルの冷房のきき過ぎた部屋にいた。ふっと不安を感じて日本に電話を入れると、家人が思いつめた声で「塙さんが亡くなったの」と言った。塙さんについては、いずれ、まとまった文章を書かねばなるまい。某文芸誌でボツにされた原稿二つを「海」にのせてくれたのも塙さんで、二つとも芥川賞の候補になった。

　五月の野呂邦暢《くにのぶ》の急逝について、著者はこう記す。

〈温和な風貌、しんの強いところがありそうだったが、少し柔かすぎる一面もあり、そこ

が気になった。〉

連載中、どきっとした一行である。ぼくは追悼文（「十日前の会話」）（「文学界」一九八〇年七月号に掲載）に書けなかったが、丸山健二氏が「新潮」の追悼文で批判したのが、この〈柔かすぎる一面〉であった。

九月末の河上徹太郎氏の死去の影響は、氏を〈人生の師〉と仰ぐニューヨーク在住の大平和登氏が、急遽帰国したため、ぼくがニューヨークに二週間とり残される形であらわれた。大平氏は岩国まで行き、ニューヨークに戻ってから、「大岡さんが見えなかったなあ」と呟いていたが、本書を読めば事情を納得するであろう。

第三の興味は、著者の谷崎賞選考委員辞任にともなう感想（野間賞での不快な想い出、女流文学賞選評への怒り）である。

〈筆者は尾崎一雄の選考委員七十歳停年説に賛成なり。〉

〈全部が全部そうではなかろうが、老廃文士選考委員の地位にしがみつきて、自分の愛顧する後輩のもののほか、読まずに出席す。喜劇にして不正なり。〉

〈賞とはそれにふさわしき人と作品に出すべきものにして、自由ではない。〉

ぼくは出す側の事情には疎くて、ファルス小説『悪魔の下回り』は、芸術祭と毎日映画コンクールでの審査員体験を文学賞に置きかえて書いたのだが、まあ、だいたい、同じようなものだとわかった。少くとも、〈当らずといえども遠からず〉ではないか。

『成城だより』は、自閉と猫なで声と偽善におおわれたある時代の文壇に、風を通した記録として、後世、読まれることになるだろう。

著者に一貫しているのは、好奇心と無邪気さ（著者の用語では無垢）である。はるかむかし、『富士に立つ影』の天衣無縫な熊木公太郎の外房放浪のくだりを著者が称揚しているのを読んだ記憶があるが、思えば、漱石の『坊っちゃん』も、熊木公太郎も、ともにB型ヒーローなのであった。

（「海」一九八一年五月号）

大岡昇平『作家の日記』書評

三島由紀夫

この日記を読んで、小説を読むよりも、何か一そう大岡昇平について知った、という人があったら、その人は何か読みちがえているにちがいない、と私には思われる。この日記には告白的なところはみじんもないし、そうかといって、ミスティフィケイションで飾られているのでもない。大岡昇平氏は、絶対に自尊心を傷つけられないような態勢を作った上で、さて、世にも率直な愚痴をこぼすのだが、そういうところがこの日記のユニークなところである。

ある悪口屋は連載半ばで、これを「ゴルフ日記」と呼んだ。ところが日記がゴルフの記事で充たされているのは、大岡氏がゴルフに熱中しているからではなく、われわれの日常生活の記述というものは、生活の空白との闘いの記述たらざるをえないから、必然的に大岡氏の場合はゴルフが顔を出すにすぎない。その註釈はちゃんとついている。

「この頃になって、(ゴルフが)やっと時間の空費ではなかったかという気がして来ている。結局この二年間は逃避であった。なにから逃げていたか、自分では知っている。仕事の目標を失った空虚。使い道のない精力のはけ口、疲れを得る手段だった。

しかしこんなことはゴルフが当り出してから、考えるのである。夢中の時は、こうは行かない」

しかし、こういう文章をあんまり心理的にとってはいけない。それはたまたま『看聞御記《かんもんぎょき》』をぱらぱらとめくって、日にふれる退屈な記述、

「四日。晴。瘧病落之間令行水。男女献賀酒。

五日。晴。法安寺所預文書悉虫払了返遣。

六日。晴。御乳人帰参。内裏被下勅書」

などという記述と大差のあるものではない。

大岡氏は本当は事実だけを書きたいのだが、現代生活の日常には、そんなに事実なんでがそこらにころがっているわけではない。ありあまるほどあるのは心理的事実だが、そんなものを書くくらいなら、むしろ氏はうんとペダンチックになることのほうを選び、ポオの飜訳に難癖をつけたりしている。

退屈な人間は狂人に似ているということをよく知っている氏は、あるとき卒然として狂気を演ずる。氏は追憶のうちに火花を見、その火花が現在を破壊するのを見る。手が紙上にうごく。妙な詩のようなものが出来た。それは異様な抒情的熱狂を伴った叙事詩であって、霊呼《たまよ》ばいのように、事実と人名が次々と喚起されて、一つ一つが今は失われたかにみ

えた強烈な意味をよみがえらせる。六十八頁から八十頁〔本書三〇〇〜三〇九頁〕におよぶ詩のようなものは、この日記の圧巻である。

「おーい、みんな、

伊藤、真藤、新井、厨川、市木、平山、それからもう一人の伊藤、……」

これは兵士たちが死の間際に塹壕に書きのこす文体であって、私は鬼気を感じた。しかしこんな文体で小説を書くことは不可能であって、こういう詩のようなものが氏の中から迸《ほとばし》り出るとき、氏は多分、自分が正確に何ものであるかを知らない。文学者の書く日記が、これほどまでに無垢《むく》になりえた例は稀有《けう》であろう。

（「群像」一九五八年十月号）

大岡昇平作品名

現代小説作法〔小説作法〕（文藝春秋新社、1962年）　248, 363
野火（創元社、1952年）258, 332
ハムレット日記（『新潮』1955年4〜10月号）　317, 332
武蔵野夫人（講談社、1950年）　281, 282, 313, 361
雌花（新潮社、1957年）281, 282

作家の日記　索引

人　名

あ　行

か　行

さ　行

成城だより
初　出　「文学界」一九八〇年一～十二月号
初　刊　『成城だより』文藝春秋、一九八一年三月

作家の日記
初　出　「新潮」一九五八年一～六月号
初　刊　『作家の日記』新潮社、一九五八年七月

編集付記

一、本書は『成城だより』（文藝春秋、一九八一年三月）に、『作家の日記』（新潮社、一九五八年七月）所収の表題作を併せて文庫化したものである。

一、文庫化にあたり、筑摩書房版『大岡昇平全集』14、22を底本とした。底本中、明らかな誤植と考えられる箇所は訂正し、難読と思われる語には新たにルビを付した。

一、巻末付録はそれぞれ初出誌を底本とし、初刊本を参照した。「大岡昇平『作家の日記』書評」は、旧かな遣いを新かな遣いに改めた。

一、本文中、今日の人権意識に照らして不適切な語句や表現が見られるが、著者が故人であること、執筆当時の時代背景と作品の文化的価値に鑑みて、そのままの表現とした。

中公文庫

成城《せいじょう》だより
——付《ふ》・作家《さっか》の日記《にっき》

2019年8月25日　初版発行

著　者　大岡《おおおか》昇平《しょうへい》

発行者　松田陽三

発行所　中央公論新社
〒100-8152　東京都千代田区大手町1-7-1
電話　販売 03-5299-1730　編集 03-5299-1890
URL http://www.chuko.co.jp/

DTP　ハンズ・ミケ
印　刷　三晃印刷
製　本　小泉製本

Published by CHUOKORON-SHINSHA, INC.
Printed in Japan　ISBN978-4-12-206765-3 C1195

中公文庫既刊より

各書目の下段の数字はISBNコードです。978－4－12が省略してあります。

お-2-10
ゴルフ 酒 旅 大岡昇平
獅子文六、石原慎太郎ら文士とのゴルフ、一年におよぶ米欧旅行の見聞……。多忙な作家の執筆の合間には、いつも「ゴルフ、酒、旅」があった。〈解説〉宮田毬栄
206224-5

お-2-11
ミンドロ島ふたたび 大岡昇平
自らの生と死との彷徨の跡。亡き戦友への追慕と鎮魂の情をこめて、詩情ゆたかに戦場の島を描く。『俘虜記』の舞台、ミンドロ、レイテへの旅。〈解説〉湯川 豊
206272-6

お-2-12
大岡昇平 歴史小説集成 大岡昇平
「挙兵」「吉村虎太郎」など長篇『天誅組』に連なる作品群ほか、「高杉晋作」「竜馬殺し」「将門記」など戦争小説としての歴史小説全10編。〈解説〉川村 湊
206352-5

お-2-13
レイテ戦記（一） 大岡昇平
太平洋戦争の天王山・レイテ島での死闘を再現した戦記文学の金字塔。巻末に講演「『レイテ戦記』の意図」を付す。毎日芸術賞受賞。〈解説〉大江健三郎
206576-5

お-2-14
レイテ戦記（二） 大岡昇平
リモン峠で戦った第一師団の歩兵は、日本の歴史自身と戦っていたのである――インタビュー「『レイテ戦記』を語る」を収録。〈解説〉加賀乙彦
206580-2

お-2-15
レイテ戦記（三） 大岡昇平
マッカーサー大将がレイテ戦終結を宣言後も、徹底抗戦を続ける日本軍。大西巨人との対談「戦争・文学・人間」を巻末に新収録。〈解説〉菅野昭正
206595-6

お-2-16
レイテ戦記（四） 大岡昇平
太平洋戦争最悪の戦場を鎮魂の祈りを込め描く著者渾身の巨篇。巻末に「連載後記」、エッセイ「『レイテ戦記』を直す」を新たに付す。〈解説〉加藤陽子
206610-6

お-2-17
小林秀雄
大岡昇平
親交五十五年、評論から追悼文まで「人生の教師」であった批評家の詩と真実を綴った全文集。巻末に小林との対談収録。文庫オリジナル。〈解説〉山城むつみ
206656-4

こ-14-1
人生について
小林秀雄
人生いかに生くべきか――この永遠のテーマをめぐって正しく問い、物の奥を見きわめようとする思索の軌跡を辿る代表的文粋。〈解説〉水上 勉
200542-6

み-9-6
太陽と鉄
三島由紀夫
三島ミスチシズムの精髄を明かす表題作。作家として自立するまでを語る「私の遍歴時代」。三島文学の本質を明かす自伝的作品二篇。〈解説〉佐伯彰一
201468-8

み-9-7
文章読本
三島由紀夫
あらゆる様式の文章・技巧の面白さ美しさを、該博な知識と豊富な実例と実作の経験から詳細に解明した万人必読の文章読本。〈解説〉野口武彦
202488-5

み-9-9
作家論 新装版
三島由紀夫
森鷗外、谷崎潤一郎、川端康成ら作家15人の詩精神と美意識を解明。『太陽と鉄』と共に「批評の仕事の二本の柱」と自認する書。〈解説〉関川夏央
206259-7

み-9-10
荒野より 新装版
三島由紀夫
不気味な青年の訪れを綴った短編「荒野より」、東京五輪観戦記「オリンピック」など、〈楯の会〉結成前の心境を綴った作品集。〈解説〉猪瀬直樹
206265-8

み-9-11
小説読本
三島由紀夫
作家を志す人々のために「小説とは何か」を解き明かし、自ら実践する小説作法を披瀝する、三島由紀夫による小説指南の書。〈解説〉平野啓一郎
206302-0

み-9-12
古典文学読本
三島由紀夫
「日本文学小史」をはじめ、独自の美意識によって古今集や能、葉隠まで古典の魅力を綴った秀抜なエッセイを初集成。文庫オリジナル。〈解説〉富岡幸一郎
206323-5

各書目の下段の数字はISBNコードです。978-4-12が省略してあります。

み-9-13
戦後日記
三島由紀夫
「小説家の休暇」「裸体と衣裳」ほか、昭和二十三年から四十二年の間日記形式で発表されたエッセイを年代順に収録。三島による戦後史のドキュメント。
206726-4

よ-5-8
汽車旅の酒
吉田健一
旅をこよなく愛する文士が美酒と美食を求めて、金沢へ、そして各地へ。ユーモアに満ち、ダンディズムが光る汽車旅エッセイを初集成。〈解説〉長谷川郁夫
206080-7

よ-5-9
わが人生処方
吉田健一
独特の人生観を綴った洒脱な文章から名篇「余生の文学」まで。大人の風格漂う人生と読書をめぐる随想集。吉田暁子・松浦寿輝対談を併録。文庫オリジナル。
206421-8

よ-5-10
舌鼓ところどころ／私の食物誌
吉田健一
グルマン吉田健一の名を広く知らしめた「舌鼓ところどころ」、全国各地の旨いものを紹介する「私の食物誌」。著者の二大食味随筆を一冊にした待望の決定版。
206409-6

よ-5-11
酒談義
吉田健一
少しばかり飲むというの程つまらないことはない――。飲み方から各種酒の味、思い出の酒場まで、ユーモラスに綴る究極の酒エッセイ集。文庫オリジナル。
206397-6

し-31-5
海軍随筆
獅子文六
海軍兵学校や予科練などを訪れ、生徒や士官の人柄に触れ、共感をこめて歴史を繙く「海軍」秘話の数々。小説『海軍』につづく渾身の随筆集。〈解説〉川村湊
206000-5

し-31-6
食味歳時記
獅子文六
ひと月ごとに旬の美味を取り上げ、その魅力を一年分綴る表題作ほか、ユーモアとエスプリを効かせた食談を収める、食いしん坊作家の名篇。〈解説〉遠藤哲夫
206248-1

し-31-7
私の食べ歩き
獅子文六
日本で、そしてフランス滞在で磨きをかけた食の感性と、美味への探求心。「食の神髄は惣菜にあり」との境地を綴る食味随筆の傑作。〈解説〉高崎俊夫
206288-7

お-63-2
二百年の子供
大江健三郎

タイムマシンにのりこんだ三人の子供たちが出会う、悲しみと勇気、そして友情。ノーベル賞作家の、唯一のファンタジー・ノベル。舟越桂による挿画完全収載。

204770-9

み-10-21
一休
水上勉

権力に抗し、教団を捨て、地獄の地平で痛憤の詩をうたい、盲目の森女との愛に惑溺した伝説の人一休の生涯を追跡する。谷崎賞受賞。〈解説〉中野孝次

202853-1

み-10-22
良寛
水上勉

寺僧の堕落を痛罵し破庵に独り乞食の生涯を果てた大愚良寛。真の宗教家の実像をすさまじい気魄で描き尽くした、水上文学の真髄。〈解説〉篠田一士

202890-6

た-13-5
十三妹《シイサンメイ》
武田泰淳

強くて美貌でしっかり者。女賊として名を轟かせた十三妹は、良家の奥方に落ち着いたはずだったが……中国古典に取材した痛快新聞小説。〈解説〉田中芳樹

204020-5

た-13-6
ニセ札つかいの手記
武田泰淳異色短篇集
武田泰淳

表題作のほか「白昼の通り魔」「空間の犯罪」など、独特のユーモアと視覚に支えられた七作を収録。戦後文学の旗手、再発見につながる短篇集。

205683-1

た-13-7
淫女と豪傑
武田泰淳中国小説集
武田泰淳

中国古典への耽溺、大陸風景への深い愛着から生まれた、血と官能に満ちた淫女・豪傑の物語。評論一篇を含む九作を収録。〈解説〉高崎俊夫

205744-9

た-13-8
富士
武田泰淳

悠揚たる富士に見おろされる精神病院を舞台に、人間の狂気と正常の謎にいどみ、深い人間哲学をくりひろげる武田文学の最高傑作。〈解説〉堀江敏幸

206625-0

た-13-9
目まいのする散歩
武田泰淳

歩を進めれば、現在と過去の記憶が響きあい、新たな記憶が甦る……。野間文芸賞受賞作。巻末エッセイ「丈夫な女房はありがたい」などを収めた増補新版。

206637-3

各書目の下段の数字はＩＳＢＮコードです。978－4－12が省略してあります。

た-13-10 **新・東海道五十三次** 武田泰淳
妻の運転でたどった五十三次の風景は——。自作解説「東海道五十三次クルマ哲学」、武田花の随筆「うちの車と私」を収録した増補新版。〈解説〉高瀬善夫
206659-5

た-15-5 **日日雑記** 武田百合子
天性の無垢な芸術者が、身辺の出来事や日日の想いを、時には繊細な感性で、時には大胆な発想で、心の赴くままに綴ったエッセイ集。〈解説〉巖谷國士
202796-1

た-15-9 **新版 犬が星見た ロシア旅行** 武田百合子
夫・武田泰淳とその友人、竹内好との旅を、天真爛漫な目で綴った旅行記。読売文学賞受賞作。竹内好の随筆「交友四十年」を収録した新版。〈解説〉阿部公彦
206651-9

う-9-12 **百鬼園戦後日記Ⅰ** 内田百閒
『東京焼盡』の翌日、昭和二十年八月二十二日から二十一年十二月三十一日までを収録。掘立て小屋の暮しを飄然と綴る。〈巻末エッセイ〉谷中安規（全三巻）
206677-9

う-9-13 **百鬼園戦後日記Ⅱ** 内田百閒
念願の新居完成。焼き出されて以来、三年にわたる小屋暮しは終わる。昭和二十二年一月一日から二十三年五月三十一日までを収録。〈巻末エッセイ〉高原四郎
206691-5

う-9-14 **百鬼園戦後日記Ⅲ** 内田百閒
自宅へ客を招き九晩かけて還暦を祝う。昭和二十三年六月一日から二十四年十二月三十一日まで。索引付。〈巻末エッセイ〉平山三郎・中村武志〈解説〉佐伯泰英
206704-2

ふ-2-8 **言わなければよかったのに日記** 深沢七郎
小説「楢山節考」でデビューした著者が、武田泰淳、正宗白鳥ら畏敬する作家との交流を綴る文壇日記。巻末に武田百合子との対談を付す。〈解説〉尾辻克彦
206443-0

ふ-2-9 **書かなければよかったのに日記** 深沢七郎
ロングセラー『言わなければよかったのに日記』の姉妹編（『流浪の手記』改題）。飄々とした独特の味わいとユーモアがにじむエッセイ集。〈解説〉戌井昭人
206674-8